1984

×

一九八四

喬治・歐威爾——著
吳妍儀——譯

Golden Age 19

一九八四

作者　喬治・歐威爾
譯者　吳妍儀

野人文化股份有限公司
社長　張瑩瑩
總編輯　蔡麗真
責任編輯　簡欣彥
校對　BowZu
行銷企劃　黃怡婷
美術設計　井十二設計研究室
內頁排版　綠貝殼資訊有限公司

出版　野人文化股份有限公司
發行　遠足文化事業股份有限公司（讀書共和國出版集團）
地址　(231)新北市新店區民權路 108-2號9樓
電話　02-2218-1417
信箱　service@bookrep.com.tw
網址　www.bookrep.com.tw
郵撥帳號　19504465遠足文化事業股份有限公司

法律顧問　華洋法律事務所・蘇文生律師
印刷　凱林彩印股份有限公司
初版首刷　2014年11月
初版27刷　2024年05月

國家圖書館出版品預行編目(CIP)資料

一九八四
喬治・歐威爾著；吳妍儀譯
初版—— 新北市
野人文化出版：遠足文化發行
2014.11
面；　公分.——
（Golden age；19）
譯自：1984
ISBN 978-986-384-019-0（精裝）
873.57　　10302265

本書線上讀者回函QR CODE，
您的寶貴意見，將是我們進步的最大動力

第一部

第一章

這是個晴朗而寒冷的四月天，時鐘敲了十三下。為了避開討厭的風，溫斯頓．史密斯下巴緊挨著胸前，迅速地溜過勝利大廈的玻璃門，然而動作還不夠快，免不了有一陣風捲起塵礫，跟他一起進門。

穿堂聞起來有水煮包心菜加破舊地毯的味道。其中一端有張彩色海報，大到不適合在室內展示，卻被貼在牆上。上面只描繪出一張無比巨大的臉，寬度超過一公尺：年約四十五歲的男性臉孔，留著濃密黑髭，有粗獷帥氣的五官。溫斯頓朝著樓梯走去。嘗試搭電梯根本沒意義。就算在狀況最好的時候，電梯也鮮少管用，而且現在白天電力是切斷的。這是準備仇恨週的節能措施之一。住處要往上爬七層樓，而現年三十九歲、右腳踝上方有靜脈曲張潰瘍的溫斯頓走得很慢，一路上還休息了好幾次。在每層樓梯平台上，與電梯井相對之處，都有一張上面有著巨大臉孔的海報從牆上瞪過來。這種圖像經過刻意設計，海報上的雙眼視線會跟著你動。**老大哥在注視著你**，下面的圖說這麼寫道。

在公寓內部有個珠圓玉潤的聲音，正在朗讀一長串跟生鐵製造有某種關係的數字。那聲音來自一個長方形金屬版，看起來像一面光澤黯淡的鏡子，構成了一部分的右側牆壁。溫斯頓轉動一個開關，聲音或多或少降低了些，不過字句仍舊清晰可辨。那個設備（稱為電傳螢幕）可以調低音量，卻無法完全關閉。他往窗口走過去：一道瘦小的孱弱身影，黨的制式服裝——藍色的連身工作服——只是強調出他的身形有多單薄。他的髮色非常淡，臉色帶著自然的紅潤，粗製濫造的肥皂、鈍了的剃刀跟剛結束的寒冬，則磨粗了他的皮膚。

就算是透過緊閉的窗玻璃，外頭的世界看起來還是很冷。下面的街道上，小小的旋風把灰塵與撕碎的紙片捲成螺旋狀；雖然陽光普照，天空又藍得刺眼，任何東西似乎都沒有色彩，只有到處都貼著的海報例外。那張有黑色鬍髭的臉，從每個居高臨下的角落往下凝視著；正對面的屋子前方就有一張。**老大哥在注視著你**，圖說這麼寫，同時那雙黑眼睛深深望進溫斯頓的眼眸中。在下面的街道上有另一張海報，一角撕破了，在風中一陣陣地翻飛著，一會兒遮住、一會兒露出底下唯一的一個詞：「**英社**」（**INGSOC**）。在遠處有架直升機壓低掠過屋頂之間，像隻青蠅似地盤旋了一下，就沿著圓弧形路線再度迅速飛走了。這是警方巡邏，窺視著各戶人家的窗戶。然而巡邏機無關緊要；只有思想警察才重要。

在溫斯頓背後，電傳螢幕的聲音仍然在叨唸著生鐵、還有第九期三年計畫完成度高於預期的事。電傳螢幕同時既接收也傳送。溫斯頓製造出的任何聲響，要是高過極低聲耳語的程度，螢幕就會收到，而且只要他待在那塊金屬板俯瞰的範圍內，他不但可能被聽見，還會被看見。當然，你不可能知道這一刻是否有人在監視你。思想警察有多常接上任何一個人的線路、是用哪種系統來接上線，這只能隨人猜測。你甚至也可以想像他們隨時都在監視每個人。但無論如何，他們只要有這個意思，就能夠接上你的電傳螢幕。你必須在這種假設下生活（也確實就這麼過活，這是出於已成直覺的習慣）：你發出的每個聲響都被人竊聽，每個動作都被人仔細檢視，只有在黑暗中例外。

溫斯頓維持背對著電傳螢幕的姿勢。這樣比較安全；雖然他了然於心，就算是背影也可以暴露隱情。在一公里遠的地方，他工作的地點真理部，巨大的白色建築，聳立在蒙塵的地景之上。就是這樣，他帶著某種模糊的厭惡想著，這就是倫敦，一號機場區的首都，而機場區本身是大洋國各省分裡人口第三多的。他設法要硬擠出某些童年回憶，那應該會告訴他，倫敦是不是大致上一直是這副模樣。這樣的景象一直都在嗎？——十九世紀的爛房子，側面牆壁靠一根根梁木撐著，用硬紙板補窗戶、用波浪狀鐵皮補屋頂，不像樣的花園牆壁則朝著四面八方委頓下去？還有那些被轟炸過的地點，灰泥粉塵在空中打轉，柳蘭在一堆又一堆的瓦礫之間蔓生；被炸彈清出較大空間的地方，就迸出雞舍般的木造房屋，變成一片骯髒的聚居地？但回憶徒勞無功，他記不起來：他的童年什麼都不剩了，只留下一連串光彩鮮明的靜態活人畫，出現時沒有背景，大多數畫面都無可理解。

真理部——在新語[1]中稱為真部（Minitrue）——跟視線範圍內的任何其他物體相比，都有驚人的差異。這座閃閃發亮的白色水泥建築，是巨大無比的金字塔形結構，層層疊疊的露台一路直上雲霄，高達三百公尺。從溫斯頓站著的地方正好看得到，用優雅的字體拼出的字句在它白色的表面上清晰可見，那是黨的三句口號：

①作者註：新語是大洋國的官方語言。關於這種語言的結構與詞源，參見附錄。

戰爭即和平
自由即奴役
無知即力量

據說真理部在地面上的樓層有三千個房間，地下部分也有一樣多的隔間。只有另外三棟散布在倫敦各處的建築，具備同樣的外表與規模。它們讓周遭的建築物徹底顯得渺小，所以從勝利大廈屋頂上，你就可以同時看到全部四棟樓。這些建築是四個部會的總部，整個政府的組織就照著這四個部會分立。真理部管的是新聞、娛樂、教育與藝術；和平部則掌管戰爭；博愛部維持法律與秩序；富庶部負責的則是經濟事務。在新語中，它們的名稱是真部、和部（Minipax）、愛部（Miniluv）與富部（Miniplenty）。

博愛部是其中真正嚇人的。部內完全沒有窗戶。溫斯頓從來沒進去過博愛部，也不曾靠近它方圓半公里內。那個地方是不可能進入的，除非有公務在身，而且要進去只能先穿過有刺鐵絲網、鐵門與隱藏機關槍掩體構成的迷宮。就連通往部會外側柵欄的街道，也有貌似打手的警衛，穿著黑色制服、拿著雙節警棍到處梭巡。

溫斯頓突然間轉過身去。他已經把五官安排成平靜而樂觀的表情，在面對電傳螢幕時擺出這副臉是明智之舉。他穿過房間，走進極小的廚房。在這個時間離開真理部，讓他犧牲了在員工餐廳裡的午餐，而他意識到廚房裡沒有食物，只有一塊顏色暗沉的麵包，那必須留著當明天的早餐。他從架子上拿下一瓶無色的液體，上面有個不起眼的白色標籤，標示著**勝利琴酒**。這瓶酒散發出一股噁心的油耗味，就像中國米酒一樣。溫斯頓倒出幾乎裝滿一茶杯的分量，讓自己鼓起勇氣接受衝擊，然後把酒當成一劑藥方一口吞下。

瞬間他的臉就變成深紅色，淚水湧出他的雙眼。這玩意就像硝酸，更過分的是，你嚥下去時會覺得有人拿著橡膠棍敲你的後腦勺。然而到了下一刻，他腹中的灼燒感就平息下去，世界開始看起來比較令人愉快了。他從標著**勝利香菸**的皺巴巴菸盒裡拿出一支菸，卻不慎把菸直立起來，菸草就這麼倒到地上了。拿下一支的時候就比較成功。他回到客廳去，在擺到電傳螢幕左邊的小桌子前坐下。從桌子抽屜裡拿出一支筆桿、一瓶墨水，還有一本有紅色封底跟大理石花紋封面的四開空白厚本子。

基於某種不明原因，客廳裡的電傳螢幕放在一個不尋常的位置。它沒有像正常螢幕一樣，擺在可以俯視整個房間的短邊牆壁上，反而在長邊的牆壁上，與窗戶相對。在螢幕一側有個淺淺的凹陷處，現在溫斯頓就坐在這裡，這棟公寓大樓建造的時候，這裡可能本來打算用來放書架。坐在這個凹陷處，儘量往後靠，溫斯頓就能夠保持在電傳螢幕的視線範圍之外。當然，他可能被聽見，不過只要他待在現在的位置，他就不可能被看到。這個房間不尋常的布局，是讓他想到做現在這件事的部分起因。

但他剛從抽屜裡拿出來那本厚本子，也啟發了他的想法。這是一本獨特而美麗的書。它滑順如奶油的紙張，因為年代久遠有點泛黃，是至少過去四十年裡不曾製造生產的類型。然而他可以猜到，這本書還要更古老得多。在城中某個貧民區（到底是哪一區，他現在不記得了），他看到它躺在泛著霉味的小舊貨店櫥窗裡，他立刻就產生一股壓倒性的慾望，非得擁有它。照理說黨員們不該走進普通店鋪（這樣做稱為「在自由市場交易」），不過大家並沒有這樣嚴守規定，因為有各式各樣的東西——像是鞋帶與剃刀刀片——用別的方法都不可能弄到。他很快地左右打量一下街道，然後就溜進店裡，用兩塊五十分錢買下那本書。那時候他並沒有意識到他想拿這書做什麼特別用途。他懷著罪惡感把書裝進公事包裡提回家；就算裡面什麼都沒寫，這還是個不光彩的個人財物。

他正要做的事情，就是打開一本日記本。這種事情並不違法（沒有任何東西是違法的，因為已經不再有任何法律了），但如果事跡敗露，可以合理斷定會被判處死刑，或者至少要在強迫勞改營裡待個二十五年。溫斯頓把鋼筆尖插到筆桿上，然後吮了一下尖端，把油舔掉。這支筆是很古老的工具，甚至很少用來簽名，而他設法弄到一支，偷偷摸摸、不無困難，就只因為這種美麗的奶油色紙張應該用真正的鋼筆尖寫，而不只是用一隻墨水筆刮擦過去。實際上，他並不習慣用手書寫。除了非常簡短的字條以外，把什麼都口述到說寫器裡去是尋常事，但以他現在的目的來說，當然是不可能的。他把筆沾到墨水裡去，然後就猶豫了那麼一秒鐘。一陣震顫竄過他的五臟六腑。在紙張上留下印記，是決定性的行動。他用小而笨拙的字體寫下：

四月四日，一九八四年。

他坐著往後靠。一種完全無助的感覺降臨在他身上。首先，他一點都不確定現在是一九八四年。這個日期必定出入不大，因為他很確定他的年紀是三十九歲，而他相信他是在一九四四年或一九四五年出生；但在這年頭，你絕對不可能確定一、兩年內的任何日期。

他突然間開始納悶，他寫這個日記是為了誰？為了未來、為了還未出生的人。他的心思有一會兒繞著頁面上那個可疑日期打轉，然後突然一頓，撞上這個新語詞彙：**雙重思想（doublethink）**。他第一次理解到，他動手要做的事情有多嚴重。你怎麼能夠跟未來溝通？在本質上就是不可能的。未來要不是類似現在——在這種狀況下，未來之人不會聽他的；要不，就是不同於現在，這樣他的困境就會變得毫無意義了。

有一會兒，他坐在那裡愚蠢地盯著紙張看。電傳螢幕已經轉而播放刺耳的軍樂。很奇怪的是，他似乎不只是失去表述自己的力量，甚至還已經忘記他本來打算說的是什麼。過去好幾個星期，他一直在為這一刻做準備，而他心中從未想過除了勇氣以外，他還會需要什麼。實際的寫作本身會很簡單。他所必須做的，就只有把那些無止境的焦躁獨白轉移到紙張上，實際上那些話已經在他腦袋裡奔流好幾年了。然而在這一刻，就連獨白都乾涸了。更有甚者，他的靜脈潰瘍已經開始癢得不可開交了。他不敢去抓，因為如果他抓了，總是會導致發炎。時間一秒一秒滴答響著過去了。他什麼都意識不到，只注意到他眼前的頁面一片空白，他腳踝上方的皮膚陣陣發癢，音樂震耳欲聾，還有琴酒導致的一種輕微醉意。

突然間他在純粹的驚慌中開始寫，只能不太完整地察覺到他寫下的是什麼。他小而稚拙的字跡，在頁面上到處散落，先落掉了大寫字母，最後連句號都不見了：

四月四日，一九八四年。昨晚去看電影。全是戰爭片。其中一部很好的是一艘滿載難民的船在地中海的某處挨了炸彈。有些鏡頭照到一個身型肥龐大的男人想要游泳逃走，同時有一輛直升機在追他，把觀眾逗得很樂，首先你會看到他像隻海龜一樣在水中打滾，接著你又透過直升機機槍瞄準器看著他，接著他就全身彈孔，他周圍的海水變成了粉紅色，他突然間沉下去，就好像那些彈孔讓水流進去了，觀眾在他下沉的時候大叫大笑。然後你又看到一艘載滿孩童的救生艇有一輛直升機在小艇上空盤旋。有個中年婦人可能是個猶太人臂彎裡抱著一個大約三歲大的小男孩在船頭處坐得筆直。小男孩害怕地尖叫著還把頭藏在她胸口就像是要想辦法直接鑽進她體內而那女人用雙臂環抱著他安慰他雖然她自己嚇得臉都青了。所有時候都盡可能把他蓋住好像以爲她的雙臂可以替他擋子彈似的。然後直升機往他們中間砸下一顆二十公斤重的炸彈好一陣水花四濺船就全部變成碎木片了。然後還有個很不得了的鏡頭一個孩子的手臂一直往上飛飛飛直飛進空中一輛機鼻裝了攝影機的直升機一定是跟著那手臂一起上升然後從黨員席位響起好多掌聲可是有個在普羅大眾席那邊的女人突然間開始大吵大鬧而且吼著說他們不應該放映這個不可以在小孩子面前放他們不可以這樣不對不能在小孩子面前放這樣不行直到最後警察把她把她帶走我想她沒出什麼事沒有人在乎普羅大眾說什麼典型的普羅大眾反應他們從來不——

溫斯頓停筆不寫了，部分原因是他抽筋了。他不知道他怎麼會倒出這一大串胡說八道。但奇怪的是，在他這麼做的時候，一個徹底不同的記憶在他腦海中自動變得清清楚楚，甚至到了他幾乎覺得一樣可以寫下來的地步。他現在領悟到，就是因為另外這段插曲，他才突然間決定回到家裡，從今天開始寫日記。

如果這麼朦朧縹緲的事情真能說是發生過的話，就是當天早上發生在部裡。

那時幾乎是十一點了，在溫斯頓工作的紀錄局裡，他們把椅子從辦公隔間裡拉出來，集中在大廳中央，正對著電傳大螢幕，為「兩分鐘仇恨時間」做準備。溫斯頓正好在位於中央某一排的位置就座時，他記得看過、卻從未談過話的兩個人，出乎意料地出現在房間裡。其中一個是個女孩，他經常在走廊上跟她擦身而過。他不知道她的名字，不過他知道她在小說局工作。照他推測——這是因為他有時會看到她雙手沾滿油汙，還帶著一隻螺絲扳手——她做的是其中一台小說寫作機的機械維修工作。她是個看起來很活潑大膽的女孩子，大概二十七歲，有濃密的深色頭髮，臉上長著雀斑，動作輕快，像個運動好手。一條狹窄的深紅色腰帶——青年反性聯盟的標記——在她那件工作服的腰部纏了好幾圈，緊到正好足以凸顯出她勻稱好看的臀部線條。溫斯頓打從第一次見到她，就對她心生厭惡了。他知道理由何在：這是因為她設法讓自己帶有一股曲棍球場、冷水浴、社區健行、整體來說心無邪念的氣氛。他幾乎厭惡所有女人，特別是年輕又貌美的那些。黨裡最偏執狹隘的追隨者永遠都是女人，尤其是年輕的那些；她們不分青紅皂白接受種種口號，是業餘的間諜，對異端嗅覺敏感的密報者。但特別是這個女孩，給他一種比大多數人都更危險的印象。有一次他們在走廊上擦肩而過，她迅速地斜瞄他一眼，那眼神似乎直接刺穿他，有一刻讓他整個人充滿黑暗的恐懼。他心頭甚至閃過這個想法：她很可能是思想警察的密探。說真的，這非常不可能。但每次她出現在他附近的任何地方時，他還是繼續感覺到一股奇特的不自在，其中混雜著恐懼還有敵意。

另外一個人是個叫做歐布萊恩的男人，內黨黨員，還兼任了幾個職位，那些職位太重要、太遙不可及，所以溫斯頓對那些職位的性質只有很朦朧的概念。椅子周圍的人群看到穿著黑色工作服的內黨黨員走近的時候，示意安靜的噓聲霎時在他們之間傳開。歐布萊恩是個高大魁梧的男人，脖子很粗，還有一張粗俗、幽默而野蠻的臉。雖然他擁有讓人望而生畏的外表，他卻有某種舉止風度上的魅力。他有個小花招，重新放好他鼻梁上的眼鏡，這個動作很古怪地讓人戒心全消——在說不清楚的某方面，這個動作文雅得奇怪。如果還有任何人用這類的詞彙來想事情，這個姿勢可能會讓人回想起一個十八世紀貴族拿出他的鼻煙盒跟人分享。十餘年來，溫斯頓見到歐布萊恩的次數，大概就是差不多一年一次。他覺得歐布萊恩深深吸引著他，而且他之所以著迷，不光是因為歐布萊恩高雅的舉止與職業拳擊手似的體格形成了反差。更大程度上，是因為他偷偷抱著一種信念——或許甚至不算是個信念，只是一種希望——歐布萊恩在政治上並不完全合乎正統。他臉上有某個地方，釋放出這種無可抵抗的暗示。而且話又說回來，或許他臉上表現出來的甚至不是什麼不合正統的信念，只是聰明才智。但無論如何，如果你能夠設法騙過電傳螢幕跟他獨處，他看起來像是你能夠談談的對象。溫斯頓從來沒盡哪怕是最小的一點努力，去驗證這個猜測：說真的，根本無從驗證起。在這時候，歐布萊恩瞥了一眼他的腕表，看到現在幾乎是十一點整點了，顯然他決定留在紀錄局，等到兩分鐘仇恨時間結束為止。他在跟溫斯頓同一排的某張椅子上就座，只隔了兩個位置。他們中間是一個淺褐色頭髮的嬌小女人，她在溫斯頓隔壁的辦公隔間裡工作。深色頭髮的女孩就坐在正後方。

到了下一刻，就有一段討厭透頂、讓人難以忍受的演講，從房間尾端的電傳大螢幕裡迸出來，就像是某台大如怪物的機器沒上油，卻在運轉。這種噪音讓人咬緊了牙關，頸背上也寒毛直豎。仇恨時間開始了。

就跟平常一樣，螢幕一閃，人民公敵伊曼紐爾．勾斯坦出現了。觀眾席中有著此起彼落的噓聲。淺褐色頭髮的嬌小女人發出一聲混合了恐懼與厭惡的尖叫。勾斯坦是個叛徒、變節者，在很久以前（到底是多久以前，沒有人記得清楚）曾是黨的領導人物之一，幾乎就跟老大哥本人平起平坐；後來他參與了反革命活動，被判處死刑，卻神祕地逃脫了，從此消失無蹤。兩分鐘仇恨時間的節目內容天天不同，不過沒有一集的主角不是勾斯坦。他是最主要的叛賊，最早褻瀆了黨的純潔性。隨後所有反對黨的罪行，所有叛國之舉、破壞行動、異端邪說、越軌行為，都是從他的教誨中直接迸發的。他還活在某處，還在炮製著他的種種陰謀：或許藏在海外的某處，處於他某些外國金主的保護之下，甚至有可能——偶爾都會有這種傳言——就在大洋國內的某個藏匿處。

溫斯頓的胸口下方一縮。他看到勾斯坦的臉孔時，永遠無法按捺住一陣痛苦的混亂情緒。那是一張瘦長的猶太臉孔，長了一大叢有如朦朧光暈的白髮，還留了一小撮的山羊鬍——這是一張聰明的臉，然而不知怎麼的有種內在的劣根性，而且在末端架著一副眼鏡的狹窄長鼻子上，有某種年老昏庸的感覺。這就像一頭綿羊的臉，連聲音都一樣，有著綿羊似的性質。勾斯坦正在發表他平常針對黨內信條的惡毒攻擊——這種攻擊如此誇大又病態，小孩子都能看穿，然而又看似可信到足以讓人產生戒心，覺得別人要是沒有自己這麼冷靜理智，可能就會受騙。他謾罵老大哥，他譴責黨的獨裁專政，他要求立刻跟歐亞國談和，他倡導言論自由、出版自由、集會自由、思想自由，他歇斯底里地大聲疾呼，說革命遭到背叛——而這一切全都是用速度飛快的多音節字眼說出來的，這像是黨內演說家慣用風格的某種戲謔模仿版，其中甚至包含新語用字：說實話，比任何黨員平常在實際生活中會用的還要多。而且在這整個過程中，要是還有人懷疑勾斯坦那些華而不實的空話到底有多少真實性，從電傳螢幕裡，還看得到他腦袋後面還有成行無窮無盡的歐亞國軍隊——一排又一排看起來很結實的男人，有著缺乏表情的亞洲面孔，他們浮現在螢幕表面然後又消失，被其他一模一樣的人取代。士兵的軍靴單調有節奏的頓足聲，形成了勾斯坦那種羊叫聲的背景。

仇恨時間進行還不到三十秒，房間裡就有一半的人發出控制不住的憤怒叫喊。螢幕上那張自滿的綿羊臉孔，還有那張臉後面歐亞國軍隊嚇人的力量，都讓人太難以忍受了：除此之外，看到、甚至想到勾斯坦就會自動激發出恐懼與憤怒。他是比歐亞國或東亞國更恆常不變的憎恨對象，因為大洋國在跟這些強國之一開戰的時候，通常都跟另一國交好。但奇怪的是，雖然勾斯坦受到每個人的憎恨鄙視，雖然日復一日、每天有上千次，他的理論在講台上、電傳螢幕上、報紙上、書本裡被反駁、擊潰、揶揄、高舉示眾，讓大家看看那些話是多麼可悲的垃圾——儘管做盡這一切，他的影響似乎從來沒有減弱過。總是有新的傻瓜等著要接受他的誘惑。受他指使卻被思想警察揭發的間諜與破壞分子，無日無之。他是指揮官，麾下有一支龐大的影子軍隊，這是陰謀分子的地下網絡，致力於顛覆國家。兄弟會，它的名字該是這個。也有耳語流傳的故事提到一本恐怖的書，一本收錄所有異端邪說的手冊，勾斯坦就是作者，那本書在各處祕密流傳。這是一本沒有標題的書。大家如果真的講到那本書，都只說是**那本書**。但像這種事情，你只會透過含糊其辭的謠言得知。要是可以避免，任何普通黨員都不會提起兄弟會或者**那本書**。

在進入兩分鐘以後，仇恨時間的氣氛升高到了狂熱的程度。眾人在他們的位置上躁動著，用最大的音量叫喊著，努力要淹沒來自螢幕、讓人發狂的羊叫聲。淺褐色頭髮的嬌小女人臉色變成了發亮的粉紅色，她的嘴巴一開一合，就像一隻在陸地上擱淺的魚。就連歐布萊恩那張沉重的臉孔都發紅了。他在自己的椅子上坐得非常筆挺，他強壯的胸膛鼓起來抖動著，就好像他正在挺身對抗一陣波浪的攻擊。溫斯頓背後那個深色頭髮的女孩已經開始大喊：「豬玀！豬玀！豬玀！」突然她就拿起一本沉重的新語字典，朝著螢幕扔了過去。字典砸中勾斯坦的鼻子，然後彈開了；聲音無動於衷地繼續下去。在某個神智清明的時刻，溫斯頓發現他跟其他人一起大吼大叫，腳跟還猛踢著他那張椅子上的橫槓。兩分鐘仇恨時間的恐怖之處，不在於你被迫參與，而是恰好相反的狀況：你不可能避免參與。在三十秒內，任何偽裝總是變得不必要了。一種由恐懼與復仇心造成的醜惡迷醉狀態，一股殺戮、折磨、用鐵錘砸爛臉蛋的慾望，似乎像一股電流似地在整個群體之中流動，讓你甚至違背自己的意願，變成一個齜牙咧嘴、尖聲叫嚷的狂人。然而你感覺到的怒火，卻是一種抽象、沒有方向性的情緒，就像噴燈的火焰一樣，能夠從一物轉移到另一物。所以在某一刻，溫斯頓的恨意完全不是針對勾斯坦，而是朝著反方向，針對老大哥、黨與思想警察；而且在這種時刻，他的心向著螢幕上那個孤單、受人嘲弄的異端分子，在謊言世界中守護著真相與健全神智的唯一一人。然而就在下一刻，他就跟他身邊的那些人合而為一，關於勾斯坦的所有話語，在他看來似乎都是真的。在那些時刻，他對老大哥的祕密憎惡轉換成敬愛；老大哥似乎高聳入雲，是個無敵亦無懼的保護者，屹立如磐石，對抗著亞洲的烏合之眾；而勾斯坦，雖然處境孤立又無助，他到底還存不存在都有疑問，卻看似某個陰險的巫師，光靠聲音的力量就能夠摧毀文明的結構。

有些時候甚至可能刻意而為，把自己的恨意轉移到這邊或那邊。突然間，溫斯頓用一個人在夢魘中把頭從枕頭上扭開那種猛烈的力道，成功地把他的恨意從螢幕表面轉移到他後方那個深色頭髮的女孩身上。他心頭閃過一些鮮明、美麗的幻象。他會用橡皮警棍把她打到死。他會把赤身裸體的她綁到一根柱子上，射得她滿身都是箭，就像聖賽巴斯汀一樣。他會硬上她，在高潮的時候割斷她的喉嚨。比過去更棒的是，他現在還進一步知道他**為什麼**恨她了。他恨她，因為她年輕貌美又了無性慾，因為他想跟她上床，卻永遠做不到，因為在她甜美柔軟的腰際——那個地方似乎要求你用自己的手臂去環繞它——只有那條可惡的紅色腰帶，那是充滿攻擊性的貞潔象徵。

仇恨時間上升到最高潮。勾斯坦的聲音變成了貨真價實的羊啼，而有一瞬間那張臉變成了綿羊的臉。然後，那張綿羊臉融進了一個歐亞國士兵的身影裡，他似乎正在進犯，巨大而恐怖，他的衝鋒槍在怒吼，好像要從螢幕表面上跳出來，所以前排的某些人還真的在他們的椅子上往後縮了。但在同時，每個人都如釋重負地深深嘆息了——那個充滿敵意的身影融化成老大哥的臉，黑髮、黑髭，充滿力量與神祕的鎮靜，又如此巨大，幾乎充滿整個螢幕。沒有人在聽老大哥說什麼。那只是幾句鼓勵的話，在戰鬥的喧囂之中說出的那種話，個別來說缺乏特色，但光是說了這些話的事實，就能讓人恢復信心。然後老大哥的臉再度消逝，取而代之的是黨的三大口號，用粗體大寫字母凸顯出來：

戰爭即和平
自由即奴役
無知即力量

但老大哥的臉似乎在螢幕上逗留了幾秒鐘，就像那張臉在每個人眼球上造成的影響太過鮮明，無法立刻消退。淺褐色頭髮的嬌小女人自己撲向她前面那張椅子的椅背。在聽起來像是「我的救主！」那樣顫抖著的耳語之中，她朝著螢幕伸出雙臂。接著，她把臉埋進手裡。很顯然她吐出一句祈禱詞。

在這個時候，一整群人突然開始一陣低沉、緩慢、有節奏的吟唱，唸著「老—大—哥！……老—大—哥！」——一次又一次地唸著，速度非常慢，前一個字跟後一個字之間有一陣漫長的停頓——一種沉重、喃喃自語似的聲音，不知為何野蠻得奇怪，你似乎會從背景中聽到赤腳頓足的聲音與手鼓的震動。他們一直唸著，延續了可能有三十秒。這是當情緒強烈到壓倒一切時常會聽到的反覆疊句。這有一部分算是對老大哥的智慧與威嚴做出的頌歌，但仍舊更像是一種自我催眠，利用有節奏的噪音刻意淹沒意識。溫斯頓的五臟六腑似乎漸漸變得冰冷。在兩分鐘仇恨時間裡，他禁不住要共享那種集體的精神錯亂，但這種低於人類水準的吟唱，「老—大—哥！……老—大—哥！」，總是讓他滿心驚恐。當然，他跟其他人一起吟唱：做出別的反應是不可能的。掩飾你的感受，控制你的臉部表情，做別人都在做的事，是本能的反應。但可以想見的是，其中有個幾秒鐘的空檔，他的眼神可能已經暴露出他的想法了。然而就是在這一刻，那件意義非凡之事發生了——如果這種事情的確有發生過的話。

他跟歐布萊恩的目光短暫地相遇了。歐布萊恩已經站起身了。他先前脫掉了他的眼鏡，現在正要用他很有個人特色的姿勢重新戴回去。但在那麼幾分之一秒的時間裡，他們四目相望，而就在事情發生的那點時間裡，溫斯頓就知道——對，他**知道**！——歐布萊恩跟他一樣，正在想著同一件事。一個錯不了的訊息已經傳遞出去了。這就好像他們兩人的心靈敞開了，透過他們的眼睛，思緒從一個人流向另一人。「我與你同在。」歐布萊恩似乎在對他這麼說：「我清楚知道你是什麼感覺。對於你的輕蔑、你的仇恨、你的厭惡，我全都知道。可是別擔心，我站在你這邊！」然後，那一陣智慧的靈光消逝了，歐布萊恩的臉跟其他人一樣難以揣度。

全部過程就這樣，而他已經不確定這回事是否發生過了。這類事件永遠不會有任何後續。這些事件就只會讓他心裡的那個信念——或者希望——繼續保持鮮活：除了他以外，還有其他人是黨的敵人。或許關於大規模地下陰謀的謠傳，到底還是真的——或許兄弟會真的存在！雖然有無窮無盡的逮捕、自白與處決，但當然不可能確定兄弟會不只是個神話故事。有些日子裡他相信有這回事，有些日子他不信。沒有證據，只有一次次的驚鴻一瞥，可能代表任何意義或毫無意義：無意間聽到的片段對話、廁所牆壁上模糊的塗鴉——有一次，甚至是兩個陌生人相遇時手部的某個小動作，看起來都似乎可能是一種確認的信號。這全都是憑空猜測：很有可能一切都是他想像出來的。他回到他的辦公隔間去，完全沒再看歐布萊恩一眼。再延續他們先前那個短暫接觸的念頭，他幾乎沒想過。就算他知道要怎麼著手進行，那樣做也是危險到難以設想。有一秒鐘或兩秒鐘，他們交換了心照不宣的一瞥，而那就是故事的結局了。但在一個人必須活著忍受的那種閉鎖孤寂之中，就連那也是值得一記的事件。

溫斯頓把自己喚回現實，坐得挺了一點。他打了個嗝。琴酒氣味從他胃裡冒出來。

他的雙眼重新對焦在頁面上。他發現，當他無助地坐著沉思冥想時，他也還在寫，就好像是全自動的行為。而那些字不再是跟先前一樣難以辨認又笨拙的筆跡。他的筆充滿快感地在滑順的紙張上滑動著，寫下大而整潔的大寫字母——

打倒老大哥
打倒老大哥
打倒老大哥
打倒老大哥
打倒老大哥

如此一再重複，填滿了半頁紙。

他忍不住感覺到一陣陣刺人的恐慌。這很荒唐，因為寫下那些特定的字句，並不會比當初打開這本日記的舉動更危險，但有那麼一下子，他很想撕爛那些被蹧蹋過的頁面，然後徹底放棄這種冒險之舉。

然而他沒有這麼做，因為他知道這樣是沒有用的。不管他是寫下了**打倒老大哥**，或者是克制住沒寫那句話，都不會造成任何差別。不管他繼續寫日記，還是沒再繼續寫，也沒有任何差別。思想警察一樣都會逮到他。他已經犯下了最根本的罪行，這種罪本身就包含了所有其他的罪——就算他從沒有把筆放到紙張上，還是已經犯罪了。思想罪，他們是這麼稱呼的。思想罪不是能夠永遠隱藏的東西。你可能成功地躲過一時，甚至一躲好幾年，但他們注定遲早會逮到你。

總是在晚上——逮捕行動一成不變地在夜裡發生。突然被扯出睡夢之中，粗魯的手搖晃著你的肩膀，燈光亮晃晃刺著你的眼睛，床的周圍是一圈嚴厲的臉孔。在絕大多數的案例中，沒有審判也沒有對逮捕的報導。人就這樣消失了，總是在晚上。你的名字從登記資料上被拿掉，你做過每件事的每個紀錄都被抹消，你一度的存在被否認，然後被遺忘。你被查禁、被消滅了：常用的字眼是**蒸發**。

有一小段時間，一種歇斯底里的情緒攫取了他。他開始用匆促不整齊的潦草字體寫道：

他們會射殺我我不在乎他們會從脖子後面射殺我我不在乎打倒老大哥他們總是從脖子後面射殺你我不在乎打倒老大哥……

他坐著往後靠在椅子上，對自己微微感到羞恥，同時放下了筆。下一刻他就猝然一驚；有人敲門。已經來了嗎！他靜坐著不動，就像一隻老鼠，徒勞無功地期望不管來人是誰，試過一次以後就會走開。但事與願違，敲門聲再度響起。所有反應中最糟的就是耽擱。他的心臟打鼓似地猛擂著，但由於長期的習慣，他的臉可能毫無表情。他站了起來，步履沉重地走向門口。

第二章

就在溫斯頓把手放到門把上的時候，他發現他就這樣把日記攤開來放在桌上了。上面全寫滿了**打倒老大哥**，字大到幾乎可以隔著房間看得清清楚楚。做出這種事情真是蠢到難以想像。但就算他驚慌失措，他還是發現自己不想在墨水未乾的時候合上書本，弄髒那奶油色的紙張。

他吸了一口氣，然後打開了門。立刻有一波如釋重負的暖意流遍他全身。有個面無血色、看起來像被壓垮了的女人，留著稀疏的頭髮，臉上滿是皺紋，正站在外頭。

「喔，同志。」她用一種疲憊哀怨的聲音開口了：「我想我聽到你進門了。你覺得你能不能過來看看我們家廚房水槽？水槽堵起來了而且……」

這是帕森斯太太，一位同樓層鄰居的太太。（「太太」在某種程度上是黨不贊同的用語——你應該要用「同志」來稱呼每個人——但對於某些女人，你就是會直覺地用上這個詞。）她是個大約三十歲的女人，但看起來老得多。旁人會覺得她臉上的皺紋裡卡著灰塵。溫斯頓跟著她走過走廊。這些業餘修理工作幾乎是每天出現的騷擾；勝利大廈是一棟一九三〇年代左右蓋起來的舊公寓大樓，正在土崩瓦解。灰泥經常從天花板跟牆壁上像雪花般地落下，水管每次嚴寒時候都會爆掉，屋頂每逢下雪就漏水，暖氣系統如果沒有基於經濟理由徹底關閉，通常也運作得有氣無力。關於維修事宜，除非你可以自己動手，否則就得等天高皇帝遠的委員會批准；就連補塊窗玻璃，他們都傾向於拖個兩年才決定。

「當然這只是因為湯姆不在家。」帕森斯太太含糊地說道。

帕森斯家的空間比溫斯頓家大些，寒傖的方式不太一樣。每樣東西都有一種被打扁踐踏過的樣子，就好像有隻巨大粗暴的動物剛來過這裡。運動用的累贅玩意——曲棍球棍、拳擊手套、爆掉的足球、一條襯裡翻到外頭的運動長褲——在地板上到處亂放，桌上則有一堆散亂的碗盤，還有一本本翻爛了的作業本。在牆上有青年聯盟與少年間諜團的紅色旗幟，還有一張真人大小的老大哥海報。這裡有常見的水煮包心菜味道，就跟整棟大樓一樣，不過其中竄過一股更刺鼻的汗臭，這種汗臭，是某個現在不在場的人留下的汗味——你一聞就知道了，雖然很難講清楚怎麼知道的。在另一個房間裡，有人用一把梳子跟一張廁紙，試著跟上還在電傳螢幕上播放的軍歌曲調。

「是孩子們。」帕森斯太太說道，同時略帶不安地瞥了門口一眼。「他們今天還沒出去過。而且當然了……」

她習慣句子講到一半就停下來。廚房水槽裡面都是骯髒泛綠的水，幾乎滿到邊緣了，那股包心菜味是有史以來最糟糕的。溫斯頓跪下去檢查水管彎曲的接口。他痛恨要親自動手，也痛恨彎下腰去，這樣總是很容易害他開始咳嗽。帕森斯太太無助地旁觀著。

「當然了，湯姆要是在家就會立刻把它修好。」她說道：「這類的事情他很愛做。他的雙手一直都這麼靈巧，湯姆就是這樣。」

帕森斯是溫斯頓在真理部的同事。他是個稍嫌肥胖卻很活躍的男人，蠢得無可救藥，充滿了無腦的熱情——他就是其中一個全無質疑、全心奉獻的苦力，比起思想警察，黨的穩定還更仰賴他們。在三十五歲的年紀，他才剛不情不願地從青年聯盟中除名；而在他從學校畢業加入青年聯盟以前，他還設法在超過法定年齡後，又在少年間諜團多待一年。在部裡他做的是某個用不著大腦的次要職位，但從另一方面來說，在運動委員會與其他所有委員會——組織社區健行、自發遊行、鼓勵儲蓄運動、總而言之各種志願活動——之中，他又是個領袖人物。在他含著菸斗吞雲吐霧之間，他會平靜而驕傲地告訴你，他過去四年來每天晚上都出現在社區中心裡。不管他往哪去，都有一股強烈的汗臭味跟著他——一種無意識的證言，說明他的人生有多費勁——甚至在他走開以後，仍然留在後頭縈繞不去。

「妳有螺絲扳手嗎？」溫斯頓說道，同時摸弄著接合管上的螺帽。

「螺絲扳手啊。」帕森斯太太說著，立刻變得軟弱怯懦了。「我不知道耶，我肯定不曉得。或許孩子們……」

孩子們衝進客廳，響起一陣靴子雜沓的腳步聲，還有敲擊梳子的另一聲刺耳聲響。帕森斯太太帶來了扳手。溫斯頓把水放掉，厭惡地拿掉堵住水管的人類毛髮團。在水龍頭裡流出的冷水下面，他盡可能洗淨自己的手指，然後回到另一個房間裡。

「手舉起來！」一個野蠻的聲音喊道。

一個看起來俊俏強悍的九歲男孩從桌子後面跳出來，用一把玩具自動手槍威脅他，同時大概小了他兩歲的妹妹也拿著一塊木頭碎片，做出相同的姿勢。他們兩個都穿著藍色短褲與灰色襯衫，綁著紅色領巾，那是少年間諜團的制服。溫斯頓把雙手高舉過頭，心裡卻有種很不自在的感覺；那男孩的舉止太過凶惡，這一切不只是個遊戲而已。

「你是叛徒！」男孩嚷道：「你是思想犯！你是歐亞國間諜！我會槍斃你，把你蒸發掉，我會送你去挖鹽礦！」

突然間他們兩個都在他身旁跳來跳去，大喊著「叛徒！」「思想犯！」，那小女孩一舉一動都學她哥哥的樣。這樣有點讓人害怕，就像看著將來會長成食人禽獸的小老虎嬉戲玩鬧。在那男孩眼中有一種工於心計的殘暴，還有一股靜默而明顯的慾望要踢打溫斯頓，而且他還意識到自己幾乎個子大到可以付諸行動了。溫斯頓心想，幸好他手上握著的不是一把真正的手槍。

帕森斯太太的眼睛緊張地從溫斯頓跳到孩子們身上，然後又跳回來。在客廳比較亮的燈光下，他頗有興趣地注意到她臉上的皺紋裡**真的有**灰塵。

「他們確實會有這麼吵的時候。」她說道：「事情是這樣，他們因為不能去看絞刑所以很失望。我太忙了，不能帶他們去，等湯姆下班回家會來不及。」

「我們為什麼不能去看絞刑？」那男孩用他奇大的音量吼道。

「要看絞刑！要看絞刑！」小女孩唱歌似地唸著，她仍然到處蹦蹦跳跳。

溫斯頓想起來，某些犯下戰爭罪的歐亞國囚犯，那天晚上要在公園裡被處以絞刑。這種事大概每個月會有一次，而且是很受歡迎的公開展示活動；小孩子總是吵著要大人帶他們去看。他向帕森斯太太告別，走向門口。但他沿著走廊還走不到六步，就有某樣東西打中他的頸背，給他痛楚難當的一擊。那就像是一根燒紅了的鐵絲剛剛戳進他體內。他猛然轉身，剛好及時看到帕森斯太太拖著她兒子回到門裡去，同時那男孩把一只彈弓塞進口袋裡。

「勾斯坦！」男孩在門關上以前大聲吼道。但讓溫斯頓最震驚的，是那女人灰白臉龐上那種無助的恐懼表情。

回到他房子裡，他快步從電傳螢幕前走過，然後再度在桌前坐下，同時還在揉他的脖子。從電傳螢幕裡傳出的音樂已經停了。取而代之的是一個乾脆俐落、帶有軍人氣息的聲音，帶著某種野蠻的興致朗讀一段話，描述剛在冰島與法羅群島下錨的新海上碉堡有哪些軍備。

他心想，跟那些孩子在一起，那可憐的女人必定過著提心吊膽的生活。再過一、兩年，他們就會日夜監視她有沒有不符正統思想的跡象。現在幾乎所有兒童都很可怕。最糟糕的是，藉著少年間諜團這樣的機構，小孩子有系統地被改造成管不動的小野蠻人，然而這點在他們身上卻不會激發出任何反叛黨規範的傾向。事實正相反，他們仰慕著黨，還有與黨有關的一切事物。歌曲、遊行、旗幟、登山健行、假來福槍打靶訓練、喊口號、崇拜老大哥——對他們來說，這全都是一種光榮的遊戲。他們所有的凶殘都向外發展，對付國家的敵人，對抗外國人、叛徒、破壞分子與思想犯。超過三十歲的人害怕自己的孩子幾乎是常態。而且他們很有理由如此，因為《泰晤士報》幾乎每個星期都有一小段文章，描述某個愛偷聽的小告密者——通常的用詞是「兒童英雄」——偷聽到某些有問題的評語，就對思想警察告發他們的父母。

子彈造成的刺痛漸漸消退了。他不怎麼熱忱地重拾他的筆，納悶地想著他是否找得到更多可以寫在日記裡的材料。突然之間，他又開始想到歐布萊恩了。

好幾年前——到底多久了？一定有七年了——他曾經做夢，夢見他走過一個漆黑的房間。有人坐在他的某一側，趁他經過的時候說道：「我們會在一個沒有黑暗的地方相逢。」這句話說得非常輕聲細語，幾乎顯得不經意——這是一段陳述，而非一道命令。他沒有停頓，繼續往前走。奇怪的事情是，當時在夢裡，那些話並沒有在他身上留下太強烈的印象。直到後來，那些話才似乎逐漸有了重要性。他現在記不得初次見到歐布萊恩是在做夢之前還是之後，也記不得他在何時初次認定那是歐布萊恩的聲音。但無論如何，身分是認定了。從黑暗中對他發話的人就是歐布萊恩。

溫斯頓永遠無法確信無疑——就算今天早上有那瞬間的眼神交流，他還是不可能確定歐布萊恩是友是敵。似乎連這一點都不是那麼重要。他們之間有某種彼此理解的連結，比私人情感或同志情誼更重要。「我們會在一個沒有黑暗的地方相逢。」他這麼說過。溫斯頓不知道那是什麼意思，只知道這話會以某種方式成真。

電傳螢幕上傳出的聲音暫時停下來。喇叭吹響了，清澈而美麗的樂音在停滯的空氣中漂浮著。聲音繼續刺耳地繼續說道：

「注意！請各位注意！此刻馬拉巴前線傳來一則新聞快報。我們在南印度的軍隊已經贏得一次輝煌的勝利。我獲准說明，我們現在報導的這個行動，很有可能是讓戰爭朝尾聲邁進一大步。以下是新聞快報……」

溫斯頓心想，壞消息要來了。確實如此，在一支歐亞國軍隊全遭殲滅、敵軍以驚人數量被殺被俘的殘酷描述之後，接著宣布從下星期開始，巧克力配給會從三十克降低到二十克。

溫斯頓又打了個嗝。琴酒的酒力在消退，留下一種氣餒的感覺。電傳螢幕——或許是為了慶祝勝利，或許是為了淹沒記憶中失去的巧克力配給——猛然奏起〈大洋國，此即為汝〉。這時你應該要起身立正站好。然而以他現在的位置，他是隱形的。

〈大洋國，此即為汝〉換成了比較輕鬆的音樂。溫斯頓走向窗戶，保持背對著電傳螢幕。今天仍然寒冷而明亮。遠方某處有個火箭炮爆炸了，發出一聲迴盪不已的悶吼。現在每週大約有二、三十個火箭炮落在倫敦。

在下面的街道上，風來回地撥弄著撕裂的海報，「英社」這個詞忽隱忽現。英社。英社的神聖原則。新語，雙重思想，過去的易變性。他覺得他好像是在海底的森林中漫遊，迷失在一個屬於妖魔鬼怪的世界裡，他自己就是怪物。他孤獨一人。過去已死，未來無可想像。他怎麼能確定，現在有任何一個活著的人類站在他這邊？而他有什麼辦法可以知道，黨的統治不會**永遠**延續下去？就像個答案一樣，在真理部白色的正面牆壁上，那三則標語回應著他：

戰爭即和平
自由即奴役
無知即力量

他從口袋裡拿出二十五分硬幣。在那上面，也用小而清晰的字體刻上了同樣的標語，硬幣的另一面則是老大哥的頭像。就算從硬幣上，那雙眼睛也追著你跑。在硬幣上、在郵票上、在書本封面上、在標語上、在海報上、在香菸盒的包裝紙上——無處不在。總是有那雙眼睛注視著你，那個聲音包圍著你。睡著或醒著，工作或進食，室內或室外，入浴或上床——無可逃遁。沒有任何東西是屬於你自己的，只有你頭殼內部的那寥寥幾平方公分的空間例外。

太陽已經移到別處，光線不再照耀著真理部的無數窗戶，讓那些窗戶看起來陰森得像是一座堡壘上的射箭口。在那巨大無比的金字塔形狀之前，他的心為之一縮。它太強大，不可能被強襲攻下。一千個火箭炮都不能搗毀它。他再度納悶著他到底是為誰寫這本日記。為了未來，為了過去——為了一個可能是憑空想像出來的時代。擺在他眼前的不是死亡，而是徹底毀滅。日記會化成灰，他自己則會消失無蹤。只有思想警察會讀到他寫的東西，然後他們就會抹消日記的存在、從記憶中消滅。要是你的任何痕跡，甚至連草草寫在一張紙上的匿名文字都不可能在物質世界裡倖存，你怎麼可能對未來做出任何呼籲？

電傳螢幕裡鐘敲了十四下。他必須在十分鐘內離開。他必須在十四時三十分回到工作崗位。

奇怪的是，報時的鐘響似乎在他身上注入新的勇氣。他是孤獨的鬼魂，吐露的是從來沒有人聽過的真理。但只要他說了出來，從某個含糊晦澀的面向上來說，連續性就沒有被破壞。延續人類的傳承，靠的不是讓別人聽見你的聲音，而是靠著保持神智健全。他回到桌子旁邊，沾濕他的筆，然後寫下：

此致未來或過去，給一個思想自由、人彼此不同、而且不是過著孤立生活的時代——給一個眞理存在、做過的事情不可能當成沒做過的時代：

從一個整齊劃一的時代，孤寂的時代，老大哥的時代，雙重思想的時代——向你們問好！

他已經死了，他這麼思索著。在他看來，直到現在，他開始能夠有條理地表達思維時，他才踏出關鍵性的一步。每一個行動本身就包含了它的後果。他寫道：

思想犯罪並不必然蘊含死亡：思想犯罪**就是**死亡。

現在既然他已經把自己當成死人了，盡可能賴活久一些變得很重要。他右手的兩隻指頭染上了墨漬。可能會害你曝光的就是這種細節。部裡某些愛探人隱私的狂熱分子（可能是個女人：像是那個淺褐色頭髮的小個子女人，或者小說局的深色頭髮女孩），可能會開始懷疑他為什麼在午餐休息時間寫東西，為什麼他會用老式鋼筆，還有他在寫的是**什麼**——然後就去暗示處理相關事宜的單位。他去了浴室，然後用質感粗糙的暗棕色肥皂小心翼翼地刷掉墨水——那種肥皂會像砂紙一樣摩擦你的皮膚，所以相當適合眼前的用途。

他把日記放進抽屜裡收好。把日記藏起來其實沒什麼用，但他至少可以確定是否有人發現它的存在。把一根頭髮橫擺在頁面邊緣太過明顯了。用他的指尖，他拾起一顆易於辨識的白色灰塵放在書封面的角落上，要是有人動過書，灰塵就會掉下來。

第二章

溫斯頓夢見他母親。

他心想，他母親失蹤的時候他一定有十或十一歲了。她是個高䠷、體態勻稱又頗為沉默的女人，動作緩慢，還有一頭美麗動人的金髮。他對父親的記憶比較模糊，他膚色黝黑而瘦削，總是穿著整潔的暗色系衣服（溫斯頓尤其記得他父親的鞋底非常薄），還戴著眼鏡。事情很明顯，他們一定是被五〇年代第一波大整肅的某一回合給吞噬了。

這時，他母親正好坐在他下方深處的某個地方，懷裡抱著他妹妹。他完全不記得他妹妹了，只知道是個嬌小脆弱的寶寶，總是靜悄悄的，有著大而警醒的眼睛。她們兩個都仰望著他。她們在地平面以下的某個地方——好比說在一口井底，或者在一座極深的墓穴底部——但就算那裡已經比他所在的位置低上許多，那個地方還繼續自己往下沉。她們在一艘下沉船隻的交誼廳裡，透過顏色越來越深的水往上注視著他。交誼廳裡還有空氣，她們還可以看見他，他也還能看見她們，不過在此同時她們也一直往下沉，沉入綠色的水裡，再過一會兒那些水一定會讓她們永遠消失在視線範圍外。他在外面有光線與空氣的地方，同時她們卻往下被吸入死地，而且她們會在下面，是**因為**他在上面。他知道這點，她們也知道，而他可以從她們臉上看出她們心知肚明。她們臉上或心裡都沒有責備之意，只是很明白她們必須死，他才有可能繼續活著，而這就是世事秩序中免不了的一部分。

他想不起來當初發生什麼事，但在他夢中，他知道他母親跟妹妹透過某種方式，犧牲她們的性命換取他的。像這種夢境雖然保有夢境特色，卻是一個人知性生活的延續；而且一個人在這種夢裡察覺到的事實與觀念，在他醒來以後仍舊會顯得新鮮又有價值。溫斯頓現在突然頓悟的事情是，他母親在將近三十年前的死亡，有一種現在不可能再有的悲劇性與哀傷。他體察到悲劇屬於古老的年代，屬於隱私、愛和友誼還存在的時代，那時候一個家庭的成員無須理由就會彼此支持。關於他母親的記憶撕扯著他的心，因為她死時還愛著他，那時候他太小也太自私，沒有回饋她的愛；也因為她以某種他現在不記得的方式，為了一種私密而無可改變的忠誠概念，犧牲了自己。現在有的是恐懼、憎恨與痛楚，卻沒有情緒的尊嚴、也沒有深沉或複雜的哀愁了。他母親跟妹妹在下方好幾百噚深處，而且還繼續在往下沉，透過綠色海水抬頭望著他，他似乎從她們的大眼睛裡看到這一切。

突然間他就站在一個短而有彈性的草皮上了，這是個夏季傍晚，斜斜的夕照光輝替地面鍍了一層金。他正注視著的這片風景，在他夢中重複出現太多次了，以至於他永遠無法完全確定，他在現實世界裡是否看過。在他清醒的思緒中，他稱之為黃金鄉。這是一片歷史悠久、處處有兔子啃過的草地，被踩出來的小徑穿梭其間，而且散布著東一座、西一座的鼴鼠丘。在這片田野對面錯落參差的矮灌木叢裡，榆樹枝幹在微風中極其輕微地搖擺，上面濃密成團的葉子就只是顫動著，像是女人的頭髮。在很靠近他、卻不在視線範圍內的某個地方，有一條流速緩慢的清澈溪流流過，鰷魚就在柳樹下的池塘裡游動。

深色頭髮的女孩穿過田野，朝著那些事物而來。似乎光靠一個動作，她就把衣服剝掉了，輕蔑地扔到一旁。她的身體雪白柔順，卻沒掀起他體內的慾望，說真的他幾乎沒去看。在那一刻淹沒他的情緒，是她把衣服扔到一邊去的姿態所激起的仰慕。以那動作的優雅與隨興，似乎摧毀了一整個文明、一整個思想體系，就好像老大哥還有黨跟思想警察，全都可以靠那隻手臂了不起的一個動作，掃進一片虛無。那也是個屬於舊時代的姿態。溫斯頓醒來的時候，「莎士比亞」這個字眼就掛在他脣邊。

電傳螢幕發出一陣劃破耳膜的哨音，同樣的音符持續了三十秒。現在是七點十五分，辦公室員工起床的時間。溫斯頓痛苦地把身體扭下床——他赤裸裸的，因為外黨黨員每年只有三千元服裝券，而一套睡衣就要六百元——然後抓起一件髒兮兮的襯衣，還有一條躺在椅子上的短褲。體操就要在三分鐘內開始了。下一刻他就一陣猛咳，咳得彎下腰去，這種咳嗽幾乎總是在他醒後不久來襲。這一陣咳嗽如此徹底地清空了他的肺，他躺在床上連續深吸好幾口氣以後，才有辦法開始重新呼吸。用力咳嗽讓他的血管都鼓起了，靜脈曲張潰瘍又開始發癢。

「三十到四十歲組！」一個刺耳的女性聲音尖聲喊道。「三十到四十歲組！請就位。三十到四十歲組！」

溫斯頓在電傳螢幕前面跳起來立正站好，而螢幕上已經出現一個影像：看來還年輕的女人，瘦削卻滿身肌肉，穿著束腰長外衣跟運動鞋。

「手臂彎曲伸展！」她厲聲說道：「花時間跟我一起做。一、二、三、四！一、二、三、四！

來吧，同志們，多加點活力進去！一、二、三、四！一、二、三、四！……」

那陣咳嗽的痛楚，還沒有把夢境造成的印象完全逐出溫斯頓的腦海，而且不知怎麼的，體操有節奏的動作還讓印象恢復了。他機械式地迅速來回揮舞手臂，臉上掛著公認適合體操的堅忍愉悅表情，在此同時他掙扎著要想出個辦法，回溯他童年早期那段朦朧模糊的時期。這樣做異常困難。在五〇年代末期以前的每件事都褪色了。這時候你沒有可以參考的外界紀錄，甚至連你自己的人生輪廓都失去了它的鮮明度。你記得的重大事件很可能沒發生過，你記得小事件的細節，卻沒有辦法重新捕捉到當時的氣氛，而且還有些漫長的空白時期，你無法指出當時的任何事。那時一切都不一樣。就連國家的名字，還有它們在地圖上的形狀，也全都不一樣。舉例來說，一號機場區那時候不叫這個名字：它叫做英格蘭或者不列顛，雖然他相當確定，倫敦一直都叫做倫敦。

溫斯頓無法確切記得他的國家哪個時候不打仗，但事情很明顯，在他小時候有過一段相當長的和平時期，因為他早年的記憶之一，就是一場似乎讓所有人大吃一驚的空襲。或許就是原子彈落在科徹斯特的時候。他不記得空襲本身了，但他確實記得，他父親的手緊抓著他的手，同時他們在匆忙中一直往下、往下、往下走進某個地底深處的地方，沿著一個螺旋梯繞啊繞的，梯級在他腳下響著，最後他的腿實在太瘦了，他開始哼哼唧唧，他們必須停下來休息。他母親，照著她緩慢而夢幻的步調，在離他們很遠的後方跟著。她抱著他的嬰兒妹妹——也有可能她抱著的只是一捲毯子：他不確定那時候他妹妹出生了沒。最後他們出現在一個吵雜擁擠的地方，他領悟到那裡是個地鐵站。

在鋪著石板的地板上到處都坐著人，還有其他人緊挨在一起，坐在一層架著一層的金屬架床鋪上。溫斯頓跟他父母在地板上替自己找了個位置，在他們附近有一對老先生跟老太太，挨著肩膀坐在一張床鋪上。老先生穿著一件體面的深色西裝，還戴著一頂黑色布帽子，往後推壓著一頭非常白的頭髮：他的臉是絳紅色的，兩隻藍色的眼睛熱淚盈眶。他身上發出琴酒的酒臭味。酒氣似乎取代了汗水從他身上冒出來，你可以想像從他眼中湧出的眼淚都是純的琴酒。但就算他是有點醉了，同樣也有一種難以承受的真誠哀慟在折磨他。溫斯頓以他童稚的方式，理解到有某種可怕的事情，某種無法寬宥、永遠不可能彌補的事情，在剛才發生了。在他看來，他也知道那是什麼事。那個老男人所愛的某個人——或許是一個小孫女兒——剛剛被殺了。每隔幾分鐘老人都會重複：

「我們本來就不該信任他們的。我說過的，老媽，不是嗎？信任他們的結果就是這樣。我一直都這麼說。我們本來就不該信任那些畜生。」

但他們不該信任的畜生到底是誰，溫斯頓現在想不起來了。

從大約那時開始，戰爭就一直是名副其實地連綿不斷，雖然嚴格說來並不總是同一場戰爭。在他小時候，有幾個月倫敦內部陷入混亂的巷戰，其中某些戰鬥他的記憶很鮮明。不過去追溯這整段時期的歷史、去說某一刻到底是誰在對抗誰，會是徹底不可能的，因為沒有一項書面紀錄與口頭聲明，會提到現存聯盟以外的任何其他聯盟。比方說在此刻，在一九八四年（如果現在真是一九八四年），大洋國正在跟歐亞國作戰，跟東亞國結盟。沒有一項公開或私下的發言，承認三大強國曾在任何時刻組成不同的陣線。實際上，如同溫斯頓所熟知的，大洋國跟東亞國交戰、與歐亞國結盟，只不過是四年前的事。但那只是片段溢出的知識，他碰巧具備，因為他對記憶的掌控能力不是那麼理想。官方說法是，改變戰略夥伴這種事從沒發生過。大洋國現在在跟歐亞國作戰：所以大洋國一直都在跟歐亞國作戰。此刻的敵人永遠都代表著絕對的邪惡，所以在過去或未來跟它達成任何協議都是不可能的。

最嚇人的事情——他一邊痛苦地逼著自己的肩膀往後挺（同時雙手扶在髖部，他們正在從腰部扭轉著自己的身體，理論上這麼做對背部肌肉很好），一邊第一萬次暗自反省——最嚇人的事情是，這一切可能都是真的。如果黨可以硬是插手過去，說這個事件或那個事件**從來沒有發生過**——這樣肯定比酷刑折磨跟死亡更可怕。

黨曾經說過，大洋國從來不曾跟歐亞國結盟。他，溫斯頓．史密斯，知道大洋國曾經在短短四年前跟歐亞國結盟過。但這種知識存在於何處？只在他自己的意識裡，然而無論如何，必然很快就會被消滅。要是別人全都接受黨強加的謊言——如果所有紀錄裡講的全都是一樣的故事——那麼謊言就會過關，進入歷史變成真理。黨的口號這麼說：「掌控過去的人就掌控未來：掌控現在的人就掌控過去。」然而過去的本質雖然是可變的，過去卻從來不曾改變過。現在為真的任何事物，從亙古到永恆都是真的。這點相當簡單。你所需要的一切，就是連續無盡地戰勝你自己的記憶。「現實控制」他們是這麼稱呼的：在新語裡，叫做「雙重思想」。

「稍息！」指導員喊道，這次口氣親切了一點。

溫斯頓讓兩隻手臂落到兩側，然後慢慢讓空氣重新注入他的肺。他的心思溜進了雙重思想的迷宮世界裡。既知道也不知道，既意識到完全的真實又說出小心翼翼建構的謊言，同時抱持兩個彼此抵銷的意見，明知它們互相矛盾，卻還是兩個都相信，運用邏輯對抗邏輯，既否定道德又自命有道德，相信民主並無可能，然而黨就是民主的守護者，忘記任何必須忘記的，然後又在必要的時候把那些事情回收到記憶裡，接著旋即再度遺忘：而最重要的是，把同樣的程序應用到這個程序本身之上。這是最極致的竅門：有意識地引出沒有意識的狀態，然後對你才剛做過的催眠行為再一次變得毫無意識。就連理解「雙重思想」這個字眼，都牽涉到運用雙重思想。

指導員再度叫他們立正。「現在讓我們看看我們之中哪一個可以碰到腳趾！」她充滿熱忱地說道。「同志們，請從臀部開始往下彎。一、二！一、二！……」

溫斯頓厭惡這種運動，會把一陣陣痛楚從他的腳跟一路傳到屁股，結果通常會引起另外一陣咳嗽。他的沉思中那種半似愉悅的性質消失了。他思索著，過去不只是被改變，實際上還被毀滅了。因為，在你自己的記憶以外不存在任何紀錄的時候，你要怎麼確立事實呢？即便是最明顯的？他試著記起他在哪一年第一次聽人提到老大哥。他想一定是在六〇年代的某個時候，但這點不可能確定。當然，在黨史上，老大哥從革命最初的日子開始，就是革命的領袖與守護者了。他的功勳在時間裡逐漸回溯，直到這些事跡已經延伸到四〇與三〇年代的傳說世界為止，那時戴著古怪圓筒帽的資本家們仍舊搭著閃亮亮的大汽車、或者有玻璃窗戶的馬車，馳騁在倫敦街頭。沒有人知道這個傳說有多少是真的，又有多少是杜撰的。溫斯頓甚至記不得黨本身是從哪一天開始存在的。他不相信他在一九六〇年以前就曾聽過英社這個詞，不過它的舊語說法就有可能——也就是「英國社會主義」——早些時候這種說法時興過。一切都融入迷霧中。說真的，有時候你可以清楚指出一個明白的謊言。

舉例來說，黨的史書裡聲稱黨發明了飛機，這就不是真的。他記得他童年最早期就有飛機了。但你什麼都不能證明。絕無任何證據存在。他整個人生裡只有一次，手中握著錯不了的書面證據，可以否定一項歷史事實。而在那個時候……

「史密斯！」電傳螢幕裡傳出那潑婦嗓音的尖叫。「六〇七九W．史密斯！對，**就是你**！請彎低一點！你可以做得比那樣更好。你沒在努力。請彎低一點！**那樣**就好多了，同志。現在整個小組稍息，看我做。」

溫斯頓全身冒出一陣突如其來的熱汗。他的臉還是徹底難以捉摸。永遠別顯露出沮喪之情！永遠別顯露出怨恨之意！眼睛一霎可能就讓你露餡了。他站在那裡注視著，同時指導員把她的雙臂高舉過頭——動作不能說是優雅，卻有出色的簡潔與效率——接著彎下腰去，把她手指的第一節塞到她的腳趾下面去。

「**看那裡**，同志們！**那**就是我想看你們做到的。再看我做一次。我三十九歲了，還有四個孩子。現在看著。」她再度彎腰。「你們看到**我的**膝蓋可沒彎。如果你們想，你們全都可以做到。」她把身體直起來的時候補充道。「任何不到四十五歲的人絕對都能碰到他的腳趾。我們不是全都有上前線作戰的殊榮，但至少我們全都可以保持體能。記得我們在馬拉巴前線的男孩們！還有在海上堡壘的水手們！就想想**他們**必須忍受什麼。現在再試試看。那樣好些了，同志，那樣**好多了**。」她補上這句勉勵，因為這時溫斯頓用力往下一撲，沒彎膝蓋就成功地碰到他的腳趾，這是多年來的頭一遭。

第四章

即使電傳螢幕近在眼前，也擋不住溫斯頓在無意間深深嘆了口氣；隨著這聲嘆息，他的日常工作開始了，他把說寫器拉向他，吹掉話筒上的灰塵，戴上眼鏡。然後，他攤平四個已經從桌子右邊的真空管裡掉下來的筒狀小紙捲，把它們接在一起。

在辦公隔間的四壁之內，有三個辦公室。在說寫器右邊，是一個傳送書面訊息的小真空管，左邊則是傳送報紙用的大真空管；在邊牆上，溫斯頓伸出手臂可以輕鬆碰到的範圍內，有個大的長方形縫隙，外面用一張格狀鐵絲網保護著。最後這個東西是用來處置廢紙的。同樣的投入口在整棟大樓裡有成千上萬個，不但每個房間都有，在每條走廊每隔一小段距離也都有。基於某種理由，這些投入口的別名是記憶洞。既然你知道任何紀錄都注定該銷毀，甚至是在你看到一張廢紙躺在地上的時候，你都會自動掀起最近一個記憶洞的蓋子、把那張紙扔進去，那張紙會從那裡被一陣暖氣流捲走，進入藏在建築物某個隱蔽處的巨大火爐裡。

溫斯頓檢視著他攤開的四條紙張。每張紙捲裡包含一則只有一、兩行的訊息，以部內溝通使用的縮寫術語寫成——並不真的是新語，但大部分都是用新語字彙組成。訊息如下：

泰晤士八四、三、一七　ＢＢ演說錯誤報導非洲更正
泰晤士八三、一二、一九　預測三年計第四季八三印刷錯誤證實當期
泰晤士八四、二、一四　減少富庶錯誤引用巧克力更正
泰晤士八三、一二、三　報導ＢＢ日指示雙倍加非好指涉非人重寫全部塡前上呈

帶著一絲微弱的滿足感，溫斯頓把第四個訊息放到一旁。這是個細膩複雜、責任重大的工作，最好放到最後再做。另外三件都是例行公事，雖然第二件可能表示要做些乏味的工作，讀遍一張張數字圖表。

溫斯頓在電傳螢幕上打入「過刊」，要求送來適當期數的《泰晤士報》，那幾期報紙只延遲了幾分鐘就滑出了真空管。他收到的訊息指出，某篇文章或新聞條目因為這個或那個理由必須改變，或者就如同官方說法，必須更正。舉例來說，三月十七日的《泰晤士報》上出現了這個訊息：老大哥在前一天的演講裡預測，南印度前線會維持平靜，但歐亞國很快會在北非洲發動一次進攻。實際上，歐亞國最高指揮部卻是在南印度發動攻勢，沒去動北非洲。所以就有必要重寫老大哥演講裡的某一段，好讓他預測到實際發生的事。或者在另一個例子裡，《泰晤士報》在十二月十九日刊登了官方對於一九八三年第四季各種等級商品的生產量預測，這也是第九次三年計畫的第六季。今天出刊的報紙包含一段對實際生產量的陳述，從這裡看來，當初對於每個項目所做的預測都錯得離譜。溫斯頓的工作是更正原本的數字，讓它們吻合後來的數字。至於第三個訊息，它指的是一個非常簡

單的錯誤，幾分鐘內就可以搞定。在不久之前的二月，富庶部提出一個承諾（官方用語是「絕對保證」），一九八四年內不會降低巧克力配給。實際上，如同溫斯頓所知，巧克力配給在這一週結束時會從三十克降到二十克。要做的就只有用一則警告來取代原有的承諾：在四月的某個時間點，可能有必要削減配給。

溫斯頓一處理完每個訊息，他就把他用說寫器糾正過的版本夾到對應的《泰晤士報》副本上，然後把它們推進真空管裡。然後，隨著一個盡可能無意識的動作，他揉掉原來的訊息還有他自己做的任何筆記，然後扔進記憶洞裡，讓它們被火焰吞噬。

真空管連通的那個隱形迷宮裡發生什麼事，他不清楚細節，但他的確知道大致上的狀況。等到任何特定期數的《泰晤士報》正好需要的所有更正版都收齊核對以後，那一期會重印，原有的版本會被摧毀，糾正過的版本在檔案裡會取代原版。這個持續修改的過程不只應用在報紙上，也用在書籍、期刊、手冊、海報、傳單、電影、音軌、卡通、照片上面——用在想像得到具備任何政治或意識形態意義的每一種文獻或檔案紀錄上。每一天、幾乎是每一分鐘，過去都被更新到符合現狀。以這種方式，黨所做的每個預測在檔案佐證下，都可以顯得一直正確無誤；任何跟此刻需求相衝突的新聞或意見表達，都不容留在紀錄裡。所有歷史都是重複使用的羊皮紙，刮乾淨重寫內容的頻率，有必要多頻繁就多頻繁。一旦工作完成，要證明任何篡改發生過是絕對不可能的。紀錄局裡最大的分處比溫斯頓工作單位還大得多，組成成員只有這個職責：追蹤並收集那些已被取代所以該被銷毀的書本、報紙跟其他紀錄的所有副本。因為政治聯盟的變動、或者老大哥的預言錯誤，有幾期《泰晤士報》可能被重寫了十幾次，卻還印著原有的日期杵在檔案之中，而且沒有其他內容矛盾的副本存在。書籍也會一再被調出來重寫然後重新發行，永遠不會承認其中做了任何變更。就連溫斯頓接獲的指示——他總是一處理完便脫手——永遠不會直說或者暗示要進行的是偽造行為：那些說詞指涉的永遠是口誤、筆誤、誤植或引述錯誤，為了保持精確必須糾正。他一邊重新調整富庶部的數字一邊想著，但在實際上，這甚至不算偽造。這只是把一段廢話替代成另一段廢話。你在處理的大多數材料跟真實世界裡的任何東西都無關，甚至沒有直白謊言裡包含的那種關聯性。統計數字的糾正版就跟它們的原始版本一樣是幻想產物。在大多數時間裡，別人都期待你憑空捏造出那些數字。舉例來說，富庶部的預測估計這一季的靴子產量會是一億四千五百萬雙。實際產量被列為六千兩百萬雙。然而溫斯頓在重寫預測報告的時候，把數字往下拉到五千七百萬雙，這樣就讓官方能像平常一樣，宣布生產超出原定配額。無論如何，六千兩百萬雙並不比五千七百萬雙、或者一億四千五百萬雙更接近事實。很有可能根本沒有任何一雙靴子被製造出來。更有可能的是，沒有人知道有多少靴子被製造出來，更不用說是在乎了。大家只知道每一季都有達到天文數字的靴子在紙上被製造出來，同時或許大洋國的一半人口都打赤腳。而且每一種紀錄中的事實，不論數字大小，都是這個樣子。一切都消失褪色到一個陰影世界裡，到頭來連現在何年何月都變得不確定了。

溫斯頓瞥向辦公廳另一頭。在另一側相同格局的辦公隔間裡，有個小個子、看來一板一眼、下巴黝黑的小個子男人提洛森，正以穩定的步調工作著，他膝蓋上擺著一份折起來的報紙，他的嘴巴非常靠近說寫器的話筒。他看起來好像試著要守住他跟電傳螢幕之間的祕密。他抬頭一望，他的眼鏡朝著溫斯頓的方向拋去充滿敵意的一道反光。

溫斯頓幾乎不認識提洛森，也對他受僱做什麼工作毫無概念。紀錄局的人不會輕易談起他們的工作。在這個長而無窗的辦公廳裡，在兩排辦公隔間、沒完沒了的紙張窸窣聲與對著說寫器喃喃自語的聲音之間，差不多有十幾個人溫斯頓甚至連名字都不知道，雖然他每天都看見他們在走廊上匆匆來去，或者在兩分鐘仇恨時間裡比手畫腳。他知道在他旁邊的隔間裡，那個有淺褐色頭髮的嬌小女人日復一日埋頭苦幹，就只是把那些「蒸發」掉以後被當成不曾存在過的人名，從報章雜誌裡找出來刪除。這種工作裡一定有某種適才適所的成分，因為她丈夫就是在一、兩年前被蒸發掉的。而再隔幾個隔間，有個溫和、沒效率又總是如在夢中的人物叫做安珀佛斯，有著寒毛非常濃密的耳朵，以及玩弄韻腳與節拍的驚人天分，他參與的工作是製造詩歌被篡改過的版本——被稱為定本——原版在意識形態上變得惹人反感，但因為某種理由必須保留在選集裡。而這個辦公廳，還有廳內大約五十名的員工，只是一個分處，在紀錄局巨大複雜的體系之中，就只是一個單一細胞。在此地之外的上下左右，還有其他大批員工在做難以想像的許多工作。這裡還有龐大的印刷部門與轄下的文稿編輯、印刷專家，與他們設備精巧、用來偽造照片的攝影棚。還有電傳節目分處，有自己的技師、製作人跟演員團隊，他們是因為模仿聲音的技巧而特別被選中。還有多如軍隊的參考文獻書記員，他們的工作就只是編列應該回收的書籍與期刊清單。還有儲藏已修正檔案的廣大儲藏倉庫，跟銷毀原版文件副本的隱藏熔爐。而在此地或彼地，相當隱匿不知名的地方，還有指揮首腦協調整體的努力，定下政策方向，讓這些事情變得必要：這一小段過去應該保留，那一小段該被篡改，其他片段則應該被抹消。

而紀錄局，說到底它本身就只是真理部的一個分支，主要工作不是重建過去，而只是提供大洋國國民報紙、電影、教科書、電傳螢幕節目、戲劇跟小說——給予每一種想像得到的資訊、指導或娛樂，從一尊雕像到一句口號，從一首抒情詩到一篇生物學論文，從一本小孩子的拼字書到一本《新語字典》。而真理部不只是提供黨多方面的需要，也為了無產階級的利益，在較低的層級重複相同的做法。有一整批不同的局處單位在處理一般的無產階級文學、音樂、戲劇與娛樂。這裡被製造出來的有些低級小報，除了運動、犯罪跟占星學以外幾乎毫無內容，還有灑狗血的廉價中篇小說、性慾橫流的電影、完全靠著機械工具，在叫做「詩歌機」的某種特殊萬花筒裡炮製的濫情歌曲。甚至有一整個分處——在新語裡叫做色情處——做的是製造最低俗的色情文學，會裝在密封的包裹裡送出去，然而除了負責製作的人以外，沒有一個黨員可以看這種東西。

在溫斯頓工作時，有三則訊息從真空管裡滑出來，不過都是簡單的工作，在兩分鐘仇恨時間打斷他以前就處理完了。仇恨時間結束以後，他回到他的辦公隔間，把《新語字典》從書架上拿下來，把說寫器推到旁邊，擦乾淨他的眼鏡，然後靜下心來做他今天早上的主要工作。

溫斯頓生活中最大的樂趣，就在於他的工作。大半工作都是無聊的例行公事，但其中也有些工作困難繁複到讓你忘記其他一切，就好像沉浸在一道數學題裡一樣——在這種細膩的偽造工作裡，你別無其他指引，只能靠你對英社原則的知識，還有你怎麼估計黨想要你說什麼。溫斯頓很擅長這種事。偶爾他甚至會被賦予重任，要糾正《泰晤士報》的社論，那完全是用新語寫成的。他攤開先前被他擱置在一旁的訊息。那則訊息寫著：

泰晤士八三、一二、三　報導ＢＢ日指示雙倍加非好指涉非人重寫全部塡前上呈

在舊語（或稱為標準英語）中，這段話可以這麼翻譯：

一九八三年十二月三日《泰晤士報》對於老大哥當日指示的報導極端令人不滿，指涉到不存在的人。全部重寫，在歸檔以前草稿要先呈報上級。

溫斯頓讀完那一整篇出問題的文章。老大哥的當日指示，似乎主要是致力於讚揚一個稱為ＦＦＣＣ的機構，此機構提供香菸與其他慰勞物資給海上堡壘的水手們。有一位威瑟斯同志，內黨的顯赫黨員，特別被挑出來表揚，得到第二等傑出功績獎章。

三個月後，ＦＦＣＣ突然解體了，理由並未公布。你可以假設威瑟斯跟他的同僚現在失寵了，不過在報章雜誌或電傳螢幕上並沒有關於此事的報導。這是可以預期的，因為政治犯不常受審，甚至不會受到公開譴責。大規模整肅牽涉到數千人，會有叛徒公審，還有思想犯可恥地坦承他們的罪過，然後被處決，這些是特別節目，發生頻率不會超過幾年一次。更常見的是拂逆黨意的人就這樣失蹤，再也無人聽聞。他們出了什麼事，哪怕是最小的一點線索你都絕不會有。在某些案例裡，他們甚至可能沒有死。可能有三十個溫斯頓自己認識的人——他的父母還不算在內——在此時或彼時失蹤了。

溫斯頓用一個迴紋針輕搔他的鼻子。對面辦公隔間裡的提洛森同志，仍然神祕兮兮地蜷縮在他的說寫器前。有一刻他揚起了腦袋：眼鏡再度充滿敵意地一閃。溫斯頓納悶地想，提洛森同志做的是不是跟他自己一樣的工作。這相當有可能。這麼棘手的工作永遠不會只委託給一個人：另一方面來說，把它交給一個委員會，就是公然承認偽造行為正在發生。很可能有多達一打的人，現在正針對老大哥實際上說過的話製作彼此競爭的版本。而現在某個內黨的運籌帷幄之人會挑出這個或那個版本，重新加以編輯，然後啟動必要而複雜的交互參照程序，然後被選出來的謊言會進入永久紀錄裡，變成真理。

溫斯頓不知道為什麼威瑟斯失勢了。或許是因為貪汙或無能。或許老大哥只是要擺脫一個太受歡迎的下屬。或許威瑟斯或跟他的某個親信有異議分子的嫌疑。又或者——這是最有可能的狀況——這件事之所以發生，就只因為整肅與蒸發是政府運作必要的一部分。唯一真實的線索，在於「指涉非人」這個詞彙，這話指出威瑟斯已經死了。你不能總是假定被捕的人會死。有時候他們會被放出來，而且還容許他們保持長達一、兩年的自由之身，然後才處決。在很少見的狀況下，你本來相信早已死去的某人，會像鬼魂似地再度現身在某個公開審判之中；他會在那裡用他的證詞株連另外數百個人，然後消失無蹤，這次是永永遠遠。然而威瑟斯已經是個非人了。他不存在；他從來不曾存在。溫斯頓決定了他的想法，光是逆轉老大哥講辭的傾向還不夠。最好讓那篇講辭處理某件跟原本主題完全不相干的事情。

他可以把這篇演講轉變成尋常的譴責叛徒與思想犯，但那樣稍微太明顯了一點，而發明前線的一場勝仗、或者對第九次三年計畫生產超量的某些歡慶之詞，可能會讓紀錄變得太過複雜。這裡需要的是一篇純粹的幻想產物。突然間跳進他腦海裡的東西，就像是已經一揮而就，是某一位同志奧格維的影像，他最近在英雄式的情境下死於一場戰役中。在某些場合，老大哥會把他當天的指示完全用來紀念某位地位低微的普通黨員，此人的生與死被他尊為值得追隨的典範。今天他應該要紀念奧格維同志，只要幾行印刷字體跟幾張假照片，很快就會讓他存在了。

溫斯頓想了一會兒，接著就把說寫器拉向他，開始用老大哥為人熟知的風格口述：這種風格既像個軍人又像在炫耀學問，而且很容易模仿，因為他有一招，就是提問後馬上提出答案（「同志們，我們從這個事實裡學到什麼教訓呢？這個教訓——這也是英社基礎原則之一——就是……」凡此等等）。

在三歲的時候，奧格維同志拒絕所有玩具，只有一面鼓、一把輕機槍跟一台直升機模型是例外。到了六歲——因為特別放寬規則，所以提早了一年——他已經加入少年間諜團，九歲時他已經是一個小隊領袖了。十一歲時，偷聽到一段在他聽來有犯罪傾向的對話以後，他向思想警察告發他叔叔。十七歲，他已經是青年反性聯盟的區組織幹部。十九歲時，他設計了一種被和平部採用的手榴彈，這種手榴彈第一次試用時，就一舉炸死三十一名歐亞國戰犯。二十三歲時，他在戰鬥中捐軀。在帶著重要的急件飛越印度洋時，他被敵軍的噴射戰機追趕著，他用他的機關槍增加身體重量，然後帶著急件跟一切物品，跳出直升機外的深深海水中——老大哥說，要是仔細思索這個結局，不可能不覺得嫉妒。老大哥補充了幾句話，評論奧格維同志這一生的純潔與專注奉獻。他是個徹底的戒酒主義者，也不抽菸，除了每天在體育館裡度過一小時以外別無娛樂，也發誓獨身，他相信婚姻與照顧家庭跟每天二十四小時盡心盡責互不相容。除了英社原則以外，他沒有別的談話主題；除了打敗歐亞國敵人跟追捕間諜、破壞分子、思想犯跟一切的叛徒以外，他沒有別的人生目標。

溫斯頓心裡在掙扎，是否要送給奧格維同志一個傑出功績獎章：到最後他決定不這樣做，因為這樣會導致不必要的交互參照工作。

他又瞥了對面隔間裡的對手一眼。似乎有某種感覺很肯定地告訴他，提洛森在忙的工作跟他一樣。沒有辦法知道最後會採用誰的工作成果，不過他深信採用的會是他自己的作品。奧格維同志，一小時前還沒人想像到，現在已經成為事實。他突然覺得古怪，你可以創造死人，卻造不出活人。奧格維同志，他從來不存在於此刻，現在他卻存在於過去，而一旦偽造行為被人忘卻，他就會像查理曼大帝或者凱薩一樣真實地存在，還同樣有憑有據。

第五章

在深埋地下、天花板偏低的員工餐廳裡，排隊吃午餐的人龍緩緩地往前抽動。房間裡已經非常擁擠，噪音震耳欲聾。從餐檯的烤架上，燉菜的蒸氣往前冒了出來，帶著一股酸酸的金屬味，然而這股味道並沒有徹底蓋過勝利琴酒薰人的味道。在房間另一頭有個小酒吧，就只是牆上的一個洞，在那邊可以用十分錢買上一大口琴酒。

「這不就是我要找的人嗎？」溫斯頓背後有個聲音說道。

他轉過身去。那是他的朋友賽姆，他在研究局工作。或許「朋友」這個詞不盡然正確。現在你沒有朋友了，你有的是同志：但跟某些同志的社交往來，會比跟其他人的來得愉快。賽姆是個語言學家，一位新語專家。的確，他屬於現在參與編撰第八版《新語詞典》的其中一個龐大專家團隊。他個子矮小，比溫斯頓還矮，有著黑髮與大而突出的眼睛，同時流露出憂傷與嘲弄；在他跟你說話的同時，那雙眼睛似乎也在仔細搜尋你的臉。

「我想問你還有沒有剃刀刀片？」他說道。

「一把都沒有！」溫斯頓帶著某種罪惡感迅速地說道。「我到處都試過了。再也沒有剃刀刀片了。」

每個人都會一直向你要剃刀刀片。實際上他有兩把沒用過的，他囤積起來了。過去幾個月裡一直在鬧刀片荒。在任何時候，黨營店鋪裡都有某種必需品供應不上。有時是鈕扣，有時是羊毛織品，有時是鞋帶；現在就是剃刀刀片了。如果真的還弄得到，你差不多就只能偷偷摸摸地在「自由」市場裡窮找了。

「我已經用同一把剃刀六個星期了。」他不誠實地補上這句話。人龍又往前抽動了一下。在他們暫時停步時，他再度轉身面對賽姆。他們兩個各自從餐檯尾端的餐盤堆上，拿了一個油膩膩的金屬餐盤。

「你昨天去看囚犯受絞刑了嗎？」賽姆說道。

「我在工作。」溫斯頓冷淡地說道：「我想我會在電影院看吧。」

「非常不合適的替代品。」賽姆說道。

他嘲弄人的眼睛掃視著溫斯頓的臉。「我懂你。」那雙眼睛似乎這麼說：「我看透你了。我很清楚你為什麼不去看囚犯處絞刑。」賽姆是個知性派的惡毒正統黨員。他會用一種幸災樂禍、心滿意足得令人不快的口氣，談論直升機如何突襲敵人的村莊、思想犯的審判與自白，還有博愛部地窖裡的處決。跟他交談的重點，大部分在於把他從這類主題上引開，接著要是有可能的話，就纏著他講些新語的技術細節，他在這種話題上權威可靠，又很有趣。溫斯頓把他的頭微微轉向一旁，避開那雙黑色大眼睛的審視。

「那是一場很好的絞刑。」賽姆緬懷地說道。「他們把囚犯們的腳綁起來的時候，我心想這回要蹧蹋掉了。我喜歡看他們踢騰。而且最重要的是，到最後，舌頭會吐出來，還藍藍的——一種很明亮的藍色。就是這種細節吸引我。」

「下一位請！」一個圍著白圍裙、拿著長柄勺的普羅階級喊道。

溫斯頓跟賽姆把他們的餐盤推到架子下面。每個餐盤上都迅速地扔上平常的午餐——一個小金屬盤的粉紅泛灰色燉菜、一塊麵包、一方起司、一杯無奶勝利咖啡，還有一塊糖精片。

「那邊有張桌子，就在電傳螢幕下面。」賽姆說。「咱們順路拿杯琴酒吧。」

琴酒是用沒有把手的瓷馬克杯端給他們的。他們排成一線穿過擁擠的房間，然後在金屬桌面的桌子上卸下他們的餐盤，有人在桌子的一角留下一灘燉菜——一團髒兮兮的液體，有著嘔吐物似的外表。溫斯頓端起他那杯琴酒，頓了一下好鼓起勇氣，然後大口吞下那個有油味的玩意。在他眨掉眼中的淚光時，他突然間發現他餓了。他開始吞嚥一湯匙又一湯匙的燉菜，那菜像平常一樣煮得很馬虎，夾雜著一塊塊海綿般粉紅色的東西，可能是烹調過的肉。他們兩個直到吃完自己那一盤菜以前，都沒再開口。從溫斯頓左邊、稍微在他背後一點點的那張桌子上，有人正在迅速而連綿不斷地說著話，那是一種刺耳的含糊嘟噥，就像鴨子嘎嘎叫，刺透整個房間的喧囂。

「字典進行得怎麼樣？」溫斯頓這麼說，他拉高了嗓門好壓過噪音。

「很慢。」賽姆說：「我在做形容詞。很迷人。」

一提到新語，他立刻心情大好。他把他的菜盤推到一邊去，用一隻細緻的手拿起他的麵包塊，另一隻手則拿著起司，然後身體往前傾伏到桌上，這樣才能夠不用吼的講話。

「第十一版會是定本。」他說：「我們打造出這個語言的最終形態了——在沒有人說其他語言的時候，就會是這個形態。等我們完工，像你這樣的人就必須全部重學了。我敢說，你認為我們的主要工作就是發明新字。但一點都不對！我們是在毀滅字詞——每天摧毀幾十個、幾百個。我們正在把這個語言切割到見骨。在第十一版裡，不會有一個字在二〇五〇年以前就被淘汰。」他飢腸轆轆地朝他的麵包咬下去，嚥下幾口，然後帶著一種酸腐學究的熱情繼續往下說。他瘦削黝黑的臉變得生動了，他的眼睛沒有了嘲弄的神色，幾乎變得如墜夢境。

「毀滅文字，這真是美麗的事情。當然最大的累贅在動詞與形容詞之中，但還有好幾百個名詞也是可以擺脫的。不只是同義詞；也有反義詞。說到底，要是一個字只是其他字詞的反義詞，有什麼理由為它辯護？一個字詞內部已經包含自己的對立面了。就拿『好的』（good）當例子。如果你有一個像是『好的』這樣的字，像是『壞的』（bad）這種字有何必要？『非好的』（ungood）也同樣可用——還更好呢，因為這是一個精確的對反，另一個詞則不是。或者再說，如果你想要『好的』這個詞比較強烈的版本，一整串像是『優秀的』、『了不起的』跟所有其他字眼都含糊無用，這樣有什麼意義？『加倍好的』（plus good）就涵蓋這種意思了，如果你還想要更強調，可以用『雙倍加好的』（double plus good）。當然，我們已經在用這些形式了，不過在新語的最後版本裡，不會再有別的東西。到最後好與壞的整個概念，只用六個詞就包了——實際上，只有一個詞。溫斯頓，你看不出這樣做的美妙之處嗎？當然了，這本來是ＢＢ的點子。」他多想了一下以後，做了補充說明。

一提到老大哥，溫斯頓臉上就掠過一種缺乏生氣的熱切表情。雖然如此，賽姆立刻察覺到其中肯定缺乏熱忱。

「溫斯頓，你不是真正欣賞新語。」他幾乎顯得悲傷地說道。「就在你寫著新語的時候，你還是用舊語思考。我已經有幾次讀到你在《泰晤士報》上面的某些文章了。那些文章夠好了，卻是翻譯。在你內心深處，你寧願守著舊語，守著它全部的含糊其辭跟沒用的層次意義。你沒捕捉到毀滅文字的美妙之處。你知道新語是世上唯一一種年年都在減少字彙的語言嗎？」

當然，溫斯頓確實知道。他露出微笑，心裡希望是深有同感的微笑，不敢信任自己有開口的能耐。賽姆又咬掉另一小塊黑黑的麵包，短暫地咀嚼一下，然後又繼續說道：

「你沒看出新語的整體目標，就是縮小思想的範圍嗎？到最後我們會讓思想罪名副其實地不可能再有，因為沒有可以表達的字詞了。可能需要的每個概念，都會用剛剛好一個詞來表達，而那個詞的意義經過嚴格定義，所有次要的意義都被磨光、遺忘了。在第十一版，我們已經離那個目標不遠了。但是在你我死去以後，這個過程還會延續很久。每年字彙都會越來越少，意識的範圍會一直變得再更小一些。當然，就連現在都沒有理由或藉口觸犯思想罪了。這只是自律的問題，現實控制的問題。但到最後，甚至連那樣的必要都沒有了。在語言達到完美的時候，革命就會完成。新語就是英社，英社就是新語。」他帶著一種神祕的滿足說道。「溫斯頓，你曾經想過嗎？到了二〇五〇年，到最後的最後，不會有一個活著的人類能夠理解我們現在這樣的對話了？」

「除了……」溫斯頓心存疑慮地開口，然後又停了下來。

他已經在舌尖上的話是「除了普羅階級。」但他制止了自己，他不完全確定這句評論在某方面是不是不合正統。然而賽姆憑直覺猜到他要說什麼了。

「普羅階級不算人類。」他漫不經心地說：「到了二〇五〇年——可能還更早一點——對舊語的所有真正知識都已經消失了。過去的整體文學都會被摧毀。喬叟、莎士比亞、密爾頓、拜倫——他們會只存在於新語版本裡，不只是變得不一樣，實際上還變成了跟原狀互相抵觸的東西。就連黨的文學也會改變。就連口號都會改。要是自由的概念已經被廢止了，你怎麼可能有一個像是『自由即奴役』這樣的口號呢？思想的整體狀態都會有所不同。事實上不會再有思想了，不再有我們現在理解的這一種。正統就意味著不思考——不需要思考了。正統就是沒有意識。」

溫斯頓突然間深感確信，總有一天賽姆會被蒸發掉。他太聰明了。他看得太清楚，講得太明白了。黨不喜歡這種人。有一天他會消失。這命運已經寫在他臉上了。

溫斯頓已經吃完他的麵包跟起司。他在椅子上稍微往旁邊轉一點點，以便去喝他那杯咖啡。在他左邊的桌子上，有著刺耳聲音的的男人仍然講個不停。有個年輕女人可能是他的秘書，她坐在那裡背對著溫斯頓，正在傾聽他說話，似乎熱切地贊同他所說的每一句話。溫斯頓偶爾會聽到類似這樣的評語：「我認為你說得對極了，我確實很同意你的看法。」是用一種年輕又相當愚蠢的女性化嗓音說出來的。但另一個聲音一刻都不停，甚至在那女孩講話時亦然。溫斯頓認得那男人的長相，但所知不多，只知道此人在小說局擔任要職。他是大約三十歲的男性，有肌肉粗壯的喉嚨，還有一張大而靈活的嘴巴。他的頭稍微有點往後揚，而且因為他坐著的角度，他的眼鏡在反光，就溫斯頓看來是兩個空白的碟子取代了眼睛的位置。有點恐怖的是，從他嘴巴裡流出的一連串聲音裡，幾乎不可能分辨出任何一個字。只有一次溫斯頓抓到一段話——「勾斯坦主義徹底的最終殲滅」——非常迅速地擠出來，似乎是全部當成一個字，就像一排塞得嚴嚴實實的活字。其他部分就只是噪音，一種呱呱叫。然而就算你不可能實際上聽到那男人在說什麼，對那些話的整體性質，你卻不可能有任何疑惑。他可能在譴責勾斯坦、並要求用更嚴峻的手段對抗思想犯與破壞分子，他可能在叱罵歐亞國軍隊的暴行，他可能在讚揚老大哥或者馬拉巴前線的英雄們——這些全都沒有差別。不管是什麼，你都可以確定，其中的每一個字都是純粹的正統觀念，純粹的英社。溫斯頓注視著那張沒有眼睛的臉，下巴迅速地上下移動，此時他有種古怪的感覺：這不是個真正的人類，而是某種假人。在講話的不是這個男人的腦子，而是他的喉頭。從他身上冒出來的東西是由字句組成，但這不是貨真價實的講話：這是在沒有意識的狀態下發出的噪音，就像是一隻鴨子呱呱叫。

賽姆已經靜下來一會兒了，而且他用湯匙柄在那灘燉菜裡畫出種種形狀。從另一桌傳來的聲音繼續飛快地呱呱叫著，儘管周遭如此吵雜，還是輕輕鬆鬆就聽得到。

「在新語裡有一個詞。」賽姆說：「我不曉得你知不知道：『**鴨講**』，像鴨子一樣呱呱叫。這是有兩種矛盾意義的有趣字眼之一。用在對手身上，是一種辱罵，用在你同意的人身上，就是讚美。」

毫無疑問，賽姆會被蒸發掉，溫斯頓再一次這麼想。他認為這樣有點悲哀，雖然他很清楚，賽姆看不起他，還有點不喜歡他，而且只要看得出動手的理由，就肯定有能耐把他當成思想犯加以告發。賽姆身上有某種微妙的不對勁。他少了某種東西：謹慎的顧慮、事不關己的淡漠、一種可取的愚昧之處。你不能說他不合正統。他相信英社的原則，他尊崇老大哥，他為勝利而歡呼，他痛恨異端，不只是誠心誠意，還有一種躁動不安的狂熱，總是跟上最新資訊，這是一般黨員及不上的境界。然而他身上總是緊黏著一絲微弱的不體面。他說了最好不要說的話，他讀了太多的書，他經常去栗樹咖啡館，那是畫家跟音樂家混跡之處。並沒有法律——甚至連不成文的法律都沒有——反對人常去栗樹咖啡館，然而那個地方不知怎麼的不太吉利。黨內老一派失勢的領袖們在終於被整肅掉以前，經常在那裡聚會。據說勾斯坦本人有時候也會出現在那裡，那是許多年、甚至數十年前的事情了。不難預見賽姆的命運。然而事實是，如果賽姆捕逮住溫斯頓他本人暗藏的意見，就算只掌握了三秒鐘，他也會立刻把溫斯頓出賣給思想警察。順便一提，換了任何別人也都會的：但賽姆比大多數人更會這樣做。狂熱並不夠。正統就是無意識狀態。

賽姆抬起頭。「帕森斯來了。」他說道。

他聲調裡有某種成分似乎加上了這句話，「那該死的蠢蛋。」帕森斯，溫斯頓在勝利大廈裡同為房客的鄰居，實際上正在穿過房間——一個中等高度的胖男人，有著金髮跟青蛙似的臉孔。在三十五歲的年齡，他已經在脖子跟腰線上累積了幾圈肥肉，但他的動作輕快，像個小男孩。他整個外表就是小男生變大隻的模樣，所以就算他穿著標準的連身工作服，還是幾乎不可能不把他想成穿著少年間諜團的藍短褲、灰襯衫跟紅領巾。想像他的長相時，你總是會看到的圖像是有著小凹陷的膝蓋，還有從圓潤前臂上往後捲起的袖子。的確，在參加社區健行、或者任何給他藉口穿短褲的體力活動時，帕森斯總是回歸到短褲打扮。他用一句快活的「哈囉，哈囉！」向他們兩個打招呼，然後在這一桌坐下，散發出濃重的汗臭味。他粉紅色的臉上到處都挺著濕濕的汗珠。他冒汗的能力超乎尋常。在社區中心裡，靠著球拍柄的濕度，你總是可以分辨出他什麼時候來玩過桌球。賽姆已經掏出一長條紙張，上面有長長一欄詞彙，他手指之間握著一支墨水筆，正在研究那些詞。

「看看他在午餐時間工作。」帕森斯一邊用手肘推著溫斯頓，一邊說道。「真熱忱，喔?老哥，你那邊有些什麼啊?我想，會是聰明到我不懂的東西。史密斯，老哥，我會告訴你我為什麼追著你跑。因為你忘記給我那個捐款了。」

「做什麼用的捐款?」溫斯頓說道，他自動去摸錢在哪。一個人的薪水大約有四分之一必須準備好做為樂捐之用，捐助項目如此之多，很難一直記得那些內容。

「為了仇恨週啊。你知道的——按戶徵繳的基金。我是我們這個街區的會計。我們這次全力以赴——打算推出一個棒得不得了的大秀。我告訴你，要是勝利大廈沒有整條街上最盛大的全套旗幟，可不能怪我。你答應給我兩塊錢。」

溫斯頓找到兩張又髒又皺的鈔票，交了出去，帕森斯用粗魯不文之人的整齊字跡，把那筆錢登記到一本小小的筆記本上。

「順便一提，老哥。」他說:「我聽說我家的小鬼昨天用彈弓打你，所以我給了他一頓好罵。事實上呢，我跟他說要是他再犯，我就會把彈弓拿走。」

「我想他是因為看不成處決，所以有點惱火。」溫斯頓說道。

「喔，好吧——我打算說的是，他們表現出正確的精神了，不是嗎?他們是頑皮的小鬼沒錯，兩個都是，不過講到熱忱啊!他們滿心想的就只有間諜團，當然還有戰爭。你知道我那個小女兒，上星期六在她的小隊走柏克罕斯特方向遠足的時候做了什麼嗎？她叫另外兩個女孩子跟她一起走，從遠足隊伍裡開溜，然後花了整個下午跟蹤一個陌生男子。她們監視他兩小時，一路穿過樹林，然後在她們進入阿莫珊的時候，把他交給巡邏隊員。」

「她們為什麼要那樣做？」溫斯頓說道，他有點嚇著了。帕森斯興高采烈地繼續說道：

「我的孩子很確定他是某種敵方間諜——舉例來說，可能是揹著降落傘跳下來的。不過老哥啊，重點在這裡。你認為一開始是什麼讓她盯上他的？她瞥見他穿著某種奇怪的鞋子——她說她以前從沒見過任何人穿那樣的鞋。所以很有可能他是個外國人。就一個七歲小毛頭來說，相當聰明喔？」

「那男人怎麼了？」溫斯頓說道。

「喔，這個我當然說不上來。不過我想我不會太意外，如果他……」帕森斯比出瞄準來福槍的動作，然後咂了一下舌頭模擬火藥爆炸聲響。

「很好。」賽姆呆滯地說道，甚至沒有從他那一長條紙上抬頭看。

「當然我們禁不起萬一。」溫斯頓很盡責地表示同意。

「我打算說的是，現在正在打仗呢。」帕森斯說道。

就像在肯定這一點似的，一聲喇叭響從就在他們頭上的電傳螢幕裡飄送出來。然而這回不是昭告一次軍事勝利，只是來自富庶部的布告。

「同志們！」一個熱切又年輕的聲音喊道：「請注意，同志們！我們有光榮的消息要告訴你們。我們已經贏得生產的戰役了！現在完成的各級消費商品產量報告顯示，生活水準比去年高了至少百分之二十。今天早上整個大洋國到處都有無法克制的自發遊行活動，工人從工廠及辦公室裡走出來，在街道之間遊行，同時拿著旗幟表達他們對老大哥的感激，感激他明智的領導賜予我們的幸福新生活。以下是部分的生產達成數字。糧食類……」

「我們的幸福新生活」這句話重複了好幾遍。這是富庶部最近最愛的其中一句台詞。帕森斯的注意力被喇叭聲給吸引住了，他坐在那裡，帶著一種目瞪口呆的嚴肅正經、一種受教的無聊模樣聆聽著。他扯出一支髒兮兮的巨大菸斗，裡面有一半空間已經塞滿炭化的菸草了。一星期一百克的菸草配給，幾乎不可能填滿一支菸斗。溫斯頓抽的是一支勝利牌香菸，他小心翼翼地以水平狀態拿著。新的配給明天才會開始發放，他只剩下四根菸了。這一刻他閉上耳朵不聽遠些的噪音，傾聽從電傳螢幕裡流出的東西。看來甚至有遊行感謝老大哥把巧克力配給提高到一星期二十克。他回想著，然而就在昨天，官方宣布配給是削減到一星期二十克。他們有可能在僅僅二十四小時以後，就把那些話吞下去嗎？對，他們吞下去了。以動物般的愚蠢，帕森斯輕輕鬆鬆就吞下去了。另一桌的無眼怪物瘋狂、熱情地吞下那些話，還有一股激烈的慾望要獵捕、告發、蒸發任何一個竟敢暗示上週配給是三十克的人。賽姆也是——賽姆的方式比較複雜，牽涉到雙重思想，他也吞下去了。那麼，他是不是**獨自**擁有這個記憶？

好得驚人的統計數字繼續從電傳螢幕裡傳出。跟去年相比，現在有更多食物、更多衣服、更多房子、更多家具、更多烹飪鍋、更多燃料、更多船、更多直升機、更多書、更多寶寶——什麼都更多了，只有疾病、犯罪與精神失常例外。年復一年、分分秒秒，每個人跟每件事都速度驚人地向上發展。就跟賽姆先前做過的一樣，溫斯頓拿起他的湯匙，沾著滴在桌上的灰白色肉汁，拉出長長的線條畫成一個圖案。他怨恨地思索著生活裡的物質結構。永遠都會像這樣子嗎？食物嘗起來永遠像這樣嗎？他環顧著員工餐廳。一個天花板低矮的擁擠房間，四壁因為碰觸過無數肉身而沾滿汙垢；破爛的金屬桌椅，彼此緊挨在一起，以至於你坐在上面會擦到其他人的手肘；彎曲的湯匙、有凹痕的餐盤、質地粗糙的白色馬克杯；表面全都油膩膩的，每個縫隙都有汙垢；還有劣質琴酒、爛咖啡、有鐵鏽味的燉菜跟髒衣服混在一起的酸臭味。你的胃跟你的皮膚總是會提出某種抗議，覺得你有權擁有的某樣東西被騙走了。他沒有任何跟現狀大不相同的記憶，這倒是真的。在任何時候他都可以準確地記得，永遠沒有足夠的食物可吃，你永遠沒有一雙襪子或一件內衣上面不是千瘡百孔的，家具永遠都破破爛爛、搖搖晃晃，房間總是不夠暖，地鐵擠滿了人，房屋解體成碎片，麵包是黑色的，茶難得一見，咖啡味道噁心，香菸供給不足——沒有一樣東西又多又便宜，合成琴酒除外。而且儘管如此，隨著身體漸漸變老狀況還會越來越糟，如果一個人因為不適、泥土跟物資缺乏，沒完沒了的冬天、硬邦邦的襪子、永遠罷工的電梯、冰冷的水、摸起來粗糙的肥皂、會解體的香菸、有詭異邪門味道的食物而覺得噁心想吐，這難道不是一種徵兆，顯示世事的自然次序**不是**這樣的？為什麼一個人會覺得這種事情無可忍受？不就是因為他有某種祖傳的記憶，記得世事曾經有所不同？

他再度環顧整個員工餐廳。幾乎每個人都很醜陋，而且就算打扮成別的樣子，不是穿著藍色連身工作制服，也還會是那麼醜。在房間的另一端，有個矮小、古怪地肖似甲蟲的男人，他獨自坐在一張桌子前面，正在喝一杯咖啡，他的小眼睛可疑地掃視著，從一邊瞥向另一邊。溫斯頓心想，要是你沒有觀察周遭，多麼容易相信黨樹立的身體形態理想典型是存在的——肌肉強壯的高大青年，胸脯高聳的少女，留著金髮、生氣蓬勃、被太陽曬黑、無憂無慮，甚至還占多數呢。實際上，就他目前能夠判斷的範圍，一號機場區大多數的人都是矮小、黑髮、長相醜陋。這種看起來像甲蟲的類型，怎麼會在三大部裡增殖，說來挺古怪的：短小矮胖的男人，年紀輕輕就長胖了，有著短短的腿，還有匆促迅速的動作，肥滿而難以揣度的臉孔，上面有非常小的眼睛。這種類型在黨的統治之下似乎特別興旺。

來自富庶部的布告在另一聲喇叭響之後結束了，取而代之的是尖細的音樂。數字轟炸引起的隱約熱情讓帕森斯有些激動，把他的菸斗從嘴裡拿了出來。

「富庶部今年肯定幹得很好。」他很了解地點點頭，這麼說道。「順便一提，史密斯老哥，我想你沒有任何可以給我的剃刀刀片吧？」

「一把都沒有。」溫斯頓說道：「我自己已經用同一把剃刀六星期了。」

「喔，好吧——老哥，只是想說要問問你。」

「抱歉。」溫斯頓說道。

隔壁桌的呱呱叫，在富庶部發表布告時暫時靜了一會兒，現在又開始了，就跟先前一樣吵。因為某種緣故，溫斯頓突然發現自己想起了帕森斯太太，她稀少纖細的頭髮，還有她臉上皺紋裡的灰塵。不出兩年，那些孩子就會把她出賣給思想警察。帕森斯太太會被蒸發掉。賽姆會被蒸發掉。溫斯頓會被蒸發掉。歐布萊恩會被蒸發掉。另一方面來說，帕森斯永遠不會被蒸發掉。那個有著呱呱叫聲的無眼生物也永遠不會被蒸發掉。那些小甲蟲似的男人，在三大部迷宮似的走廊上如此敏捷地奔走——他們也一樣，永遠不會被蒸發掉。而那個有著深色頭髮的女孩，來自小說局的女孩——她也永遠不會被蒸發掉。他似乎憑本能就知道誰會存活，誰會消滅：雖然到底是什麼讓人適於生存，並不容易說明。

在這一刻，他猛然一震，被拉出他的白日夢。隔壁桌的女孩把身體轉過來一部分，現在正在注視著他。是那個深色頭髮的女孩。她斜著眼看他，但眼神中有一種古怪的熱切。她跟他一對上眼，她的視線就又轉開了。

溫斯頓的脊梁骨上開始滲出汗來。一陣可怕的強烈驚駭傳遍他全身。這種驚駭幾乎馬上消失了，卻留下一種不斷作怪的侷促不安。她為什麼要看他？為什麼她一直到處跟著他？不幸的是，他不記得他來的時候她已經坐在那一桌了，還是後來才來的。不過無論如何，昨天在兩分鐘仇恨時間裡，她立刻就坐到他後面，而當時那麼做並沒有明顯的必要。很有可能她真正的目標是聽他說話，確定他喊得夠大聲。

他稍早的想法又回到他腦海：她可能並不真的是思想警察的成員，但業餘的密探正是所有人中最危險的。他不知道她這樣注視著他多久了，但或許有長達五分鐘，而且有可能他的五官表情並沒有徹底處於控制之下。在任何公共場所、或者在電傳螢幕的涵蓋範圍內任憑思緒漫遊，全都危險得嚇人。一陣緊張的痙攣，無意識的緊張表情，對自己喃喃自語的習慣——任何暗示了不正常、有所隱瞞的東西。無論如何，你臉上有不恰當的表情（舉例來說，在一場勝利的消息傳來時看來一臉懷疑）本身就是可以懲罰的罪行。新語裡甚至有個詞彙可用：這稱為**表情罪**。

那女孩又背對著他了。或許她到底沒有真的到處跟著他，或許她連續兩天坐得離他那麼近是個巧合。他的菸熄了，他小心地把菸擺在桌子邊緣。如果他能留住菸裡的菸草，他就會在工作後繼續把菸抽完。隔壁桌那個人很可能是思想警察手下的眼線，他也很有可能在三天之內就進了博愛部的地牢，但菸屁股一定不能浪費。賽姆把他那張紙條摺了起來，然後收進他口袋裡。帕森斯又開始講話了。

「老哥，我有沒有跟你說過。」他一邊說，一邊從他的菸斗桿周圍發出咯咯輕笑：「有一次我那兩個小鬼放火燒菜市場那個老女人的裙子，因為他們看到她用印了老大哥的海報包香腸？偷偷溜到她背後，然後用一盒火柴放了火。我相信她的燒傷滿嚴重的。真是小混蛋，喔？不過真是熱心到極點啊！那就是他們現在在間諜團裡給團員的第一流訓練——甚至比我那時候還要好。你想他們交給團員的最新玩意是什麼？透過鑰匙孔竊聽用的喇叭形助聽器！我的小女兒前幾天晚上帶了一支回家——在我們的客廳門上試用，然後判斷這樣做比她用耳朵貼著鑰匙孔清楚一倍。得提醒你，當然這只是個玩具。不過還是給他們正確的觀念了，喔？」

在這一刻，電傳螢幕傳出一陣尖利刺耳的哨音。這是回去工作的信號。三個男人全都跳起身，加入電梯周圍推擠的人群裡，而溫斯頓菸裡剩下的菸草都倒出來了。

第六章

溫斯頓在他的日記裡寫道：

這是三年前了。那是在一個陰暗的傍晚，在靠近其中一個鐵路大站的一條狹窄小路上。她站在靠近牆上一扇門的位置，在一盞幾乎不亮的街燈底下。她有張年輕的臉，妝抹得非常厚。其實是妝色吸引著我，那種白，就像是一張面具，還有色澤鮮明的紅唇。黨裡的女性從不在她們臉上上妝。街道上別無其他人，也沒有電傳螢幕。她說兩塊錢。我——

現在一時很難再往下寫。他緊閉雙眼，用自己的手指壓著它們，試著把不斷重現的影像擠出去。他感受到一種幾乎壓倒一切的誘惑，想用最大的音量吼出一連串髒字。或者用頭去撞牆，踢翻桌子，然後把墨水瓶扔出窗外——做任何狂暴、吵鬧或帶來疼痛的事情，或許就可以把折磨他的記憶遮蔽掉。

他思考著，你最惡劣的敵人，就是你自己的神經系統。在任何時刻，你體內的緊張感都很有可能自己轉換成某種看得出的症狀。他想到幾星期前，他在街上遇到一個男人；一個看來相當普通的男人，一個黨員，年紀在三十五歲到四十歲之間，瘦瘦高高，拿著一個公事包。他們相隔幾公尺的時候，那男人的左半邊臉突然間因為一陣痙攣而扭曲了。就在他們彼此錯身的時候，這種狀況又發生了：那只是一陣抽搐，一陣顫動，迅速得像是快門喀答一下，但顯然是習慣性的。他記得那時他這麼想：那可憐蟲完蛋了。而讓人害怕的是，那個動作很有可能是無意識的。最致命的危險就是說夢話。就他所知，沒有辦法防備這種事。他吸了口氣，繼續寫下去：

我跟著她穿過門口，越過後院，走進一個位於地下室的廚房。有一張靠著牆壁的床，桌上還有一盞燈，關得非常暗。她……

他緊咬著牙。他巴不得吐一口口水。跟地下室的那女人在一起的同時，他想起了凱薩琳，他的妻子。溫斯頓已婚——無論如何，曾經結過婚：或許他還是已婚狀態，至少他知道他太太還沒死。他似乎再度呼吸到那個地下室廚房裡溫熱的悶臭味，一種由蟲子、髒衣服與糟糕透頂的低級香水混合成的臭氣，卻還是很誘人，因為沒有一個黨內的女人用香水，也不可能想像她們這麼做。只有普羅階級用香水。在他心裡，那股味道跟通姦無法擺脫地混合在一起。

在他跟那個女人走的時候，那是他大約兩年來第一次踰矩。跟娼妓苟合當然是被禁止的，但這是你可以偶爾鼓起勇氣打破的規則之一。這樣做有危險，卻不是攸關生死的大事。跟妓女在一起被人逮到，表示要在勞改營待五年：如果你沒觸犯別的罪名，就不會再多了。而且要是你可以避免當場被抓，做這種事情夠簡單的了。比較貧窮的地區滿滿都是準備賣身的女人。有些人甚至可以用一瓶琴酒收買，那是普羅階級不該喝的東西。黨甚至暗地裡傾向於鼓勵賣淫，當成不可能徹底壓抑的本能宣洩的出口。光只是放縱情慾不算是太嚴重，只要是偷偷摸摸、毫無歡愉、只牽涉到貧窮又受人鄙視的社會底層女性就行。不可饒恕的罪過是黨員之間的濫交。可是很難想像任何這樣的事情實際上會發生——雖然這是在大整肅期間，被告總是會承認犯下的罪過之一。

黨的目標不只是阻止男女之間產生可能無法控制的忠貞之心。它不曾明言的真正目的，是去除性行為中的所有樂趣。敵人不在於愛，而在於情色，婚內婚外的都一樣。黨員之間的所有婚姻，都必須經過為此特別指派的委員會許可，然後——雖然原則從來沒有挑明過——如果這對情侶看起來像是對彼此有肉體吸引力，申請一定會被拒。婚姻公認的唯一目的是孕育為黨服務的兒童。性交被視為一種有點噁心的小活動，就像灌腸一樣。這一點也從來不曾白紙黑字被寫出來，不過透過某種間接的方式，從童年開始就滲透到每個黨員心裡。甚至還有像是青少年反性聯盟這樣的機構，他們鼓吹兩性徹底的獨身禁慾。所有孩子將會透過人工授精（在新語中稱為「人授」）孕育，然後在公共機構中被帶大。溫斯頓察覺到，這並不完全是認真的主張，但在某種程度上符合黨的整體意識形態。黨企圖要殺死性本能，而要是殺不死的話，就扭曲它、弄髒它。他不知道為什麼是這樣，不過似乎自然而然，合該如此。而至少在女性這一方，黨的努力大半是成功的。

他再度想起凱薩琳。他們分居一定有九年、十年——幾乎十一年了。他想起她的次數少得奇怪。他可以連續好幾天忘記他曾經結過婚。他們在一起只有大概十五個月而已。黨不准人離婚，不過在沒有小孩的狀況下相當鼓勵分居。

凱薩琳是個高個子的金髮女孩，身體筆直，動作非常漂亮。她有一張老鷹似的英勇臉孔，你幾乎會說那是高貴的，直到你發現那張臉後面幾乎盡可能空洞無物為止。在她的婚姻生活早期，他就已經認定——雖然這可能只因為他對她的了解比較詳盡，勝過他對大多數人的認識——她絕對是他認識過最愚蠢、最粗俗、最空洞的心靈。她腦袋裡沒有一個想法不是來自一句口號，而且要是黨把某句蠢話塞給她，沒有一句、完完全全沒有任何一句話是她吞不下去的。他暗地裡給她一個綽號，「人體錄音帶」。然而他本來可以忍耐著跟她一起生活，只是有那麼單單一件事從中作梗：性。

他一碰她，她似乎就皺起眉頭、全身僵硬。擁抱她就好像擁抱一個串接起來的木頭雕像。而且奇怪的是，就算在她緊抱住他貼近身體的時候，他也覺得她同時用盡全力要推開他。她僵硬的肌肉設法傳達出這種印象。她會躺在那裡，緊閉著雙眼，既不抵抗也不合作，只是**屈從**。這樣極端讓人尷尬，而且在一陣子以後，變得很恐怖。但就算是那樣，他本來還可以忍著跟她同住，只要雙方同意他們應該保持獨身禁慾。但夠古怪的是，居然是凱薩琳拒絕這個做法。她說，如果可以的話，他們必須製造出一個孩子。所以繼續行禮如儀，只要不是不可能，就相當規律地一週來一次。她甚至習慣在早上提醒他那件事，當成那天晚上必須去做、而且一定不能忘記的事情。她替那檔事取了兩個名字。一個是「製造寶寶」，另一個是「我們對黨的責任」（對，她真的用這種說法）。很快他就對即將來臨的指定日培養出一種恐懼感。但幸運的是沒有出現任何小孩，到最後她也同意放棄嘗試，隨後不久他們就分開了。

溫斯頓發出聽不見的嘆息。他再度提筆寫道：

她把自己扔上床去，然後，在沒有任何一種初步準備的狀況下，她立刻用你能想像最粗俗、最可怕的方式，拉高了她的裙子。我……

他看到自己站在那裡，在黯淡的燈光下，他鼻孔裡滿是蟲子跟廉價香水的氣味，而他心裡有一股失敗與怨恨的感覺，甚至在那時都跟回憶中凱薩琳的白色身軀交織在一起，那具身體在黨催眠式的力量下，永遠地凍結。為什麼總是得像這樣？為什麼他不能有自己的女人，取代每隔幾年骯髒地扭成一團？但一個真正的戀情，幾乎是難以想像的事情。黨內的女人全都一個樣。貞操觀念在她們心中根深抵固，就像對黨的忠貞一樣。透過仔細的早期制約，透過比賽與潑冷水，透過在學校、在少年間諜團、在青年聯盟裡灌輸給她們的鬼話，透過訓誡、遊行、歌曲、口號與軍樂，她們身上自然的感受被驅逐出去了。他的理性告訴他一定有例外，但他的心並不相信。她們全都堅不可摧，一如黨期望她們應有的樣子。而他想要的——甚至比被愛更想要的——是破壞那堵美德之牆，就算他這輩子只有一次都好。成功進行的性行為，就是反叛。慾望是思想罪。就算是喚醒凱薩琳，如果當年他能夠成功辦到，也會像是一種引誘，雖然她是他的妻子。

但故事的其餘部分必須被寫下來。他寫道：

我轉亮了檯燈。當我看到她在燈光下的臉時……

天黑之後，石蠟燈那種微弱光線似乎顯得非常明亮。他第一次能夠看清楚那個女人。他朝她那裡踏出一步，然後停住了，充滿了慾望與恐懼。他痛苦地意識到他走進這裡所冒的風險。巡邏隊員完全有可能會在他出去時抓住他：順便一提，此刻他們可能就在門外等著。如果他走出去的時候，甚至沒有做他進來這裡想做的事——！

這件事必須寫下來，必須坦白供認。他突然間在燈光下看到，那女人很老。她臉上的妝裹得這麼厚，以至於看似可能像一張硬紙板面具一樣碎裂。她頭髮裡夾雜著銀絲；但真正嚇人的細節是，她的嘴巴有點開開的，顯露出裡面什麼都沒有，只有一片洞穴似的漆黑。她完全沒有牙齒了。

他匆促地用潦草的筆跡寫道：

我在燈光下看到她，她是個相當老的女人，至少五十歲了。但我繼續下去，照樣做了那件事。

他再度把手指壓在他的眼皮上。他終於把這件事寫下來了，但沒造就任何差別。治療並不見效。用最高音量大喊髒話的衝動，還是像過去一樣強烈。

第七章

「如果還有希望。」溫斯頓寫道：「希望就在於普羅階級。」

如果還有希望，**一定是**在普羅階級身上，因爲這一大批受到忽視的群眾占了大洋國百分之八十五的人口，只有在他們之間，才有可能產生摧毀黨的力量。不可能從內部顛覆黨。黨的敵人即便有任何一個存在，也都無法聚合，甚至無法辨識出彼此。就算傳說中的兄弟會存在——它確實可能存在——也無法想像其中的成員能夠有超過兩人或三人的集會。叛逆表示一抹眼神、聲調裡的一次變化，至多只是偶然悄聲說的一個詞彙。但普羅階級啊——只要他們能夠以某種方式，開始意識到自身的力量就好了——他們不會有密謀的需要。他們只需要站起來甩甩身體，就像一匹馬把蒼蠅甩掉一樣。要是他們選擇這樣做，他們可以明天就把黨炸成碎片。當然了，遲早他們會想到這樣做吧？然而現在還是……！

他記起有一次他怎麼樣沿著一條擁擠的街道走，那時候有一個由數百個聲音——女人的聲音——匯聚成的巨大怒吼，從前面不遠處的一條小路上爆出來。那是一個讓人畏懼、憤怒又絕望的大叫，一種深沉、響亮的「喔喔喔喔！」，像是迴盪的鐘聲那樣轟鳴著。他心中一跳。起事了！他那時這麼想。暴動！普羅階級終於掙脫束縛了！他到達那個地點的時候，只見兩、三百個女人形成的烏合之眾擠在街頭市場的攤位旁邊，臉上悲愴的表情就像一艘沉船上慘遭不幸的乘客。但在這一刻，這種集體的絕望爆發成許多個別的口角。看來問題出在其中一個賣錫製平底湯鍋的攤位。這些鍋子是質地脆弱的爛玩意，但烹飪鍋總是很難弄到。現在貨品出乎意料地賣光了。成功買到的女人在其他人的推擠之下，企圖帶走她們的平底湯鍋，同時有好幾十個別的女人圍在攤位旁吵鬧著，指控攤主偏袒某些人，而且把更多平底湯鍋存放在別處了。一陣新的叫喊爆發了。有兩個胖大的女人，其中一個髮型散掉了，一起抓住同一只鍋子，想把對方的手從鍋子上拉開。有一會兒她們兩個都在拉扯，然後鍋柄就脫落了。溫斯頓厭惡地注視著她們。然而有那麼一下子，從僅僅數百個喉嚨發出的吶喊中，響起的是什麼樣的力量啊，幾乎讓人生畏了！為什麼她們絕不會為了任何真正要緊的事喊成那樣呢？

他寫道：

直到他們變得有反抗意識以前，他們永遠不會反抗，而且直到他們遂行反抗之前，他們不可能變得有反抗意識。

他思索著，那段話幾乎能當成黨教科書裡抄出來的一段話了。當然，黨宣稱他們已經把普羅階級從枷鎖中解放出來。在革命之前，他們受到資本家駭人聽聞的壓迫，他們挨餓挨揍，女人被迫在煤礦裡工作（事實上，現在女人還是在煤礦裡工作），小孩長到六歲大就被賣進工廠裡。但在同時，黨恪遵雙重思想原則，教導說普羅階級是天生的下等人，必須像動物一樣受到宰制，用幾條簡單的規則來管理。實際上，他們對普羅階級的了解很少。沒必要知道太多。只要他們繼續工作生養，他們的其他活動就不重要。讓他們自己去，就像阿根廷平原上自由放養的牛群，他們回歸到對他們來說很自然的生活方式，一種返祖的模式。他們出生，在貧民窟成長，十二歲開始工作，經歷一段美貌與性慾短暫開花的時期，在二十歲結婚，三十歲邁入中年，多半是在六十歲死去。粗重的身體勞動、照顧家庭跟小孩、跟鄰居為細故起口角、電影、足球、啤酒，還有最重要的賭博，填滿了他們心靈的地平線。持續控制他們不是難事。總是會有幾個思想警察的密探在他們之間行動，散布虛假的謠言，記下並殲滅少數被判定有能耐變得危險的人；黨卻不會嘗試把黨的意識形態灌輸到他們身上。普羅階級不宜對政治有強烈感受。對他們的所有要求，就只是一種原始的愛國主義，在必要的時候能夠以此為訴求，讓他們接受更長的工時或更少的配給。而就算他們變得不滿——有時確實如此——他們的不滿也無從發展，因為他們缺乏整體觀念，只能聚焦在瑣碎的特定牢騷上。更大的惡總是不變地逃過他們的注意。絕大多數的普羅階級家裡甚至沒有電傳螢幕。就連民警也鮮少干涉他們。在倫敦有大量的犯罪活動，由小偷、強盜、娼妓、毒販跟各式各樣的敲詐者，構成一個世界中的世界；不過既然這全都發生在普羅階級自己人之間，就不重要了。在所有道德問題上，他們全都獲准遵從老祖先的規矩。黨在性方面的清教徒主義，不會強加在他們身上。雜交不會受到懲罰，可以離婚。順便一提，要是普羅階級顯示出需要或想要宗教崇拜的任何跡象，甚至連這個都可以。他們不受懷疑。就跟黨的口號說的一樣：「普羅階級與動物都是自由的。」

溫斯頓的手往下伸，小心翼翼地搔著他的靜脈曲張潰瘍。那裡又開始發癢了。你總是會回歸到這一點：你不可能知道革命前的生活實況是什麼樣。他從抽屜裡拿出一本兒童歷史教科書，他是從帕森斯太太那裡借來的，然後開始把其中一個段落抄進日記裡：

（那段話這麼寫）在舊時代，在光榮的革命之前，倫敦並不是我們現在所知的這個美麗城市。它是陰暗、骯髒、悲慘的地方，幾乎沒有人有足夠的東西吃，還有成千上百的窮人腳上沒靴子，睡覺時頭上甚至沒一片屋頂。年紀不比你們大的孩子必須替殘酷的主人一天工作十二小時，要是他們工作速度太慢，主人就會抽打他們，而且只給他們吃老硬麵包殼跟清水。但在這一切可怕的窮困之中，只有幾間富麗堂皇的大房子，裡面住著有錢人，有多達三十個僕人在照顧他們。這些有錢人被稱爲資本家。他們是又肥又醜、長著邪惡臉孔的男人，就像隔壁頁那張圖片裡的人。你們可以看到他穿著一件長長的黑色外套，那稱爲禮服大衣，還有一頂發亮的古怪帽子，形狀像個火爐煙囪，那稱爲大禮帽。這是資本家的制服，別人都不許那樣穿。資本家擁有世界上的所有東西，其他人全都是他們的奴隸。他們擁有所有的土地、所有的房子、所有的工廠和所有的錢。如果有任何人不聽他們的話，他們就可以把這些人扔進監獄裡，或是奪走他的工作，讓他餓死。任何普通人對一個資本家說話的時候，就得縮成一團、對他鞠躬哈腰，然後脫掉自己的帽子，稱呼資本家「老爺」。所有資本家的首領被稱爲國王，而且……

不過他知道那套話的其餘內容。裡面會提到袍子有細棉布衣袖的主教、穿著貂皮袍的法官、頸手枷、腳枷、踏車、九尾鞭、倫敦市長大宴、還有親吻教宗腳趾的習慣。還有某個叫做 Jus Primae Noctis（初夜權）的東西，在給小孩看的教科書裡可能不會提。這指的是一種法律，規定每個資本家都有權跟在他工廠裡工作的任何女人上床。

你如何能夠分辨其中有多少是謊言？一般人現在的狀況可能真的比革命前來得好。唯一相反的證據，是在你自己骨頭裡的那種沉默抗議，那種直覺：你生活的狀況是難以忍受的，在某個別的時期，事情一定不一樣。他突然想到，現代生活真正有特色的地方，不在於其中的殘酷與不安全感，卻只是在於它的貧瘠、黯淡、了無生氣。如果你環顧周遭，生活不只是不像從電傳螢幕裡流瀉出來的謊言，甚至也不像黨試圖達到的那些理想。就算對一個黨員來說，生活中有很大的範圍是中性、非政治的，是艱辛地做著乏味的工作，在地鐵上搶位子，縫補一隻磨破的襪子，乞討一顆糖精片，省下一個菸屁股。黨樹立的理想是某種巨大、恐怖、閃亮亮的東西——一個鋼鐵與水泥、龐大機器與嚇人武器的世界——一個戰士與狂熱分子的國家，他們以完美的整齊劃一大步前進，全都想著同樣的念頭，喊著同樣的口號，永遠都在工作、戰鬥、慶祝勝利、迫害他人——三億人全都有著一樣的臉孔。現實則是在朽壞、骯髒又陰暗的城市裡，吃不飽的人穿著漏水的鞋子拖著腳步來來去去，住在修補過的十九世紀房屋裡，室內總是聞得到包心菜跟故障廁所的味道。他似乎看到了倫敦的幻影，一個占地廣大、破敗如廢墟，有一百萬個垃圾箱的城市，而與這幅畫面混合在一起的是帕森斯太太的肖像：一個臉上有皺紋、頭髮稀疏脆弱的女人，無助地胡亂弄著堵塞的廢水管。

他再度彎下腰去搔抓他的腳踝。日日夜夜，電傳螢幕用統計數字疲勞轟炸你的耳朵，證明現在的人有比較多食物、比較多衣服、比較好的房子、比較好的娛樂活動——跟五十年前的人相比，現在他們活得比較長，工作的時間比較短，身材更高大、身體更健康、更強壯、更快樂、更聰明、受的教育更多。舉例來說，黨宣稱現在有百分之四十的成年普羅階級識字：據說在革命之前，這個數字只有百分之十五。黨聲稱現在嬰兒死亡率一千人中只有一百六十人，然而在革命前是三百人——然後統計數字就這麼繼續下去。這就像是一道有兩個未知數的方程式。非常有可能，歷史書上的每一個字——甚至連一個人會毫不質疑就接受的事情在內——實際上都是徹底的幻想。就他所知的一切來看，可能從來就沒有像是Jus Primae Noctis這樣的法律、沒有像資本家這樣的生靈，或者沒有像大禮帽這樣的服飾配件。

一切都消失在霧裡。過去遭到抹滅，遭到抹滅的東西被忘卻，謊言變成了真理。他人生中就這麼一次，他擁有了確確實實、錯不了的篡改行動證據——而且是在篡改發生**之後**：這樣才算數。他把那個證據握在手指之間長達三十秒。在一九七三年，一定是這個年份——無論如何，大約是在他跟凱薩琳分居的時候。但真正與事件相關的日期則是更早個七八年。

故事真正的開端是六〇年代中期，原來的革命領袖全體一次被拔除的大整肅時期。到了一九七〇年他們一個都不剩了，只留下老大哥自己。其餘所有人到那時都已經被揭發是叛徒跟反革命分子。勾斯坦已經逃走，藏匿在無人知曉的地方，至於其他人，有幾個就這樣失蹤了，大多數人則是在大張旗鼓的公審中懺悔他們的罪行，然後被處決。在活到最後的幾個人裡面，有三個男人姓瓊斯、亞倫森與盧瑟佛。這三個人肯定是在一九六五年被捕的。就像經常發生的一樣，他們消失了一年或者更久，所以沒有人知道他們是死是活，然後又突然被帶出來，以常見的方式陷自己入罪。他們坦承把情報交給敵人（那時的敵人也是歐亞國）、侵占公共基金、謀殺好幾個可靠的黨員、陰謀對抗老大哥早在革命發生前許久就已開始的領導，還進行導致成千上百人死去的破壞行動。在招認這些事情以後，他們受到寬恕，恢復黨權，還得到實際上有名無實、聽起來卻很重要的職位。他們三個全都在《泰晤士報》上寫了低聲下氣的冗長文章，分析他們叛黨的理由，並且承諾要補過。

在他們獲釋之後不久，溫斯頓親眼在栗樹咖啡館見到他們三個人。他記得自己透過眼角偷瞄他們時，那種驚恐而心醉神迷的感覺。他們是年紀比他大得多的男人，舊時代的遺跡，幾乎是從黨的英雄時代殘存下來的最後幾個偉人。在地下抗爭時期還有內戰時期的榮光，仍舊隱約地依附在他們身上。雖然那時事實與日期已經開始變得模糊不清，但他有個感覺是，早在他認識老大哥的名號之前許多年，他就已經知道他們三人的名字了。但他們也是亡命之徒、敵人、碰不得的人物，徹底確定注定不幸在一、兩年內被消滅。一度落入思想警察手中的人，沒有一個到最後還能逃脫。他們是等著被送回墳墓的屍體。沒有人坐在離他們最近的任何一張桌子上。就算是被人看到你出現在這種人的附近，都是不明智的。在這家咖啡店的招牌飲品——有丁香味道的琴酒送上來以前，他們默默地坐著。在那三個人之中，讓溫斯頓印象最深刻的是盧瑟佛的外表。盧瑟佛曾經是著名的諷刺漫畫家，在革命前與革命期間，他粗魯直率的漫畫曾經幫忙煽動大眾的意見。就算是現在，每隔一段很長的時間，他的漫畫也還會出現在《泰晤士報》上。那些漫畫就只是他早期風格的模仿品，而且很奇怪地毫無生氣又缺乏說服力。它們總是陳舊主題的重新改寫——貧民窟廉價公寓大樓、饑餓的孩童、街頭巷戰、戴著大禮帽的資本家——甚至在路障上，那些資本家似乎還緊抓著他們的大禮帽——這是一連串沒完沒了、毫無希望的努力，想回到過去。他是個身形龐大的男人，有著鬃毛般的油膩灰髮，臉頰下垂還有皺紋，還有黑人似的的厚嘴脣。他必定曾經極為強壯；現在他巨大的身體下垂、滿溢、鼓脹，朝著四面八方消散。他似乎就在別人眼前瓦解，就像是山的崩頹。

那時是寂寥的時刻，下午三點。溫斯頓現在想不起來他怎麼會在那種時間來到咖啡館。那個地方幾乎是空的。尖細的音樂從電傳螢幕裡流瀉出來。三個男人坐在他們的角落裡，幾乎沒有動作，從未開口說話。未經吩咐，侍者就拿來三杯新鮮的琴酒。他們旁邊的桌子上有個棋盤，棋子都擺好了，卻沒有開局。然後，或許在總共半分鐘的時間裡，電傳螢幕上發生了某件事。他們在播送的曲子改變了，音樂的調性也跟著變了。他們放了那首歌——但那是某種難以形容的東西。那是一種古怪、沙啞、刺耳、嘲諷的曲調：溫斯頓暗自稱之為黃色曲調。然後電傳螢幕裡傳出一個歌聲：

在開枝散葉的栗樹蔭下
我出賣你，你出賣我：
他們躺在那裡，我們躺在這裡

在開枝散葉的栗樹蔭下。

那三個男人從沒動彈一下。但溫斯頓再度偷瞄盧瑟佛那張破敗的臉龐時，看到他眼中充滿了淚水。而他第一次注意到——同時內心深處打了個哆嗦，卻不知道他是**為了什麼**打哆嗦——亞倫森跟盧瑟佛兩個人的鼻梁都被打斷過。

不久以後，那三個人都再度被捕了。看來他們從獲釋的那一刻開始，就參與了種種新的陰謀。在他們的第二次審判裡，他們再度坦白招認所有的老罪過，還有一連串的新罪行。他們被處決了，他們的命運被記錄在黨的歷史上，殺雞儆猴。此事發生大約五年以後，在一九七三年，溫斯頓攤開一疊剛從真空管裡落到他桌上的文件紀錄，那時他看到一張碎紙片，顯然是不小心塞到那堆文件中間，就這麼被遺忘了。他把紙張攤平的那一刻，就看出它的重要性了。那是從大約十年前的《泰晤士報》上撕下來的半頁版面——那一版的上半張，所以包含了日期——裡面包括紐約某個黨支部代表團的照片。在人群正中央的瓊斯、亞倫森跟盧瑟佛很顯眼。不可能認錯他們，無論如何，他們的名字就在底部的照片說明上。

重點是在兩次審判中，三個人全都承認他們當天在歐亞國的土地上。他們從加拿大的一處秘密機場飛到西伯利亞的某個會面地點，跟歐亞國參謀總部的成員商談，對他們暴露重要的軍事機密。溫斯頓牢記那個日期，是因為那剛好是仲夏節；不過整篇報導一定也在無數其他地方留下紀錄了。只有一個可能的結論：那些自白都是謊話。

當然，這本身不算是個發現。就算在那時候，溫斯頓也沒想像過在整肅中被消滅的人真的犯下他們被控的那些罪行。不過這是一個實實在在的證據；這是被廢棄過往的一個碎片，就像出現在不正確地層裡的骨頭化石，摧毀了一個地質學理論。如果能夠用某種方式向全世界公布，讓這張照片的重要性變得眾所周知，就足以把黨轟成原子大小的碎片。

他那時直接動手工作。他一看到那是什麼照片，還有它代表什麼意義以後，他就用另一張紙把它蓋住。幸運的是，那張紙捲被他打開的時候，從電傳螢幕的角度看是上下顛倒的。

他把他的筆記本放在膝蓋上，然後把椅子往後推，讓自己盡可能遠離電傳螢幕，越遠越好。保持面無表情並不困難，稍做努力，你甚至可以控制自己的呼吸；不過你不可能控制你的心跳，而電傳螢幕相當靈敏，足以注意到這點。他根據自己的判斷，讓十分鐘時間過去，在此同時飽受折磨，深怕某種意外——好比說一陣冷風突然吹過他的桌面——會暴露他的行為。然後，他沒有再把那張紙打開，就把照片跟另外一些廢紙一起丟進記憶洞裡。或許再過一分鐘，它就會碎裂成灰。那是十年——十一年前了。要是現在，他可能會留住那張照片。說來奇怪，曾經把那張紙握在手指之間，在他看來似乎造成某種差別，就算現在那張照片本身、還有它所記錄的事件，都只是回憶而已。他納悶地想，就因為一紙不再存在的證據**曾經一度**存在過，黨對過去的掌握就變得沒那麼強了嗎？

但到了現在，假定能用某種方法讓那張照片從死灰中復活，它可能甚至不會是個證據。在他發現那張紙片的時候，大洋國已經不再跟歐亞國交戰了，而那三個死去的人肯定是對著東亞國的特務背叛他們的國家。從那以後，還有過其他的變更——兩次，三次，他記不起來到底有多少次了。很有可能那些自白一再被重寫，到最後原有的事實跟日期不再有任何一點重要性了。過去不只是改變了，還持續在改變。最折磨他、讓他覺得深陷夢魘的，是他一直不是很清楚為什麼要採取這樣大規模的欺瞞行動。偽造過去的立即利益是顯而易見的，但終極的動機卻諱莫如深。他再度提筆寫道：

我明白是**怎麼回事**：我不明白的是**為什麼**。

他疑惑著——就像過去，他已經疑惑過無數次——他自己是不是瘋子。或許瘋子只是一個少數派。有過一個時候，相信地球繞太陽轉是一種瘋狂的跡象；到了今天，相信過去無可改變也是。他可能是**獨自一人**抱持著這個信念，而且如果只有他一個，那麼他就是個瘋子。不過身為一個瘋子的念頭，對他來說不算是很大的困擾：恐怖的是，他也有可能是錯的。

他拿起兒童歷史課本，看著封面上的老大哥肖像。那雙催眠的眼睛直視著他的眼睛。這就好像某種巨大的力量朝著你壓下來——這種東西穿透你頭蓋骨、敲打著你的大腦、把你嚇得失去信念、幾乎說服你拒絕相信自己的感官提出的證據。到最後黨會宣布二加二等於五，而你必須相信這一點。他們遲早會提出這種主張，這是免不了的：他們那個地位的思考邏輯，要求他們這麼做。不只是經驗的正當性，還有外在現實本身的存在，都被他們的哲學默默地否定了。常識是異端中的異端。而讓人恐懼的，不在於他們會為了你另有想法而殺了你，卻在於他們可能是正確的。畢竟說到底，我們怎麼知道二加二等於四？怎麼知道重力有用？怎麼知道過去是無法改變的？如果過去跟外在世界兩者都只存在於心中，如果心靈本身就是可以控制的，再來會怎麼樣？

但是不！他的勇氣似乎突然自動堅定起來。歐布萊恩的臉，沒有受到任何明確聯想的召喚，就在他腦海中浮現了。他知道歐布萊恩站在他這邊，比過去更確信。他是為了歐布萊恩在寫這本日記——**獻給歐布萊恩**：這就像是一封永遠不會有人讀、沒完沒了的長信，卻是寫給某個特定的人，因為這個事實而有了現在的樣貌。

黨要你拒絕你的眼睛與耳朵聽聞的證據。這是他們本質上最重要的最終命令。他一想到安排好對付他的巨大力量，就心頭一沉：任何一個黨內知識分子都能輕鬆地在辯論裡打倒他，那些細膩的論證他不可能了解，更別說是回答了。然而他是在正確的一方！他們是錯的，他是對的。顯而易見、傻氣卻真實的事情，應該有人捍衛。自明的真理是真的，堅持這一點！實實在在的世界是存在的，其中的定律不會改變。石頭是硬的，水是濕的，缺乏支撐的物體會朝著地心往下掉。他覺得自己正在對歐布萊恩說話，而且正要提出一個重要的公理，他這麼寫道：

自由是能夠說二加二等於四的自由。如果可以這樣說，其他一切就會跟著導出。

第八章

從某條通道底部的某處，一陣烘培咖啡的香味往外飄進街道裡——真正的咖啡，不是勝利牌咖啡。溫斯頓不由自主地停下來。或許有兩秒鐘，他回到遺忘了一半的童年世界。然後有一扇門砰然關上，那股味道似乎就像聲音一樣，突然被截斷了。

他在人行道上走了好幾公里，他的靜脈曲張潰瘍在抽痛。這是三個星期以來的第二次，他沒在社區中心消磨夜晚：這種舉動很輕率，因為你可以確定，有人仔細計算過你在社區中心的出席次數。原則上一位黨員沒有閒暇時間，而且除非上床睡了，否則絕不獨處。預設的狀況是，他要是沒在工作、進食或睡覺，就是在參與某種社群娛樂：做任何暗示有孤僻品味的事情，甚至是自己一個人去散步，總是有點危險。新語裡有個詞來形容這種狀態：這稱為「**自活**」，意思是個人主義跟怪僻。不過這個傍晚他從部裡出來的時候，四月柔和宜人的空氣誘惑著他。天空是他那年看過最溫暖的藍色，突然之間，在中心裡漫長吵雜的夜晚——無聊累人的遊戲、演講、用琴酒當潤滑劑才能勉強維持的同志情誼——似乎讓人無可忍受。在一時衝動之下，他從公車站旁走開，漫遊到倫敦的迷宮裡，先往南、再往東、然後又往北，在陌生的街道上讓自己迷路，幾乎沒費事去想他是往哪個方向去。

「如果還有希望。」他曾經在日記裡寫道：「希望就在於普羅階級。」這些話一直回到他心頭，這是神祕真理的陳述，也是再明白不過的荒唐語。他在不成形狀的棕色貧民窟裡，位於以前的聖潘卡斯車站東側與北側。他正沿著一條鋪了鵝卵石的街道走，旁邊是兩層樓的小房子，破破爛爛的門口直接連到人行道上，不知怎麼的，讓人古怪地聯想到老鼠洞。鵝卵石街道上到處都有髒水坑。在陰暗的門口內外，還有從兩邊岔出去的狹窄巷道裡，擠滿數量多得令人震驚的人群——嘴脣上粗率地抹上脣膏、青春正盛的女孩，還有追著那些女孩跑的年輕人；身材臃腫、搖搖擺擺走過的女人，讓你看到那些女孩在十年內會變成什麼樣；還有古怪的老傢伙，踩著外八腳步慢慢走過；穿破衣打赤腳的孩子，在水窪裡玩耍，在他們的媽媽怒吼過以後一哄而散。街上或許有四分之一的窗戶打破了，用木板遮著。大多數人沒去注意溫斯頓：有幾個人以一種帶著戒心的好奇偷瞄他。有兩個噸位龐大的女人，在她們的圍裙前面交叉著磚紅色的前臂，正在一扇門外談話。溫斯頓走近她們的時候，捕捉到對話的隻字片語。

「『對，』我就跟她說啦，『那樣全都很好，』我這麼說。『可是如果妳處在我的地位，妳的做法也會跟我一樣。』我說：『批評很容易，可是妳又沒有我這種問題。』」

「喔。」另一個人說道：「就是這樣，就是這樣子。」

那刺耳的說話聲猝然停下來。在他走過去的時候，那兩個女人在充滿敵意的沉默中打量著他。不過確切說來，那不是敵意；那只是一種警戒心，一種暫時的凍結，就好像有某種不熟悉的動物經過。在這樣的街道上，黨的藍色工作服不可能是常見的景象。的確，在這種地方被人看見很不智，除非你在那裡有明確的正事要辦。如果你湊巧碰到巡邏隊員，他們可能會截住你。「同志，我可以看看你的證件嗎？你在這裡做什麼？你什麼時候下班的？這是你平常回家的路嗎？」——然後就這樣問個沒完。這倒不是說有任何規定反對人走一條不尋常的路線回家；但只要聽說這麼回事，就足以讓思想警察注意你了。

突然間整條街一陣騷動，警告的叫喊從四面八方傳來，人像兔子一樣衝進門裡。有個年輕女人從溫斯頓前面不遠的一扇門裡跳出來，抓住一個在水窪裡玩耍的幼童，用她的圍裙圍住孩子，然後再跳回門裡，全部動作一氣呵成。在同一個時刻，有個男人穿著一件手風琴似的黑西裝，從一條小巷裡冒出來跑向溫斯頓，激動地指著天空。

「蒸汽機來了！」他嚷嚷道。「小心啊，大爺！在頭上響啦！快點趴下！」

「蒸汽機」是普羅階級出於某種理由，替火箭炮起的渾名。溫斯頓立刻面朝著地趴倒。普羅階級給你這種警告的時候，幾乎總是對的。他們似乎有某種直覺，會在飛彈來襲前幾秒通知他們，雖然火箭行進的速度理應超過音速。

溫斯頓用他的前臂抱住頭。有一聲似乎讓人行道跟著隆起的轟鳴；輕盈的細小物體像一陣雨，輕輕落在他背上。在他站起來的時候，他發現自己身上蓋著從最近一扇窗戶上落下的玻璃碎片。

他繼續走著。炸彈摧毀了街上兩百公尺內的一批房子。一陣羽毛狀的黑煙掛在天上，下方則有一片灰泥塵埃形成的雲，在那裡已經有一群人聚集在廢墟旁邊了。有一小堆灰泥躺在他前方的人行道上，而在那灰泥堆中間，他可以看到一條亮紅色的線。在他走向那條線的時候，他看出那是一隻齊腕切斷的人手。除了血淋淋的炸斷處以外，那隻手這樣徹底地褪成白色，甚至像個石膏像。

他把那玩意踢進陰溝裡，然後為了避開人群，他轉進右邊的一條小巷裡。在三、四分鐘內，他就脫離了炸彈影響的區域，街頭骯髒擁擠的生活繼續進行，就好像什麼事情都沒發生過。現在幾乎二十點鐘了，普羅階級常去的飲酒店（他們稱之為「酒吧」）擠滿了顧客。從那些店鋪一直開開關關的骯髒推門裡，傳出一股尿、木屑跟發酸啤酒的味道。在一間房子突出的正面所形成的角落裡，三個男人彼此緊挨著站在一起，居中的那一個握著折起來的報紙，另外兩個人越過他的肩膀在細讀那份報紙。溫斯頓還沒靠近到可以分辨出他們臉上的表情，就可以從他們身體上的每個線條裡，看出他們聚精會神。他們在讀的顯然是某條重要的新聞。他距離他們還有幾步的時候，這群人突然散開了，其中兩個男人陷入劇烈的爭執。有一陣子，他們看來幾乎就要大打出手。

「你他媽的不能好好聽我說的話嗎？我告訴你了，已經有十四個月沒有一個以七結尾的數字贏過了！」

「有，七有中過！」

「不對，才沒有！我把超過兩年的中獎數字都寫在家裡的一張紙上了。我定時寫下來，跟時鐘一樣準。而且我告訴你，沒有一個以七結尾的數字……」

「對啦，一個七**會**贏的！我幾乎可以告訴你那個他媽的數字是啥了。四〇七，尾數是七。那是在二月份——二月的第二週。」

「去你媽的二月啦！我全都白紙黑字寫下來了。而且我告訴你，沒有一個數字……」

「喔，別吵啦！」第三個男人說道。

他們是在講彩券。溫斯頓走過去三十公尺以後又回頭看。他們還在爭吵，表情激動熱切。每個星期發出巨額獎金的彩券，是普羅階級認真關注的公開活動之一。可能有幾百萬普羅階級認為，彩券如果不是活下去的唯一理由，也是最主要的。這是他們的人生樂趣，他們的愚行，他們的止痛劑，他們的知性刺激。在跟彩券有關的方面，連只能勉強讀寫的人似乎都能夠做精密的計算，還有好得不得了的記性。有一整票人就靠賣簽注系統、中獎預報跟幸運符維持生計。溫斯頓跟彩券經營毫無關係，這是由富庶部來經營，不過他意識到（說實話，黨內每個人都意識到了）大獎多半都是想像出來的。只有少量獎金實際上給出去了，大獎得主都是不存在的人。大洋國的不同地區之間缺乏任何真正的內部交流，所以這種事不難安排。

但如果還有希望，希望就在於普羅階級。你必須死守那一點。在你訴諸語言的時候，這話聽起來很合理：在你注視著人行道上跟你擦肩而過的人類時，這番話就變成表現信仰的舉動了。他剛才轉進去的街道往下坡延伸。他有種感覺，他以前就來過這個社區，而且就在不遠處有一條幹道。從前面的某處傳來一陣吵鬧的吼叫聲。這條街道來了個急轉彎，接著以一道梯級收尾；這道階梯往下通往一條低於地面的小巷，那裡有幾個攤販在賣外觀疲軟不新鮮的蔬菜。在這一刻，溫斯頓想起來他在哪裡了。這條小巷通往大街，而在不到五分鐘腳程的下一個轉彎處，就是那家舊貨鋪，他在那裡買下現在充當日記本的那本空白簿子。而在相距不遠的一家小文具店裡，他買下他的筆桿跟那瓶墨水。

他在樓梯頂端暫停了一下。在小巷的另外一頭有個昏暗的小酒吧，窗戶上看起來像是結了霜，但實際上只是裹著一層灰塵。有個年紀很大的老人，彎腰駝背卻還很有活力，往前戳出的白色鬍鬚就像蝦子鬚一樣，他推開推門走了進去。溫斯頓站在那裡看這一幕的時候，他突然想到，那個老人一定至少有八十歲了，在革命發生的時候已經是中年人了。在現狀與已消逝的資本主義世界之間，他還有少數幾位像他一樣的人，是現存的最後連結。在黨內，思想在革命前就成型的人並不多。比較老的世代大多數在五〇與六〇年代的大整肅裡被消滅了，活下來的少數人早就嚇得在知性上徹底投降了。如果還有任何人能活著跟你老實說這個世紀早期的狀況，這人只可能是普羅階級了。突然之間，溫斯頓抄到日記裡的兒童歷史書段落又回到他腦海裡，而一股瘋狂的衝動抓住了他。他會走進那間酒吧，他會努力跟那老人攀交情，然後問他問題。他會對老人說：「告訴我，你還小的時候過的是什麼生活。那時候是什麼樣子？狀況比現在好，還是比現在差？」

為了避免讓自己有時間害怕，他匆匆忙忙下了樓梯，越過狹窄的街道。當然，這樣做是瘋了。照慣例，沒有明確的規定不准你跟普羅階級說話、在他們的酒吧裡混，不過這種行為太不尋常，不可能不引人側目。如果巡邏隊員出現了，他可能得辯稱他一時頭暈目眩，但他們不太可能會相信。他推開了門，發酸啤酒糟得可怕的味道就朝他迎面撲來。一走進去，喧囂人聲就降到原來的一半音量。在他背後，可以感覺到每個人都在看他的藍色工作服。房間另一頭正在進行的飛鏢比賽，自動中斷了或許長達三十秒。他尾隨的那個老人站在吧檯，跟酒保——一個結實、大塊頭、前臂巨大無比的鷹勾鼻年輕男子——起了某種爭執。一小群其他的人站在周圍，手上拿著酒杯，正在看熱鬧。

「我夠客氣地問你了，不是嗎？」老人一邊說，一邊充滿鬥志地挺起肩膀。「你告訴我說這整間他媽的酒館裡，連個一品脫的酒杯都沒有嗎？」

「見鬼了，一品脫**是**什麼意思啊？」酒保指尖撐著櫃檯，身體往前靠，這麼說道。

「看看他！自稱是酒保，卻不知道什麼叫做一品脫！哎呀，一品脫就是半夸脫，四夸脫就是一加侖。接下來我就得教你字母了！」

「從來沒聽過。」酒保言簡意賅。「一公升跟半公升——我們就只提供這個。你面前的櫃子裡有這樣的酒杯。」

「我喜歡一品脫。」老人堅持。「你可以輕輕鬆鬆就倒給我一品脫。我還年輕的時候，才沒有這勞什子公升咧。」

「你還年輕的時候，我們還住在樹頂上咧。」那酒保說道，同時瞥了其他顧客一眼。

有一陣大笑響起，溫斯頓進屋導致的不自在氣氛似乎消失了。老人滿是白色鬍鬚的臉漲成粉紅色。他喃喃自語地轉過身去，然後撞上了溫斯頓。溫斯頓輕輕扶住他的手臂。

「我可以請你一杯嗎？」他說道。

「你是個紳士喔。」對方說道，同時再度挺起肩膀。老人似乎沒注意到溫斯頓的藍色工作服。「品脫！」他口氣凶惡地對酒保補上這一句：「一品脫淡啤。」

酒保把兩杯半公升的暗棕色啤酒，咻一聲倒進剛才在櫃檯下的桶子裡沖洗過的厚玻璃杯裡。啤酒是你能在普羅階級酒吧裡喝到的唯一一種飲料。普羅階級照理說不可以喝琴酒，雖然實際上他們很容易就能弄到。飛鏢比賽再度進行得如火如荼，吧檯邊的那群人開始講起彩券的事。溫斯頓的出現暫時被遺忘了。在窗子底下有一張牌桌，他跟老人可以在那裡談話，不用怕別人偷聽。這樣做危險得嚇人，但無論如何，房間裡沒有電傳螢幕，他一進來就盡快確定了這件事。

「他可以給我一品脫啊。」老人在一杯酒後面坐定以後嘟噥著抱怨道：「半公升不夠，這樣不盡興，一公升又太多了，會讓我尿個不停，更別提那價錢了。」

「從你年輕的時候開始，你一定看過種種巨大的變化了。」溫斯頓試探性地問道。

老人淡藍色的眼睛從飛鏢靶轉向酒吧，然後又從酒吧轉向男廁所的門，就好像他期待改變是發生在酒吧裡一樣。

「啤酒比較好喝。」最後他說道：「而且比較便宜！我還年輕的時候，淡啤酒——我們以前叫做淡啤——一品脫是四便士。當然，那是在戰爭之前。」

「那是哪一場戰爭？」溫斯頓說。

「就是所有的戰爭。」老人含糊其辭。他拿起他的酒杯，肩膀又挺起來。「祝你健康得不得了！」在他細瘦的喉嚨上，尖銳地突出喉結用驚人的速度上下動了一回，啤酒就消失了。溫斯頓走向吧檯，又帶了兩杯半公升的酒回來。老人似乎忘了他對喝完整整一公升的偏見。

「你年紀比我大得多。」溫斯頓說：「你在我出生以前一定已經成年了。你能夠記得舊時光，記得革命以前的日子是什麼樣子。我這個年紀的人其實對那個時代一無所知；我們只能在書本上讀到那個時代，而書裡說的可能不是真的。我很想聽你對於當時的看法。歷史書籍說革命前的生活跟現在完全不一樣。當時有最恐怖的壓迫、不公、貧窮，糟糕的程度超出我們的想像。在倫敦這裡，大批的人民從出生到死亡，一直沒有足夠的食物可吃。他們有一半人腳上甚至沒有靴子穿。他們一天工作十二小時，在九歲輟學，一間房間裡睡十個人。而在同時，有非常少數的人，只有幾千個人——他們被稱為資本家——有錢又有勢。他們擁有一切能夠擁有的東西。他們住在有三十個僕人的漂亮大房子裡，他們坐在汽車跟四輪馬車裡到處跑，他們喝香檳，他們戴大禮帽……」

老人突然間高興起來。

「大禮帽！」他說：「真是怪了，你竟然提到這個。昨天我才想過同樣的東西呢，我不知道為啥。我只是在想，我好些年沒看到一頂大禮帽了。它們啊，全都沒了。我最後一次戴大禮帽是在我小姨子的葬禮上。那是在——呃，我沒辦法告訴你日期，不過一定是在五十年前了。當然，你明白啦，只是為了那個場合才戴的。」

「關於大禮帽的事情並不是非常重要。」溫斯頓很有耐性地說道：「重點是，那些資本家——他們，還有一些律師、教士等等靠他們維生的人——都是這片土地的主人。一切都是為了他們的利益而存在。你們——凡夫俗子，工人們——都是他們的奴隸。要是他們想，他們可以睡你們的女兒。他們可以下令，讓人用叫做九尾鞭的東西鞭打你們。你們必須在他們經過身邊的時候脫下帽子。每個資本家都有一幫奴才，他們會……」

老人再度開心起來。

「奴才！」他說道：「現在又是一個我好久好久沒聽到的字眼。奴才！那句常用語，確實讓我回到過去了。我現在回想——喔，那是好久以前啦——我習慣偶爾在星期天下午去海德公園聽小伙子演講。救世軍、天主教徒、猶太人、印度人——那裡什麼人都有。而且有個小伙子——呃，我沒辦法告訴你他叫啥名，不過他真是個厲害的演講家。他還只用了一半力氣呢！『奴才！』他說：『布爾喬亞階級的奴才！統治階級的走狗！』寄生蟲——這是另一個慣用語。還有土狼——他肯定叫他們土狼。當然那指的是勞工黨，你懂吧。」

溫斯頓覺得他們正在雞同鴨講。

「我真正想知道的是這個。」他說：「你覺得你現在比過去更自由嗎？你得到的待遇是否更像個人？在舊時代，那些富人，高高在上的那些人……」

「上議院。」老人懷念地說道。

「如果你比較喜歡這樣說，就說是上議院吧。我在問的是，是否就因為那些人有錢、你窮困，他們就能把你當成次等人看待？例如說，你是不是實際上要叫他們『老爺』，還要再經過他們身邊的時候脫下你的帽子？」

老人似乎陷入沉思。他喝掉了他杯中啤酒的四分之一，然後才回答。

「對。」他說：「他們喜歡看你對他們脫帽致敬。這樣似乎表示尊敬。我自己不認同，不過我滿常這樣做的。你可以說，我必須這樣做。」

「還有，這種事情是不是很尋常——我只是引用我在歷史書裡讀到的——那些人跟他們的僕人，把你們從人行道上推進溝渠裡，這種事情很尋常嗎？」

「他們之中有人曾經推過我一次。」老人說：「我還可以回想起來，就像發生在昨天。那是船賽之夜——以前他們會在船賽之夜吵鬧得嚇死人——而我在沙芙滋貝里大街撞上一個年輕小伙子。

他還真是個紳士模樣——正式襯衫、大禮帽、黑色外套。他有些東倒西歪地穿過人行道，我意外地撞上他。他說：『你怎麼不看路呢？』我說：『你以為你買下這該死的人行道啦？』他說：『你要是敢對我無禮，我會把你該死的頭扭掉。』我說：『你喝醉了。我在半分鐘內就會給你點顏色瞧瞧。』我這樣講了。但如果你信我的話，我告訴你，他的手往我胸口一放，推了我一把，差點把我推到一輛公車輪子底下了。唔，我那時候還年輕，而且我本來打算要給他一拳的，只是……」

一股無力感制住了溫斯頓。老人的記憶不過是種種細節堆成的垃圾堆。你可以盤問他一整天，卻得不到任何真正的資訊。在某種程度上，黨版的歷史可能還是真的：甚至可能全部屬實。他做了最後一次嘗試。

「或許我沒表達清楚我的意思。」他說道：「我想說的是這個。你已經活了很久；你的人生前半段是在革命之前。比方說，在一九二五年，你已經成年了。就你記憶所及，你會說一九二五年的生活比現在更好，還是更糟？如果你可以選擇，你寧願活在當時還是現在？」

老人若有所思地看著飛鏢靶。他喝乾他的啤酒，速度比先前慢得多。他開口時帶有一種充滿忍耐的哲學精神，就好像啤酒讓他成熟了。

「我知道你期待我說什麼。」他說：「你期待我說我希望能夠再年輕一次。如果你去問人，大多數人會說他們寧可當年輕人。你年輕的時候健康又有力氣。等你到我這把年紀，你永遠覺得不對勁。我的腳讓我不舒服，我的膀胱狀況實在糟透了。一晚上我得起床六、七次。另一方面來說，當個老人家有些很大的好處。你不會再有跟以前相同的煩惱了。不用再跟女人打交道，那是很棒的事情。要是你願意信我的話，我幾乎三十年沒女人了，更棒的是，我不想要。」

溫斯頓坐著往後靠向窗台。繼續講下去也沒有用。他正打算再多買些啤酒的時候，老人突然間起身，用拖曳的步伐迅速走進房間側邊發臭的廁所裡。多喝的半公升已經在他身上起作用了。溫斯頓坐了一、兩分鐘，注視著他的空杯子，然後幾乎是在不知不覺中，他的雙腳再度帶著他踏上街頭。他暗自想著，至多再過二十年，那個簡單的大哉問，「革命前的生活比現在好嗎？」會徹底變得無法回答。但實質上來說，就算是現在，這個問題也是無法回答的，因為從舊世界裡殘存下來的少數生者，沒有能力比較兩個時代。他們記得一百萬件無用之事，跟工作夥伴的爭吵、追尋不見的腳踏車打氣筒、某位逝去已久的姐妹臉上的表情、七十年前一個風大的早晨捲起的灰塵：不過所有要緊的事實，都不在他們的眼界之內。他們就像螞蟻，可以看到小東西，卻看不到大物體。而到了記憶失效、書寫紀錄被篡改過的時候——在這種事發生的時候，黨自稱改善人類生活處境的聲明就必須被接受，因為現在並不存在、也永遠不可能再有任何標準可以測試這種說法。

在這一刻，他的思緒突然間停了下來。他停下腳步，抬起頭來看。他站在一條狹窄的街道上，這裡有幾間陰暗的小店，散布在一般住家之間。他頭頂正上方掛著三個褪色的金屬球，看起來似乎一度是鍍金的。他依稀認得這個地方。當然了！他正站在他買下日記本的舊貨店鋪前面。

一陣恐懼竄過他全身。一開始買下那本日記本的行動就已經夠魯莽了，而他曾經發誓，絕對不再靠近那個地方了。然而他一容許自己胡思亂想片刻，他的雙腳就靠自己的意志，帶著他回到這裡了。他啟用那本日記，就是希望能控制自己，避開這種自殺衝動。同時他也注意到，雖然現在將近二十一點了，這家店卻還開著。他覺得與其在人行道上晃蕩，進到屋裡還比較沒那麼可疑，所以他踏進店門口。要是有人問起，他可以很逼真地說是想買刮鬍刀片。

店主才剛點起一盞吊著的油燈，燈散發出一股不乾淨卻很友善的味道。他是個或許有六十歲的男人，孱弱而且彎腰駝背，有個看來仁慈的長鼻子，還有被厚玻璃眼鏡扭曲的溫和眼睛。他的頭髮幾乎全白了，但他的眉毛很茂密，而且還是黑色的。他的眼鏡，幾乎吹毛求疵的輕柔動作，還有他穿著一件老舊黑天鵝絨外套的事實，都給他一種模糊的知性氣質，就好像他是某種類型的文人雅士，或者有可能是個音樂家。他的聲音很柔和，就好像要消失了，而且跟大多數的普羅階級相比，他的口音沒那麼低俗。

「你在人行道上的時候，我就認出來了。」他立刻說道：「你就是買下年輕小姐紀念品蒐集本的那位紳士。那是很漂亮的紙張。奶油色底，以前是這樣叫。像這樣的紙張已經——喔，我敢說有五十年沒人做了。」他從他的眼鏡上方瞄著溫斯頓。「我能特別為你做些什麼嗎？或者你只想要到處看看？」

「我路過這裡。」溫斯頓含糊其辭地說道：「我只是進來看看。我沒有特別想要什麼。」

「這樣也好。」對方說道：「因為我不認為我能夠滿足你的期待。」他用掌心柔軟的手比劃出一個致歉的手勢。「你知道這是什麼狀況；一個空蕩蕩的店鋪，你可以這麼說。這話我只對您說，這家古董店的生意差不多就要結束了。再也沒有需求，也沒有庫存了。家具、瓷器、玻璃——全都有不同程度的破損。而且當然了，金屬物體大多數都被熔掉了。我好多年沒看到一個黃銅燭台了。」

店鋪極小的內部事實上擠到讓人不舒服，但店裡幾乎沒有一樣東西有任何一丁點價值。地板面積非常有限，因為四面的牆壁都堆放了無數沾滿塵埃的畫框。在窗口有一碟又一碟的螺帽跟螺栓，磨舊的鑿子，刀鋒破損的小刀，顏色暗淡、甚至無法假裝在運轉的手錶，還有其他各式各樣的破銅爛鐵。只有角落的一張小桌子有一堆瑣碎小玩意——漆器鼻煙盒、瑪瑙胸針跟類似的東西——看起來似乎可能包括某種有趣的東西。在溫斯頓慢慢朝那張桌子走去的時候，他的目光被一個光滑的圓形物體給吸引了，那個東西在燈光下微微閃爍著，他拿了起來。

這是個很沉重的玻璃塊，一邊是圓弧狀，另一邊是扁平的，幾乎成了個半球體。那塊玻璃的顏色跟質地兩方面，都有一種奇特的輕柔感，就像雨水一樣。在玻璃塊中央被弧面放大了的，是一個奇怪的粉紅色螺旋狀物體，讓人想起一朵玫瑰或者一隻海葵。

「這是什麼？」著迷的溫斯頓問道。

「那個啊，是珊瑚。」老人說道：「這一定是從印度洋來的。他們以前會用某種方法把它嵌到玻璃裡。那一個是在至少一百年前製造的。從外表來看，應該更老。」

「這東西很漂亮。」溫斯頓說道。

「這東西很漂亮，」對方也讚賞地說道。「不過現在沒有多少人會這樣說了。」他咳了咳。「現在呢，如果你剛好想要買下，這樣會花掉你四塊錢。我記得以前那種東西要花上八鎊的時候，而八鎊就等於——唔，我算不出來，不過那是很大一筆錢。可是現在誰還在乎真正的古董啊——甚至是剩下來的極少數？」

溫斯頓立刻付了四塊錢，然後把那個讓人垂涎的東西塞進口袋裡。那個東西吸引他的地方，不在於它的美，而在於它似乎有種氣質，屬於一個跟現在大不相同的時代。這個輕柔如雨水般的玻璃，不像他見過的任何其他玻璃。這個東西加倍的迷人，因為它顯然無用，雖然他可以猜想到它本來肯定曾被當成紙鎮。它在他口袋裡十分沉重，不過幸運的是，並沒有鼓起很大一塊。它是個古怪的東西，甚至是個不得體的東西，一個黨員不適合擁有。

任何古老的東西——其實還有任何美麗的東西——總是隱約顯得可疑。老人在收到四塊錢以後，明顯變得比較開心了。溫斯頓領悟到他本來會接受三塊、甚至兩塊的出價。

「樓上有另一個房間，你可能想要看看。」他說道。「裡面沒有太多東西。只有幾件物品。如果我們上樓去的話，我們要帶盞燈。」

他點亮另一盞燈，弓著背慢慢帶路爬上陡峭又陳舊的梯級，然後沿著一條細小的走廊，走進一個房間，這裡並沒有面對街道，卻能眺望一個鵝卵石庭院及一片如森林般的煙囪帽頂。溫斯頓注意到，這房間裡的家具仍然擺設得像是打算讓人住在裡面。地板上有一條地毯，牆上有一、兩張畫，還有一張坐墊很厚、不太乾淨的扶手椅，被拉到火爐旁邊。有個上面有十二小時制鐘面的老式玻璃面時鐘，在壁爐架上滴滴答答地響著。在窗戶底下有一張極大的床鋪，幾乎占據了房間四分之一面積，床墊還在上面。

「我們在這裡住到我太太過世為止。」老人帶著歉意說道。「我正在一點一點賣掉家具。這是張漂亮的桃花心木床，或者說，至少在你把床裡的蟲子趕走以後，就會是這樣。不過我敢說，你會發現這張床有點笨重。」

他把燈拿高，好讓燈光照亮整個房間，在溫暖的黯淡光線下，這個地方看起來誘人得奇怪。溫斯頓心中飛快閃過一個念頭，如果他敢冒險的話，一星期花個幾塊錢租下這個房間可能滿容易的。這是個瘋狂的、不可能的主意，想到的那一瞬間就可以放棄了；不過這個房間已經喚醒他的某種懷舊病，一種來自祖先的記憶。在他看來，他很清楚坐在像這樣的房間裡是什麼感覺，在一張擺在明火火爐旁邊的扶手椅上，你的腳架在圍欄上，還有一個水壺放在火爐擱架上；徹底獨處，徹底安全，沒有人在注視著你，沒有人聲在糾纏你，除了水壺的鳴唱跟時鐘友善的滴答響以外，沒有別的聲響。

「沒有電傳螢幕！」他忍不住低語道。

「喔，」老人說：「我從來沒有那種東西。太貴了。而且不知怎麼的，我似乎從不覺得需要那種東西。那邊的角落還有個很好的折疊桌。不過當然了，如果你想用那些折板，你就得安裝新的鉸鏈。」

在另一個角落有個小書櫃，溫斯頓已經被吸引到那邊去了。那書櫃裡沒裝什麼，只有些廢物。書籍的搜查與銷毀，在普羅階級住宅區執行得跟在別處一樣嚴格。在大洋國的任何地方，都極不可能存在印刷日期早於一九六〇年的書。仍然拿著燈的老人，正站在一幅用黑檀木框裱起來的畫像前面，那幅畫掛在火爐的另一邊，就在床的對面。

「現在呢，如果你剛好對老版畫有任何興趣……」他很謹慎地開口。

溫斯頓走過去檢視那張畫。這是一張鋼雕版畫，畫中是一個有方形窗戶的卵型建築，前面還有一個小塔樓。建築物四周圍繞著一圈欄杆，在後方有個看似雕像的東西。溫斯頓盯著畫看了好一會兒。這幅畫似乎隱約有點眼熟，雖然他不記得有那個雕像。

「畫框是固定在牆上的，」老人說道：「不過我敢說，我能替你把畫框拆下來。」

「我認得那棟建築物，」最後溫斯頓說道：「現在那裡是廢墟了。那建築物是在正義宮外面的街道中央。」

「沒錯。在法院外面。那棟房子在——喔，在許多年前被轟炸過。那裡一度是一座教堂，丹麥聖克萊蒙教堂，那是它的名字。」他抱歉地笑笑，就好像意識到自己說了某件有點荒謬的事情，還補上一句：「橘子跟檸檬，聖克萊蒙的鐘聲說！」

「那是什麼？」溫斯頓說道。

「喔——『橘子跟檸檬，聖克萊蒙的鐘聲說。』那是我孩提時代的一首兒歌。這首歌接下去怎麼唱我不記得了，但我確實知道結尾是什麼，『來了根蠟燭照著你上床，來了把斧頭砍掉你的頭。』這是某種舞蹈。他們會伸出他們的手臂，讓你從下面經過，然後在他們唱到『來了把斧頭砍掉你的頭』的時候，他們會放下手臂抓你。這只是教堂的名字而已。所有倫敦教堂都在這首兒歌裡——我是說，所有主要的教堂。」

溫斯頓隱約對教堂屬於哪個世紀感到納悶。一座倫敦建築的年紀總是很難確定。任何大而令人印象深刻的東西，如果在外觀上新到可以說得過去，就會自動被說成是在革命後建立的，而任何顯然建立年代較早的建築物，則被歸為某個稱為中世紀的含糊時期。資本主義的世紀，被認為不曾產出過任何有價值的東西。你不可能從建築物來學歷史，就好像你也不可能從書本上學歷史。雕像、碑文、紀念石碑、街道的名稱——任何可能揭露過往歷史的東西，都有系統地被改變了。

「我從來不知道那裡本來是一座教堂。」他說道。

「說真的，有很多教堂留下來了，」老人說道：「雖然被挪做他用了。現在呢，那首兒歌到底是怎麼樣唱的？喔！我知道了！

『橘子跟檸檬，聖克萊蒙的鐘聲說，

你欠我三法辛②，聖馬丁的鐘聲說……』

就這樣，現在我能記得的就這樣了。一法辛是一種小小的銅幣，看起來有點像是一分錢。」

「聖馬丁教堂在哪？」溫斯頓說道。

「聖馬丁？那座教堂還在。在勝利廣場，就在畫廊旁邊。那棟建築物有近乎三角形的前廊，前面有柱子，還有一大段樓梯。」

溫斯頓對那個地方很熟。那是一個博物館，用來展示各種政令宣傳——火箭炮還有海上堡壘的等比例模型、描繪敵人暴行的蠟像之類的東西。

「那裡本來叫做聖馬丁田野教堂。」老人補充說明：「雖然我不記得那些區域哪裡有田野了。」

溫斯頓沒有買那張畫。那張畫比玻璃紙鎮更不適合擁有，而且幾乎不可能帶回家，除非從畫框裡拿下來。不過他又多逗留幾分鐘跟老人聊天，他發現老人的名字不是威克斯——從店門口的題字，一個人很可能會這樣猜想——而是查林頓。查林頓先生似乎是一位六十三歲的鰥夫，在這家店裡住了三十年。在這段時間裡，他一直打算改掉窗口的招牌名稱，卻從來沒有到真正動手的地步。他們談話的時候，那首只記得一半的兒歌一直在溫斯頓腦中打轉。橘子跟檸檬，聖克萊蒙的鐘聲說，你欠我三法辛，聖馬丁的鐘聲說！這很古怪，不過在你暗自唸著的時候，你會有真正聽到鐘聲的幻覺——在一個已經失落的倫敦，這些鐘仍然存在於某個地方，遭人掩蓋遺忘。他彷彿聽到鐘聲，從一個又一個鬼影般的尖塔嘹亮地傳出。然而就他記憶所及，他在現實生活中從沒有聽到教堂的鐘聲響起。

他離開了查林頓先生，自己一個人下樓去，這樣老人才不會看到他踏出門口以前還在偵察街道動靜。他已經下定決心，在一段適當的時間間隔之後——就說是一個月好了——他就會冒險再度造訪這家店鋪。這樣可能不會比躲掉社區中心一晚上來得危險。真正嚴重的愚行從一開始就發生了——在買下日記、不知道店主能不能信任以後，還回到這裡。可是……！

對，他再度這麼想，他會回來。他會買更多漂亮的破爛玩意。他會買下那幅丹麥聖克萊蒙教堂的版畫，從畫框裡拿出來，然後藏在他的工作服外套底下帶回家。他會把那首詩從查林頓先生的記憶裡拖出來。就連租下樓上房間的瘋狂計畫，都再一次短暫地閃過他的腦海。大概五秒鐘飄飄然的感覺讓他變得疏忽了，他踏上人行道的時候，連透過窗戶先瞥一眼都沒有。他甚至開始隨口哼出一首小調：

橘子跟檸檬，聖克萊蒙的鐘聲說，
你欠我三法辛，聖馬丁的鐘聲……

②法辛（farthing）是一八六〇至一九五六年英國流通的硬幣，幣值是四分之一便士。

突然間他的心臟似乎結冰了，他的五臟六腑都化成了水。一個穿著藍色工作服的身影沿著人行道走過來，就在不到十公尺外。是那個小說處的女孩，深色頭髮的女孩。光線不足，不過要認出她並不難。她直勾勾地盯著他的臉，然後繼續快步前進，就好像沒看見他似的。

有幾秒鐘，溫斯頓癱瘓到動彈不得。然後他轉向右邊，步履沉重地走開，一時之間沒注意到他正朝著錯誤的方向走。無論如何，有個問題確定了。再無疑問，那女孩是在監視他。她一定是跟著他到這裡來的，因為她要是純憑機率在同一個夜晚走到同一條偏僻街道上，跟黨員住的任何住宅區都離了好幾公里遠，這讓人難以置信。這樣的巧合太誇張了。不管她真的是思想警察的眼線，或者只是以愛管閒事為動力的業餘密探，幾乎都不重要。她在監視他就夠了。她有可能也看到他走進酒吧裡。

走路很費勁。他每走一步，他口袋裡的玻璃塊就猛敲一下他的大腿，而他太猶豫不決，無法把紙鎮拿出來扔掉。最糟的事情是他肚子裡的疼痛感。有幾分鐘，他覺得他不快點找到一間廁所，他會死掉。但在這樣的區域裡不會有公共廁所。然後那陣痙攣過去了，留下一種鈍痛。

這條街是無路死巷。溫斯頓停下腳步，站了幾秒鐘，隱約納悶著到底要怎麼做，然後就轉過身去，開始走回頭路。轉彎時，他突然想到，那女孩三分鐘前才經過他身邊，用跑的或許還可以追上她。他可以跟蹤她，直到他們走到某個僻靜處，就用卵石砸碎她的頭骨。他口袋裡的那塊玻璃重到可以勝任這個工作。但他立刻就放棄那個想法，任何體力勞動的想法都讓他受不了。他不能跑，也不能出手一擊。除此之外，她年輕又精力充沛，會捍衛自己。他也想過要匆匆趕到社區中心去，然後待到那個地方打烊為止，這樣才能替這一晚建立部分的不在場證明。但那樣做也是不可能的。一種致命的疲乏感攫住了他。他想做的就只有快點回家，然後坐下來靜一靜。

他回到公寓的時候已經過了二十二點。燈光的總開關會在二十三點三十分熄滅。他進了廚房，然後幾乎灌下一整茶杯的勝利琴酒。然後他到壁龕裡的桌子那邊，拿出抽屜裡的日記。但他沒有立刻打開日記本。從電傳螢幕裡傳出一個刺耳的女聲，正在鬼哭神嚎一首愛國歌曲。他坐在那裡盯著日記本的大理石紋封面，試著要把那個聲音隔離在他的意識之外，卻沒有成功。

他們在晚上來抓你，永遠都在晚上。適當的做法是在他們抓到你以前先自殺。毫無疑問，有些人這麼做了。許多消失的人其實是自殺而死。不過在這個完全弄不到武器、或任何迅速確實毒藥的世界裡，自殺需要走投無路的勇氣。他帶著某種震驚之情，想著痛楚跟恐懼在生物學上多麼無用，還有人體多麼不可信賴，總是準確地在需要特別努力的時候，僵硬到難以動作。只要動作夠快，他本來可以封住那黑髮女孩的嘴；但正因為這極端危險的處境，他失去了行動的力量。他這時想到，在危急時刻，你永遠不是在對抗外在的敵人，卻總是在對抗自己的身體。就連現在，儘管喝了琴酒，他腹中的鈍痛還是讓他不可能連貫地思考。而且他察覺到，在所有看似英雄式或悲劇性的處境裡，都是一樣的。在戰場上，在拷問房裡，在下沉的船上，你在對抗什麼的議題總是被遺忘，因為身體會膨脹到塞滿整個宇宙為止，而就算你沒有嚇得癱瘓、或者痛得尖叫，生命也是時時刻刻的掙扎，對抗饑餓、寒冷或缺乏睡眠，對抗發酸的胃或者疼痛的牙。

他打開日記本。寫點東西是很重要的。電傳螢幕上的女人開始唱起一條新歌。她的聲音似乎像尖利的碎玻璃片一樣，插進他腦袋裡了。他試著去想歐布萊恩——這本日記是為他寫的，或者說是寫給他的——但他反而開始想思想警察帶走他以後，他會怎麼樣。如果他們立刻殺了你，就無關緊要了。被殺是意料中事。但在死亡之前（沒有人講起這種事，然而每個人都知道），還有自白的例行公事要經歷：匍匐在地、尖叫求饒，骨頭碎掉的聲音，被打掉的牙齒跟頭髮上的血塊。既然結果總是一樣的，你為什麼非得忍受這個？為什麼不可能把你人生中的幾天或幾星期切割掉？沒有人逃得過偵察，也沒有人不自白的。一旦你屈服於思想罪的罪名，你肯定會在某一天死掉。所以為什麼改變不了任何事的恐怖感，必須要潛藏在未來的時間裡？

他試著召喚出歐布萊恩的影像，跟先前相比稍微成功一點點。「我們會在一個沒有黑暗的地方相逢。」歐布萊恩曾經對他這麼說。他知道那是什麼意思，或者自以為知道。沒有黑暗的地方就是想像中的未來，你永遠不會看到，但靠著預知，你可以透過神祕的方式分享那個未來。但來自電傳螢幕的聲音在他耳畔嘮嘮叨叨，他沒辦法進一步延伸這個思緒。他把一根菸放進嘴裡。一半的菸草——一種很難再度吐掉的苦味塵土——迅速地掉到他舌頭上。老大哥的臉從他心裡冒出來，取代了歐布萊恩的臉。就像他在幾天前所做的一樣，他把一枚錢幣拿出口袋，注視著它。那張臉瞪著他，沉重、冷靜、有保護性質：但藏在黑色鬍鬚後面的是哪種笑容？就像一記沉重如鉛的喪鐘響聲，這些話語回到他身上：

戰爭即和平
自由即奴役
無知即力量

第 二 部

第一章

現在早晨過了一半，溫斯頓離開了辦公隔間要去廁所。

一個孤獨的人影，從那條燈光明亮的漫長走廊另一頭朝他走來。是那個深色頭髮的女孩。自從他在舊貨鋪外面撞見她以後，已經過了四天。在她靠近些的時候，他看到她的右臂打石膏掛在吊帶裡，在遠處看不出來，因為跟她的工作服是一樣的顏色。可能在「起草」小說情節的其中一個大萬花筒轉動時，壓傷了她的手。在小說局，這種意外是家常便飯。

他們或許還相隔四公尺的時候，那女孩絆了一下，然後幾乎是整個人趴倒在地上。她發出一聲痛楚的尖叫。她一定是直接倒在她受傷的手臂上了。溫斯頓猛然停下腳步。那女孩爬起來跪著了。她的臉變成一種泛白的黃色，她的嘴唇被襯托得比過去更紅豔。她的眼睛直盯著他，臉上有種看來恐懼大於疼痛的哀求表情。

溫斯頓心中有種古怪的情緒動搖。在他面前的，是個企圖殺死他的敵人：在他面前的，也是個人類，承受著痛楚，或許還斷了一根骨頭。出於本能，他已經開始走上前幫助她了。先前他看見她倒在包紮起來的手臂上時，他覺得那種痛好像就在他自己體內。

「妳受傷了？」他說。

「沒什麼。是我的手臂。一下子就會好了。」

她講話時，心跳好像很不規則。她絕對是變得非常蒼白。

「妳沒摔斷什麼吧？」

「沒有，我很好。痛了一陣，就只是這樣。」

她對他伸出沒有包紮的那隻手，他扶著她起身。她恢復了一點血色，看起來大為好轉。

「沒什麼。」她簡短地重複。「我只是稍微敲到我的手腕。多謝了，同志！」

話說完她就繼續朝著她本來要去的方向走，輕快得活像這真的沒什麼。整個事件發生的時間不可能超過半分鐘。不讓自己的情感出現在臉上，是一種已經達到本能程度的習慣，而且不管怎麼說，事發時他們都筆直站在一個電傳螢幕前面。雖然如此，不透露半點短暫的驚訝之情非常困難，因為在他幫助她起身的兩、三秒內，那女孩把某樣東西塞進他手裡了。毫無疑問，她是刻意這麼做。那是個小小扁扁的東西。在他走過廁所門口的時候，他把那個東西放到口袋裡，然後用指尖去摸弄它。那是一張被折成方形的紙條。

他站在小便斗前面的時候，他又用手指多撥弄了一下，設法把紙條攤開了。顯然上面一定寫了某種訊息。有一會兒，他很想帶著那張紙到某個抽水馬桶隔間裡，馬上就讀。但他很清楚，那樣做愚蠢至極。沒別的地方比那裡更確定會被電傳螢幕持續監視。

他回到他的辦公隔間去，坐了下來，把那張紙條隨手丟到桌上的其他紙張之間，戴上眼鏡，然後把說寫器用力拉向他。「五分鐘。」他告訴自己：「至少等五分鐘！」他的心臟在胸膛裡猛撞，大聲得嚇人。幸運的是，他正在處理的那項工作只是例行公事，一長串數字的更正，不需要仔細關照。

不管紙條上寫了什麼，一定有某種政治意涵。到目前為止，他可以看出有兩種可能性。比較有可能的第一個，就像他所害怕的一樣，這女孩是思想警察的眼線。他不知道為什麼思想警察竟然選擇用這種方式傳遞訊息，但他們或許自有理由。寫在紙上的東西可能是一句威脅，一次傳喚，一道自裁命令，某種性質的陷阱。不過還有一種更瘋狂的可能性出現了，雖然他徒勞無功地試圖壓制這個念頭。這個可能性是，這個訊息壓根不是來自思想警察，而是來自某種地下組織。或許兄弟會到底還是存在的！或許那女孩是其中一員！毫無疑問，這個主意很荒謬，不過就在他手心感覺到那張紙條以後，這個念頭就竄入腦海了。幾分鐘以後，他才想到另一個更有可能的解釋。而就算現在，雖然他的思維能力告訴他，那道訊息可能意味著死亡——他還是不相信，不合理的希望也還持續著，他心跳如雷，在他對著說寫器讀數字的時候，很難克制自己的聲音不要發顫。

他捲起完成的那份工作紙捲，送進真空管裡。已經過了八分鐘。他重新調整眼鏡在鼻梁上的位置，嘆了口氣，然後把另外一批工作拉向他身邊，那張紙片就擺在最上面。他把紙張攤平。在那張紙上，用大而不成形狀的字跡寫道：

我愛你。

有幾秒鐘他太過震驚，甚至沒把那張陷他入罪的玩意丟進記憶洞裡。在他把那張紙丟掉的時候，雖然他很清楚表現出太多興趣有多危險，他還是忍不住再讀了一次，就只是想確定那些字真的在那裡。

早上剩下的時間裡他都很難工作。比起必須專注於一連串瑣碎工作，更糟糕的是他得要在電傳螢幕前隱藏他的激動。他感覺好像肚子裡有把火在燒。在又熱又擠、充滿噪音的員工餐廳裡吃午餐是一種折磨。在午餐時間他本來希望能獨處一下子，可是就這麼倒霉，蠢蛋帕森斯在他旁邊重重坐下，他的強烈汗臭幾乎壓倒了帶著金屬味道的燉菜味，而他滔滔不絕地直講著仇恨週的前置準備。他對一個老大哥的紙漿模型頭像特別熱心，頭像寬達兩公尺，是他女兒的少年間諜團為了這個場合特別做的。讓人著惱的事情是，在喧囂人聲之中，溫斯頓幾乎聽不到帕森斯在說什麼，一直得要求他重複某些傻話。他只有一次瞥見那女孩一眼，跟另外兩個女孩在房間另一頭的一張桌子。她看起來並沒有看見他，而他沒有再往那個方向望。

下午更讓人難以忍受。在午餐之後立刻就送來一件精細困難的工作，會花上好幾個小時，而且必須放下所有別的事情。這件工作要篡改兩年前的一連串生產報告，目標是要破壞黨高層某位重要黨員的名聲，他現在烏雲罩頂了。這種事情是溫斯頓很擅長的，而他成功地把那女孩徹底逐出腦海超過兩小時以上。直到他能獨處以前，他不可能把這個新發展想清楚。今晚是他要在社區中心度過的夜晚之一。他在員工餐廳裡囫圇吞掉另一份沒味道的正餐，匆匆離開趕到中心去，參與了嚴肅的愚蠢活動——一個「討論小組」，玩了兩局桌球，灌下幾杯琴酒，然後坐了半小時，聽完一個叫做〈英社與西洋棋之關係〉的演講。無聊厭煩讓他的靈魂痛苦地扭動著，但難得有這麼一次，他沒有逃避社區中心之夜的衝動。一看到「我愛你」那三個字，保命的慾望就在他心中湧現，冒些小風險突然間顯得很蠢。直到二十三點，他回到家裡，也躺到床上了——在黑暗之中，只要你保持沉默，面對電傳螢幕你甚至也安全無虞——他才能夠持續地思考。

這是他必須解決的物理問題：要怎麼跟那女孩取得聯絡，安排會面。他不再考慮她或許設了某種陷阱給他跳的可能性了。他知道不是這麼回事，因為她把紙條交給他的時候，有那種錯不了的激動不安。顯然她被嚇得六神無主了，她理應如此。他心裡也從沒閃過要拒絕她示好的念頭。才五個晚上以前，他還考慮要用卵石砸爛她的頭骨，不過那不重要了。他想到她赤裸、年輕的身體，就像他在自己夢裡看到的那樣。他曾經想像過，她就像其餘所有人一樣傻，她腦袋裡塞滿了謊言與憎恨，一肚子寒冰。一想到他可能失去她，一種狂熱就攫住了他——那個雪白年輕的肉體可能會從他手中溜走！比起所有別的事情，他最怕的就是如果他不快點聯絡上她，她會就這樣改變心意。但見面的實質困難巨大無比。這就像是已經被將軍了，還想要挪動棋步。不管你轉向哪個方向，電傳螢幕都面對著你。實際上，在讀完那張紙條的五分鐘內，他就已經想到跟她溝通的所有可能方式；但現在他有時間想了，他一一過濾那些方法，就好像把一排工具擺在桌上一樣。

顯然今天早上發生的這種偶遇不可能再重複。如果她在紀錄局工作，事情可能就會比較簡單，但對於小說局在建築物裡的哪個位置，他只有非常模糊的概念，而且他沒有藉口去那裡。如果他知道她住在哪裡，還有她什麼時間下班，他還可以設法在她回家路上跟她會合；但試著跟蹤她回家並不安全，因為這就表示得在真理部外面閒晃，這樣一定會被注意到。至於透過郵政系統寄信，這絕對不成。根據一個甚至不是祕密的例行程序，所有信件都會在傳遞過程中被拆開來。實際上，幾乎沒有人寫信。對於偶然必須送出的訊息，有印好的明信片，上面有長長的語句清單，你就劃掉那些不合用的句子。無論如何，他不知道那女孩的名字，更不用說是她的住址了。到最後他決定，最安全的地方是員工餐廳。如果他可以碰上她一個人坐在桌前，位置在房間中央、不會太靠近電傳螢幕，周圍還有足夠的吵雜談話聲——如果這些狀況能延續一下子，好比說三十秒吧，那麼就有可能交換幾句話。

在這之後有一整個星期，生活就像個讓人不得安寧的夢境。一直到第二天他離開員工餐廳以前，她才出現，那時候哨音都已經響了。想來她已經換成值比較晚的班了。他們彼此擦身而過，不曾互看一眼。接下來的那天，她在平常的時間出現在員工餐廳裡，卻還有另外三個女孩，而且就直接坐在一台電傳螢幕下面。然後是讓人提心吊膽的三天，她根本沒現身。他的整個心靈跟身體，似乎都苦於一種難以忍受的敏感性，他覺得自己是透明的，每一個動作、每一道聲響、每一次接觸、他必須說或者必須聽的每一句話，都成為一種難當的苦楚。就算在睡夢中，他也無法徹底逃離她的形影。在那些日子裡，他沒碰他的日記。如果有任何宣洩之道，就在於他的工作，有時他可以工作到忘我——一次十分鐘。對於她發生了什麼事，他完全沒有任何線索。他無從詢問。她可能被蒸發了，她可能自殺了，她可能被調到大洋國的另一端去了：最糟糕也最有可能的是，她可能就只是改變心意了，決定避著他。

隔一天早上她重新出現。吊帶從她手臂上拿下來了，她手腕上纏著一條彈性繃帶。看到她讓他太放心了，忍不住直盯著她看了好幾秒。再隔天，他差點就成功地跟她搭上話了。在他走進員工餐廳的時候，她正坐在一張離牆邊很遠的桌子，而且的確是一個人。時間還早，這裡還不算太滿。隊伍慢慢往前進，到最後溫斯頓幾乎到餐檯邊了，接著停滯了兩分鐘，因為前面有某個人在抱怨他沒拿到他的糖精片。不過在溫斯頓裝好他那盤食物，開始朝她那裡移動的時候，那女孩還是一個人。他謹慎地走向她，他的眼睛在找尋她背後某張桌子上的空位。她或許離他有三公尺遠。再兩秒鐘就夠了。然後他背後有個聲音喊道：「史密斯！」他假裝沒聽見。「史密斯！」那聲音又喊了一遍，這次更大聲。沒有用的。他轉過身去。那是個一臉傻樣的金髮年輕人，名字叫做威爾舍，溫斯頓幾乎不認識，而他帶著微笑邀溫斯頓坐到他那桌的空位去。拒絕並不安全。在被認出來以後，他不可能去跟一個沒有同伴的女孩坐在一起。那樣太引人注目。他帶著友善的微笑坐下來。金髮蠢臉男也笑盈盈地迎向他。溫斯頓在幻覺中看見自己拿著一根尖嘴鋤直接劈向那張臉中央。那女孩的桌子在幾分鐘後坐滿了。不過她一定看見他朝她走去了，或許她會收到暗示。第二天他小心翼翼地提早到了。她果然坐在大致相同位置的桌子前，又是自己一個人。排在他正前方的那個人是個動作急促有如甲蟲的小男人，有張扁平的臉跟多疑的小眼睛。在溫斯頓帶著他的餐盤從餐檯前轉身離開的時候，他看到那個小男人直接走向那女孩的桌子。他心中的希望再度一沉。在更遠處的桌子上有個空位，不過那小男人的外表暗示，他夠在意自己的舒適程度，所以會選擇最空的桌子。心中一陣冰冷的溫斯頓跟上了。除非他能跟那女孩獨處，否則根本沒有用。在這一刻，有一陣大得驚人的墜落聲響。

那小男人整個人趴在地上，他的餐盤飛了出去，湯跟咖啡如兩道溪流流過地板。他站起身來，惡毒地瞪了溫斯頓一眼，顯然他懷疑是溫斯頓絆倒了他。不過這沒關係。五秒以後，心跳有如雷鳴的溫斯頓坐在那女孩的桌子前。

他沒有看她。他從餐盤裡拿出食物，立刻開始吃。最重要的就是在其他人出現前立刻說話，但現在一股可怕的恐懼占據了他。從她第一次接近他以後，已經過了一星期。她已經改變心意了，她一定已經改變心意了！這件祕密戀情不可能有成功的結果；真實生活中不會發生這種事。如果這一刻他沒有看見耳朵長毛的詩人安珀佛斯，拿著餐盤腳步虛軟地在房間裡亂轉，想找位子坐下，他可能就會完全退縮，不敢開口。安珀佛斯基於某種含糊不清的理由喜愛著溫斯頓，如果看到他，一定會在他那桌坐下。或許還有一分鐘可以行動。溫斯頓跟那女孩都以穩定的速度吃著飯。他們在吃的東西是一種質地稀薄的扁豆燉菜，其實根本是扁豆湯了。溫斯頓喃喃低語著開口了。他們兩個都沒有抬頭看；他們穩定地把那水水的玩意一匙匙舀進嘴裡，在每一湯匙之間，用低沉而缺乏表情的聲音交換必要的幾句話。

「妳幾時下班？」

「十八點三十分。」

「我們能在哪碰面？」

「勝利廣場，靠近紀念碑。」

「那裡都是電傳螢幕。」

「如果有群眾就沒關係。」

「有暗號嗎？」

「不用。別走向我，等到你看見我夾在一大群人中間再說。還有不要看我。就保持在靠近我的某個地方。」

「什麼時間？」

「十九點。」

「好。」

安珀佛斯沒看到溫斯頓，在另一桌坐下了。他們沒再說話，而且就兩個在同一張桌子兩端的人來說，他們盡可能不看彼此。女孩迅速吃完她的中餐走了出去，溫斯頓則留下來抽根菸。

溫斯頓在約定時間之前就到了勝利廣場。他沿著有凹槽的巨大柱子基座漫無目的地打轉，在柱子頂端是老大哥的雕像，凝視著南方的天空；在一號機場區戰役中，他在此擊潰了歐亞國的飛機（在幾年前的話，就是東亞國的飛機）。在雕像前面的街道上，有個男人騎在馬背上的雕像，那個人應該是克倫威爾。十九點過五分，女孩還沒有出現。可怕的恐懼感再度抓住溫斯頓。她不會來，她改變心意了！他慢慢走向廣場北側，從認出聖馬丁教堂裡得到某種微弱的樂趣，那裡的鐘聲——在還有鐘的時候——曾經唱著「你欠我三法辛」。然後他看到女孩站在紀念碑基座旁，正在讀或假裝在讀一張沿著柱子呈螺旋狀往上貼的海報。直到有更多人聚集以前，靠近她並不安全。三角楣周圍都是電傳螢幕。但在這一刻，有一陣吵鬧的喊叫聲，還有重裝車輛嗡嗡逼近的聲響，從左方的某處傳來。

突然間每個人似乎都用跑的穿過廣場。女孩敏捷地繞過紀念碑底部的那些獅子，加入了這一陣人潮。

溫斯頓也跟上。在他奔跑的時候，他從某些叫嚷出來的話語裡得知，有一群被護送過來的歐亞國戰犯經過了。

已經有一大群密密麻麻的人堵住廣場南側了。平常溫斯頓是傾向於往任何一種混亂外圍移動的人，他現在推擠、衝撞、鑽出一條路，朝著人群的核心而去。很快他跟那女孩就只有一隻手臂的距離，但路被一個體型龐大的普羅階級、還有一個幾乎同樣大塊頭的女人擋住了，想來那是他太太，他們似乎以肉身構成了銅牆鐵壁。溫斯頓讓自己往旁邊鑽，用蠻力衝撞想要把肩膀插到他們中間去。有一會兒，感覺就好像他的內臟都要被兩個肌肉結實的屁股磨成泥了，後來他突破了人牆，還滲了點汗。他就在女孩旁邊。他們肩並著肩，兩個人都定定地瞪著前方。

一長串卡車緩緩地沿著街道往前開，車上的每個角落都有臉色木然的衛兵拿著輕機槍在車子站得筆直。在卡車裡，穿著破舊綠色制服的矮小黃種人蹲坐著，緊密地擠在一起。他們悲傷的蒙古人種臉孔從卡車的側邊往外凝視著，完全不覺得好奇。在偶爾有輛卡車震了一下的時候，就有一陣金屬的鏗鏘響聲：所有戰犯都戴著腳鐐。一車又一車哀傷的面孔經過了。溫斯頓知道他們在那裡，但他只是斷斷續續地看到他們。女孩的肩膀，還有從她手臂到手肘的部分，都貼在他手臂上。她的臉頰幾乎近到讓他可以感覺到那股暖意。她立刻主導了情勢，就她像在員工餐廳裡所做的一樣。她開始用像先前一樣缺乏表情的聲音說話，嘴脣幾乎沒有動，只是一種喃喃自語，很容易就被喧囂人聲與卡車隆隆駛過的聲響淹沒。

「你聽得見我嗎？」

「聽得見。」

「你可以在星期天下午出門嗎？」

「可以。」

「那聽好了。你必須記住這個。去帕丁頓車站……」

用一種令他震撼的軍事化精確語氣，她扼要地描述他要遵循的路線。搭半小時火車；在車站外左轉；沿路走兩公里；一道少了最頂端橫梁的門；穿越田野的一條小路；一個長草的小巷；灌木叢中間的一條山徑；一顆上面長了苔蘚的枯木。這就好像她腦袋裡有一張地圖。「你可以記得全部嗎？」最後她喃喃說道。

「可以。」

「你往左轉，然後往右，接著再往左。然後是頂端沒有橫梁的門。」

「對。什麼時間？」

「大概十五點。你可能必須等一等。我會從另一條路到那裡。你確定你什麼都記得嗎？」

「確定。」

「那你盡可能快點離開我。」

她用不著告訴他這一點。但就現在來說，他們不可能脫離人群。卡車仍舊魚貫經過，人群還是貪看個沒完。起初有些噓聲，但只有人群中的黨員才這樣做，而且很快就停止了。主要的情緒是單純的好奇。無論是來自歐亞國還是東亞國，外國人都是一種珍禽異獸。除了以戰犯的裝束出現以外，沒有人真正看過外國人，而就算是戰犯，你也永遠只會短暫地瞥見他們一眼。除了被當成戰爭罪犯處絞刑的少數以外，也沒有人知道他們後來怎麼樣了；其他人就這樣消失無蹤，據推測是被送進強迫勞改營了。蒙古人種的圓臉變成了比較像歐洲人的類型，骯髒、留著鬍鬚、精疲力竭。那些眼睛從鬍鬚茂盛的顴骨上望進溫斯頓眼底，有時候情感強烈得奇怪，然後又再度一閃而逝。押送隊伍慢慢接近尾聲。在最後一輛卡車上，他可以看到一個年邁的男人，他的臉是一團斑白的毛髮，他直挺挺地站著，手腕在他身體前方交叉，就好像他習慣那雙手被綁在一起似的。溫斯頓跟那女孩差不多要分開了。但在那最後一刻，人群仍舊圍著他們的時候，她伸手摸到他的手，然後迅速地握了一下。

那不可能超過十秒鐘，然而他們雙手扣在一起的時間似乎很長。他有時間了解她那隻手的每個細節。他探索著那修長的手指，形狀漂亮的指甲，工作到變硬的手掌與上面的一排老繭，還有手腕底下光滑的肌膚。光是感覺到那隻手，他就知道它看起來是什麼樣。在同樣那一刻，他突然想到，他不知道那女孩的眼睛是什麼顏色。可能是棕色的，不過深色頭髮的人有時候會有藍色的眼睛。轉頭注視她會是難以想像的愚蠢行為。扣在一起的雙手，在擠壓的身體之間隱而不見，他們一直凝視著前方，而那老戰犯的眼睛取代了女孩的眼睛，從鳥巢般的亂髮之間憂傷地注視著溫斯頓。

第二章

溫斯頓找到路，穿過斑駁的光影，沿著巷子往前走，每到枝枒分開之處就踏進一池金光裡。在那些樹下，藍色風鈴草把他左邊的地面遮得霧濛濛的。空氣似乎在親吻一個人的肌膚。這天是五月二日。從樹林核心深處的某個地方，傳來斑鳩低沉的叫聲。

他來得有點早。這一趟路完全沒碰到困難，而那個女孩顯然非常有經驗，所以他沒有像一般狀況下那樣害怕。想來可以信賴她會找到一個安全場所。一般來說，你不能假定身在鄉間就會比在倫敦安全。當然，這裡沒有電傳螢幕，不過總是有隱藏式麥克風的危險，你的聲音可能會被那些麥克風捕捉到並辨認出來；除此之外，自己一個人旅行卻不引起注意，並不容易。如果距離在一百公里以內，你的護照上就不需要旅行許可，但有時候會有巡邏隊員在火車站附近晃蕩，他們會檢查視線範圍內任何一位黨員的證件，並且問些尷尬的問題。然而沒有巡邏隊員出現，而且在離開車站的路上，他小心地回頭瞥了幾眼，確定沒有人跟蹤他。火車上擠滿了普羅階級，因為夏季的天氣充滿度假的心情。他搭乘的木製座椅車廂，被一個龐大至極的家族擠到簡直滿出來，上至沒牙的曾祖母，下至一個月大的小寶寶，一起出門去跟住鄉下的「親家」消磨一下午，而且就像他們大剌剌向溫斯頓解釋的一樣，他們要去弄點黑市奶油。

巷子變寬了，在一分鐘內他就到了她先前跟他說過的小路，這條突入灌木叢中間的小路只是給牛走的。他沒有錶，但現在一定還不到十五點。腳下的藍色風鈴草長得這麼茂密，不踩在上面是不可能的。他跪下來，開始摘些花，有一部分是為了打發時間，但也是因為他有個模糊的想法：他希望在他們見面的時候，他能送那女孩一把花。他已經收集一大把花，正在嗅聞著它們微弱無力的氣味時，他背後傳來一個聲音讓他僵住了，錯不了，是一隻腳踩在樹枝上的喀啦聲響。他繼續摘藍色風鈴草。這是最好的做法。可能是那女孩，或者他終究還是被跟蹤了。環顧四周就是顯得有罪。他摘了一朵又一朵。一隻手輕輕落在他肩膀上。

他抬頭看。是那個女孩。她搖搖頭，顯然是警告他必須保持沉默，然後就撥開灌木叢，迅速地帶路，沿著一條狹窄小徑走進林子裡。顯然她以前走過那條路，因為她避開泥濘部分的動作就像是出於習慣。溫斯頓跟上去，手裡仍舊緊握著那把花。他的第一個感覺是放心了，但在他注視著那強壯苗條的身體在他前方移動，紅色腰帶緊到剛好可以襯托出她臀部的線條時，他的自卑感就沉重地壓在他身上了。就算是現在，她似乎還有可能在回頭望向他的時候，終究還是臨陣退縮。空氣的甜美與草地的青綠嚇著了他。從車站走來的路上，五月的陽光已經讓他自覺骯髒又蒼白，是一隻室內生物，倫敦的煤煙灰塵都塞在他的皮膚毛孔內。他突然想到，直到目前為止，她可能從沒有在光天化日下的開闊空間裡看到他。他們來到她說過的枯木旁了。女孩跳過去，硬是撥開灌木叢，那裡看起來不像有空地。溫斯頓跟上她的時候，發現他們正好在一片自然形成的空地上，那是一個長滿青草的小丘，被周圍高大的苗木徹底封閉住。女孩停下腳步轉身。

「我們到了。」她說道。

他隔了幾步的距離，面對著她。然而他還不敢靠她更近些。

「我不想在巷子裡說任何一句話，」她繼續說道：「以防萬一那裡藏了麥克風。我想那裡沒藏麥克風，不過有這種可能。總是有可能讓其中一隻豬玀認出了你的聲音。我們在這裡就沒問題。」

他還是沒有勇氣靠近她。「我們在這裡沒問題？」他蠢兮兮地重複。

「對。看看這些樹。」這些樹是小白蠟樹，在某個時候被砍倒過，然後又再度抽芽，成了一片竿子森林，沒有一棵比人的手腕粗。「這裡沒有任何東西大到可以藏得住麥克風。此外，我以前也到過這裡。」

他們只是在閒聊。他現在設法往她那裡靠近些了。她在他面前站得非常挺，臉上帶著一個看來略帶嘲諷的微笑，就好像她在納悶他行動為何如此遲緩。藍色風鈴草瀑布般地落到地面上；它們似乎是本著自己的意思落下的。他握住她的手。

「妳相信嗎，」他說：「直到這一刻之前，我還不知道妳的眼睛是什麼顏色？」他注意到，那雙眼睛是棕色的，一種色調相當淺的棕色，配上黑色的眼睫毛。「現在妳已經看到我實際上長什麼樣子了，妳還是能夠忍耐著看我嗎？」

「可以啊，很容易。」

「我三十九歲了。我有個無法擺脫的老婆。我有靜脈曲張潰瘍。我有五顆假牙。」

「我不在乎。」女孩說道。

下一刻，很難說清楚是誰主動，她就在他懷裡了。在剛開始的時候，除了徹底難以置信以外，他沒別的感覺。這個年輕的身體緊抱著他，那團深色頭髮靠在他臉旁邊，而且沒錯！她其實把臉抬起來了，他正在親吻那雙張大的紅色嘴唇。她的手臂緊抱著他的脖子，她叫他親愛的，叫他寶貝，叫他心愛的人。他把她拉倒在地上，她完全沒有抗拒，他可以對她為所欲為。然而真相是，除了單純的接觸以外，他沒有別的肉體感覺。他感覺到的全部，就是不可置信與驕傲。他對現在正在發生的事情感到欣喜，但他沒有肉體上的慾求。這太快了，她的青春與美貌嚇著了他，他太習慣沒有女人的生活——他不知道理由何在。這女孩坐起來，把一朵藍色風鈴草從她頭髮上扯下來。她坐在他身邊，用她的手臂環抱著他的腰。

「別在意，親愛的。不用急。我們有整個下午。這裡不是個很棒的藏匿地點嗎？我是在某回社區郊遊的時候迷路，才發現了這裡。如果有任何人過來了，你在一百公尺外就可以聽見他們。」

「妳叫什麼名字？」溫斯頓問道。

「茱莉亞。我知道你的名字。你叫溫斯頓——溫斯頓．史密斯。」

「妳怎麼發現的？」

「親愛的，我想我比你更擅長找東西。告訴我，在我給你那張紙條以前，你怎麼看我的？」

他根本不想對她撒謊。一開始就把最糟糕的事情講出來，甚至是一種示愛的方式。

「我一見妳就討厭妳。」他說：「我想先強姦妳，再宰了妳。兩星期以前，我還認真想過要用一顆卵石砸爛妳的腦袋。如果妳真想知道，我還想像過妳跟思想警察有關。」

女孩歡暢地大笑，顯然把這當成是她偽裝得出神入化的讚揚。

「不是思想警察吧！你不是真心那麼想吧？」

「呃，或許不盡然是那樣。不過從妳整體外表來看——只因為妳年輕、精力充沛又健康，妳明白吧——我還以為妳可能……」

「你以為我是個優良黨員，言行舉止純潔無比。旗幟、遊行、口號、比賽、社區郊遊之類的東西照單全收。而且你還以為如果我那麼一丁點機會，我就會把你當成思想犯出賣掉，害你被殺？」

「對，差不多就是那樣。有很多年輕女孩都是那樣子，妳知道的。」

「是這個該死玩意害的，」她說著，就把那條青年反性聯盟的深紅色腰帶扯掉，扔到一根樹枝上。然後，就好像碰到她的腰部提醒了她什麼事似的，她摸著她的工作服口袋，拿出一小塊巧克力。她把巧克力折成兩半，把其中一片給了溫斯頓。他還沒拿到手以前，光聞味道就知道那是非常不尋常的巧克力。這塊巧克力又黑又有光澤，還包在銀色的紙片裡。平常的巧克力是黯淡無光的棕色，是嘗起來質地易碎的東西，盡可能接近的形容是垃圾生火以後冒出的煙。但有一回，他曾經嘗過像她給他的那種巧克力。第一次吸進它的味道，攪動了他的某種記憶，雖然他無法清楚界定，卻很強烈又讓人困擾。

「妳是從哪裡弄來這種東西的？」他說道。

「從黑市，」她漠然地說道。「實際上呢，我看起來確實像是那種女孩。我很擅長競賽。我在間諜團裡當隊長。我一星期會為青年反性聯盟做三個晚上的志工。我花了一小時又一小時，在整個倫敦到處張貼他們那些要命的廢話。我總是在遊行裡幫忙舉布條的其中一邊。我總是看起來喜孜孜的，從來不逃避任何事。我說，你得總是跟群眾一起吶喊。這是唯一保持安全的辦法。」

第一小塊巧克力在溫斯頓舌頭上融化了。這味道讓人滿心歡喜。不過那個記憶仍舊在他的意識邊緣遊走，某種感受很強烈、卻無法簡化成確切形狀的東西，就像一個人透過眼角餘光看見的物體。他把這個念頭推到一旁去，只意識到這個回憶是有關於某項行動，他很希望自己沒做過，但覆水難收。

「妳非常年輕，」他說：「妳比我年輕十或十五歲。從我這種男人身上，妳能看到什麼吸引妳的地方？」

「是你臉上的某種東西。我那時想，我要冒個險。我擅長找出沒有歸屬感的人。我一看到你，我就知道你是反對**他們**的。」

看來所謂的**他們**就表示黨，尤其是內黨，她談到他們的時候，公然表現出帶著嘲弄的憎恨，這讓溫斯頓覺得很不安，雖然他知道，如果還有任何地方對他們是安全的，這裡就是。她讓他大為震驚的一件事情，就是她遣詞用字的粗魯程度。黨員照理說不能出口咒罵，溫斯頓自己也鮮少罵粗話，無論如何很少罵出聲來。然而茱莉亞提到黨——特別是內黨——的時候，似乎非得用上你會在滴著水的小巷裡看到的塗鴉字眼。他不喜歡這樣。這只是她反叛黨以及相關一切的一個症狀，而在某種程度上似乎很自然也很健康，就像是一匹馬聞到壞掉的乾草時打的噴嚏。他們離開了空地，再度漫步著穿過格子狀的斑駁陰影，每當寬度足夠讓兩個人並肩前進，他們的手臂就攬著彼此的腰。他注意到，現在那條腰帶拿掉了，她的腰似乎感覺柔軟了許多。他們說話的聲音不超過耳語的音量。茱莉亞說，在空地之外，最好保持靜默。現在他們已經到了小樹林的邊緣。她讓他停下腳步。

「別走進開闊的地方。可能有人在監視。我們要是留在枝枒後面，就沒問題。」

他們站在榛子樹叢的陰影裡。從無數葉片之間篩落的陽光，在他們臉上仍然熱烘烘的。溫斯頓往外望著後面的田野，然後感受到一種古怪、緩慢的恍然大悟。他一看到就知道了。一片被啃得很短的古老草地，一條蜿蜒穿過草地的小徑，還有東一個西一個的小土丘。在對面參差不齊的樹籬裡，榆樹枝枒在微風中以只能剛好被察覺的程度搖曳，它們一團團濃密的葉片微弱地顫動著，像是女人的頭髮。當然了，附近某處必定有一條夾帶著綠色池塘的溪流，有鰷魚在其中泅泳，只是在視線範圍外吧？

「在這附近的某個地方有條溪流對不對？」他耳語道。

「沒錯，有一條溪流。其實是在下一片田野邊緣。溪裡有魚，很大條的魚。你可以看到魚躺在柳樹下的池塘裡，搖擺著牠們的尾巴。」

「黃金鄉？」

「這裡是黃金鄉——幾乎是了。」他囁嚅著說道。

「這真的沒什麼。只是我有時會在夢裡看到的景色。」

「你看！」茱莉亞悄聲說道。

一隻鶇鳥跳到不到五公尺外的枝頭上，幾乎跟他們的臉一樣高了。或許牠沒看到他們。牠在陽光下，他們在陰影裡。牠展開雙翼，再小心翼翼地收回去，還把頭低下去一會兒，就好像在對太陽表示某種敬意，然後才開始放聲盡情高歌。在午後的沉默中，這樣的音量很驚人。溫斯頓與茱莉亞緊擁在一起，聽得心醉神迷。樂音綿延下去，一分鐘又一分鐘，有著驚人的曲調變化，沒有一次重複，幾乎就像是那隻鳥刻意炫耀牠的美技。

有時候牠會暫停幾秒鐘，先展開再重新擺好翅膀，然後鼓起牠長著斑點的胸膛，再度唱起歌來。溫斯頓帶著一種朦朧的敬畏之意注視著牠。那隻鳥是為了誰、為了什麼而歌唱？沒有伴侶，也沒有敵手在觀察牠。是什麼讓牠坐在孤寂的樹林邊緣，對著一片虛無傾注牠的音樂？他疑惑地想著，會不會到頭來還是有支麥克風藏在附近某處。他跟茱莉亞只是低聲講著悄悄話，麥克風不會捕捉到他們說什麼，卻會收到那隻鶇鳥的聲音。或許在儀器的另一頭，有某個甲蟲似的小男人正專注地傾聽著——傾聽那歌聲。不過樂音的洪流，逐漸地把他的所有揣測都逐出腦海。就好像那聲音是某種液態的東西，澆遍他全身，跟樹葉間篩落的陽光混合在一起。他停止思考，只去感覺。在他臂彎裡，女孩的腰柔軟而溫暖。他拉著她轉身，好讓他們的胸膛彼此相對；她的身體似乎融入了他的。他的雙手無論移到何處，全都像水一樣順從無阻。他們的嘴唇緊貼在一起；這跟他們先前交換的硬邦邦的吻很不一樣。在他們的臉再度分開的時候，他們兩個人都深深嘆了一口氣。鳥兒嚇著了，劈劈啪啪拍著翅膀逃離。溫斯頓把雙唇貼在她耳畔。「**就是現在**。」他耳語道。

「不能在這裡，」她悄聲回答。「回到躲藏處。那裡比較安全。」

很快地，隨著細枝斷裂偶然的一響，他們沿著來路回到空地上。他們一走進那一圈苗木裡，她就轉身面對他。他們兩個人都呼吸急促，但微笑又再度出現在她的嘴角邊。她站起來注視他片刻，然後摸向他那件工作服的拉鍊。而且沒錯！這幾乎就像他夢裡一樣。幾乎就像他想像過的一樣迅速敏捷，她脫掉了衣服，而她把衣服拋到一邊去的時候，姿態同樣地了不起，整個文明似乎都被那個姿態消滅了。她的身體在陽光下白皙而閃閃發亮。但有一下子，他沒有注視她的身體；他的雙眼牢牢定在那張有雀斑、隱約帶著大膽微笑的臉上。他在她面前跪下來，抓住她的雙手握住他的。

「妳以前這樣做過嗎？」

「當然，好幾百次了——呃，反正有個幾十次吧。」

「跟黨員嗎？」

「對，總是跟黨員。」

「跟內黨黨員？」

「不，才不跟那些豬玀。但是有一大堆人**會這麼做**，要是他們能逮到半點機會的話。他們跟人親熱的時候可沒那麼神聖不可侵犯。」

他的心臟猛跳。這種事她做過幾十次了：他真希望是幾百次——幾千次更好。任何暗示腐敗的事情，總是讓他心中充滿了狂野的希望。誰知道呢，或許黨金玉其外敗絮其中了，它費盡力氣的膜拜儀式與自我否定，只是隱藏罪惡行徑的假象。如果他能夠讓他們整票人都感染痲瘋或梅毒，做出這種事會讓他多開心！做到任何能夠腐化、削弱、破壞基礎的事情！他把她往下拉，好讓他們能夠面對面跪著。

「聽著。妳有過越多男人，我越愛妳。妳明白這一點嗎？」

「明白，完全明白。」

「我痛恨純潔，我痛恨良善！我不要任何地方存在任何美德。我要每個人都腐敗到骨子裡。」

「那麼，我應該很適合你，親愛的。我腐敗到骨子裡了。」

「妳喜歡做這個？我指的不只是我：我指的是這件事本身？」

「我愛死了。」

那是他最想聽到的話。不只是一個人的愛，而是動物的本能，單純的、沒有差別的慾望：那就是會把黨撕成碎片的力量。他把她壓倒在草地上，在落下的藍色風鈴草之間。這次毫無困難。一會兒以後，他們胸膛的起伏放慢到正常的速度，然後在一種愉快的無力感中，他們分開來。太陽似乎變得更熱了。他們兩個人都昏昏欲睡。他伸手去拿被丟到一旁的工作服，把部分衣服從她身體底下抽出來。他們幾乎立刻就陷入睡夢中，睡了大約半小時。溫斯頓先醒過來。他坐起身，注視著那張長著雀斑的臉，仍舊安詳地睡著，用她的手掌為枕。除了她的嘴唇以外，你實在不能說她漂亮。如果你仔細點看，眼睛周圍有一、兩條皺紋。那頭短短的深色頭髮極端豐厚又柔軟。他突然想到，他還不知道她姓什麼、住在哪裡。

這個年輕、強壯的身體，現在在睡夢中顯得無助，喚醒他心中一種想憐憫她、呵護她的感覺。但他在榛子樹下聽到鶇鳥歌唱時，感覺到的那種不假思索的溫柔，還沒有真正恢復。他把工作服拉到一旁，端詳著她光滑潔白的腹部。他想著，在舊時代，一個男人注視著一個女孩的身體，看出那身體很撩人，那就是故事的句點了。但這年頭你不可能有純粹的愛，或是純粹的色慾了。沒有一種情緒是純粹的，因為一切都跟恐懼與憎恨混合在一起了。他們的擁抱是一場戰役，一次勝利的高潮。這是對黨的重重一擊。這是個政治行動。

第三章

「我們可以再來這裡，」茱莉亞說道：「這些隱蔽地點使用兩次通常還很安全。不過當然了，再過一、兩個月就不安全了。」

她一醒過來，舉止就變了。她變成警醒又公事公辦的樣子，把衣服穿上，在腰際綁好紅色腰帶打結，然後開始安排回程的細節。把這件事交給她處理似乎很自然。她顯然有一種溫斯頓所缺乏的世故狡獪，而她似乎也對倫敦周邊的鄉間有著徹底詳盡的知識，這是從無數次社區郊遊中儲備起來的。她給他指定的路徑跟他的來時路相當不同，而且會帶著他從不同的火車站出去。「絕對不走出門時的同一條路回家。」她這麼說，就像在發表一條重要的普遍原則。她會先離開，溫斯頓則必須再過半小時才追隨她的腳步。

她講了一個他們可以在工作後見面的地方，時間是從現在起再過四個晚上。那條街在其中一個比較窮困的區域，那裡有個露天市場，通常很擠又很吵。她會在攤位之間徘徊，假裝在找鞋帶或者縫線。如果她判斷狀況安全，她就會在他走近的時候擤鼻涕；若非如此，他就要看也不看地走過她身邊。但只要運氣好，在人群中央，他們可以安全地談個十五分鐘，安排另一次會面。

「現在我必須走了，」他一搞清楚他得到的指示，她就這麼說。「我必須在十九點三十分回去。

我必須要替青年反性聯盟工作兩小時，發傳單之類的。這樣很幹對不對？幫我從上到下拍一拍，行嗎？我頭髮裡有沒有夾著樹枝？你確定嗎？那再見，親愛的，再見！」

她投進他懷裡，幾乎粗暴地親吻著他，沒一會兒就從苗木之間推出一條路來，沒發出什麼雜音就消失在樹林裡。就算是現在，他還是沒弄清楚她姓什麼或者住哪裡。

然而這樣沒有差別，因為根本無法想像他們可能在室內相會，或者交換任何文字通訊。

實際上發生的是，他們從來沒再回到那片林中空地。在五月份，只有另外一次他們真的成功地做愛了。那是在茱莉亞知道的另一個藏匿處，在一個三十年前挨過原子彈、幾乎被遺棄的鄉下地方，有一個廢墟般的教堂，教堂裡有個鐘樓。一旦你抵達當地，那裡就是個很好的藏匿處，不過要到那裡去非常危險。其他時候他們只能在街道上會面，每一晚都約在不同地點，一次絕對不超過半小時。在街道上，通常有可能談話——以某種方式交談。他們沿著擁擠的人行道漫步時，並不真的是肩並著肩，從來沒有望著彼此，這時他們持續著一種斷斷續續的奇異對話，就像是燈塔上的光束一樣一明一滅，會因為一個穿著黨員制服的人走來、或者靠近一個電傳螢幕，就突然中斷，陷入沉默，然後過了幾分鐘又重拾話頭，接上講到一半的句子，接著又因為他們在事先講好的地點分開而突兀地中斷，第二天又在幾乎毫無前導的狀況下繼續往下說。茱莉亞看來相當習慣這種對話了，她稱之為「分期付款式談話」。她也驚人地擅長不動嘴唇說話。在幾乎一個月每晚見面以後，他們才有那麼一次設法偷得一吻。他們正靜默地經過一條巷道（他們不在大街上的時候，茱莉亞絕對不會說話），這時冒出一聲震耳欲聾的巨響，地面隆起、天空暗下來，溫斯頓發現他自己側躺著，一身瘀傷又膽戰心驚。一顆火箭炸彈落在相當近的地方。突然間他開始察覺到茱莉亞的臉距離他沒幾公分，一片死白，像粉筆灰一樣地白。就連她的嘴唇都是白的。她死了！他緊抱住她，然後發現他正在親吻一張活生生的溫熱臉孔。但有些粉狀的東西沾到他的嘴唇上了。他們兩個人臉上都裹了一層厚厚的灰泥。

有些晚上他們到達約定地點，然後就必須不打聲招呼便彼此擦肩而過，因為有個巡邏隊員才剛出現在街角、或者有架直升機在空中盤旋。就算狀況沒那麼危險，要找到時間見面還是很難。溫斯頓的一週工時是六十小時，茱莉亞還更長，他們的假日隨著工作壓力而變化，並不常同時休假。無論如何，茱莉亞鮮少有完全沒事的晚上。她花了多得驚人的時間出席演講跟遊行、替青年反性聯盟發文宣、準備仇恨週的布條、替儲蓄運動收集款項，還有其他諸如此類的活動。她說，這樣會有回報，這是偽裝。如果你遵守小規矩，你就可以打破重大規定。她甚至勸誘溫斯頓，再把屬於他的另一個夜晚抵押出去，主動登記狂熱黨員會自願從事的兼差工作：軍需品生產。所以，每星期有一天晚上，溫斯頓都會耗費無聊到讓人麻痺的四小時，在一個通風良好、光線不足的工作坊裡，用螺絲把可能是炸彈引信零件的小片金屬接起來，這裡的鐵錘敲擊聲，跟電傳螢幕裡傳來的音樂枯燥地混合在一起。

他們在教堂鐘塔裡見面的時候，他們片段對話裡的空缺被補足了。那是個熾熱的下午。在鐘上方的方形小房間裡，空氣又熱又悶，而且聞起來有強烈難當的鴿糞味。他們坐在滿是灰塵、到處散落著小樹枝的地板上聊了好幾個小時，他們其中一個會偶爾站起身，透過射箭孔瞥一眼外面，確定沒有人往這裡來。

茱莉亞二十六歲。她跟另外三十個女孩同住在一家青年旅社裡（「總是泡在女人的臭味裡！我恨透女人了！」她補充說明），而她一如他先前猜想過的，是在小說局的小說撰寫機上工作。她很享受她的工作，主要包含了操作並保養一台強勁有力卻頗為麻煩的電動引擎。她「不聰明」，不過很喜歡動手做，對機械很有一手。她可以描述做出一本小說的全部過程，從計畫委員會發出的大方向指示到重寫小組的最後潤飾為止。但她對成品並不感興趣。她說，她不怎麼喜歡閱讀。書只是一種必須被製造的商品，就像果醬或鞋帶一樣。

她對六〇年代早期以前的任何事情都毫無記憶，她只認識一個人會經常談到革命前的歲月，那人是在她八歲時失蹤的祖父。在學校，她是曲棍球隊隊長，連續兩年贏得體育獎杯。她在少年間諜團裡是小隊長，在加入青年反性聯盟以前，是青年聯盟的一個區秘書。她總是有優秀的品行。她甚至被選中在色情組工作（這是好名聲的不敗標準），這是小說局的一個分支部門，生產廉價色情刊物，在普羅大眾之間分發。她評論道，在那裡工作的人替那裡起了個渾名，堆肥屋。她在那裡待了一年，協助製造裝在密封袋子裡的小冊子，書名不外乎《打屁股故事集》或者《女校春宵》，普羅階級的年輕人偷偷摸摸買下這些書，他們自認為在買某種違禁品。

「這些書是像什麼樣的？」溫斯頓好奇地說道。

「喔，爛到爆的垃圾。它們真的很無聊。只有六種情節，不過他們會稍微調一下順序。當然啦，我只是在操作萬花筒。我從來不在重寫小組裡。親愛的，我不太有文藝氣息——連重寫那個都不夠格。」

他震驚地得知，色情組的所有勞工——除了部門主管以外——都是女孩子。理論是這樣，男人的性本能比女人的更不能控制，被他們處理的素材汙染的危險更大。

「他們甚至不願讓已婚女性待在那裡。」她補充道。「女孩子總是被看得那麼純潔。無論如何，這裡有一個不是這樣。」

她十六歲的時候有了第一次性關係，是跟一位六十歲的黨員，他後來以自殺來避免逮捕。「而且這樣做很好。」茱莉亞說：「要不然他們就會在他招供的時候，從他那裡挖出我的名字。」從那時候開始，還有各式各樣的其他人。在她看來，人生相當簡單。妳想要享樂一番；「他們」，也就是說黨，卻想要阻止妳享樂；妳就盡可能打破規矩。她似乎認為，「他們」想剝奪妳的樂趣，就跟妳應該想要避免被抓一樣自然。她痛恨黨，還用最粗魯的字眼說出來，但她對黨沒有整體性的批判。除了黨觸及她個人生活的層面以外，她對黨的教條毫無興趣。他注意到她從來不用新語裡的詞彙，只有那些已經進入日常用語的除外。她從來沒聽說過兄弟會，也拒絕相信有這個東西存在。對黨的任何一種有組織反叛行動注定都會失敗，所以這麼做讓她覺得很蠢。聰明的做法是打破規矩，同時又繼續活下去。他隱約疑惑著，在革命後世界裡長大的新生代之中，可能有多少人像她一樣，別的一概不知，把黨當成像天空一樣的某種不變之物加以接納；他們不會反抗它的權威，只是避開它，就像兔子避開狗。

他們不討論結婚的可能性。這太遙遠了，不值得去想。沒有一個想像得出的委員會會批准這種婚姻，就算溫斯頓可以用某種方式擺脫妻子凱薩琳也不可能。就連當成白日夢想想都毫無希望。

「你老婆，她是怎麼樣的？」茱莉亞說。

「她是——妳知不知道新語裡的一個詞，『**好思的**』？意思是自然而然的正統派，不可能起壞念頭？」

「不，我不知道這個詞，不過我知道那種人，夠清楚的了。」他開始把他婚姻生活的故事告訴她，但夠古怪的是，她似乎已經知道這故事的精髓部分了。她對他描述凱薩琳一被他碰就全身僵硬，就算她雙臂緊緊環抱著他的時候，仍舊像是要全力把他從她身上推開，幾乎就像是她曾經見識到、感覺到那種狀態一樣。對茱莉亞，他覺得要談到這種事情毫無困難：無論如何，凱薩琳早就不是個心痛的記憶，只是個不快的記憶了。

「要不是因為某件事，我本來會忍耐下去的，」他說道。他告訴她凱薩琳每週的同一晚逼迫他經歷的那種冰冷小儀式。「她痛恨這個，但什麼都不能讓她停止這麼做。她以前稱之為——不過妳永遠猜不到的。」

「我們對黨的義務。」茱莉亞立刻回答。

「妳怎麼知道這個？」

「親愛的，我也上過學啊。超過十六歲的學生一個月要聽一次性講座。而且在青年運動裡也要。他們花好幾年把這個想法灌進妳腦袋裡。我敢說在很多狀況下這招有效。但當然了，你永遠不可能看得出來；人都這麼表裡不一。」

她開始擴大這個主題。在茱莉亞身上，一切都會回歸到她自己的性慾。一旦以任何方式觸碰到這一點，她就能夠有非常敏銳的洞見。不像溫斯頓，她已經掌握到黨在性方面的清教徒主義內在意涵為何。這不只是因為性本能創造出了自成的一個世界，處於黨的掌控之外，所以只要有可能就必須被摧毀。更重要的是，性的剝奪導致歇斯底里，這是黨渴望的，因為這種歇斯底里可以轉化成戰爭狂熱與領袖崇拜。她的說法是這樣：

「在你做愛的時候，你的精力會用光；隨後你會覺得快樂，對什麼都他媽的不在乎了。你有那種感覺，他們就受不了。他們希望你隨時都精力過剩到爆。所有這些來來去去的遊行、歡呼、揮舞旗幟，全都只是走調的性。如果你內心感到快樂，你為什麼要為老大哥、三年計畫、兩分鐘仇恨時間、所有其他見鬼的勞什子興奮激動呢？」

他心想，這麼說很真切。在貞潔與政治正統性之間，有一種直接而緊密的關聯性。因為，除了把某種強勁的本能抑制住、接著拿來當成驅動力以外，黨需要它的黨員具備的那種恐懼、憎恨與瘋狂的輕信，怎麼能夠保持在剛好的水準上呢？性衝動對黨來說是危險的，而黨設法加以利用。他們對父母的本能也玩了同樣的把戲。家庭實際上不可能廢止，而且說實話，黨鼓勵人民照著幾乎是很老派的方式，去愛他們的孩子。孩子呢，從另一方面來說，卻有系統地被策動去反對他們的父母，被教導要窺伺偵察他們，舉報他們的越軌行為。家庭在實質上變成了思想警察的延伸。藉著這種手段，每個人身邊不分晝夜都環繞著熟知他的告密者。突然之間，他的心思又回到凱薩琳身上。毫無疑問，如果凱薩琳不是恰巧笨到無法察覺他的意見有多不合正統，就會向思想警察告發他。但真正讓他在此刻想起她的是這個下午的悶熱，讓他前額都出汗了。他開始告訴茱莉亞，十一年前另一個悶熱無力的夏天午後發生過的事，或者更確切地說，是功敗垂成的事。

那是他們結婚三、四個月後的事。某次在肯特郡某處舉辦的社區郊遊裡，他們迷路了。他們只落後其他人幾分鐘，但他們轉錯一個彎，接著很快就發現，他們在一個白堊舊礦場邊緣猛然停下腳步。那是個一二十公尺高的陡坡，底部有些大圓石。那裡沒有人可以讓他們問路。凱薩琳一發現他們迷路以後，就變得非常不自在。遠離那群吵吵鬧鬧的登山客，就算只有一下子，也讓她覺得做錯了什麼。她想要盡快沿著來時路趕回去，而且開始朝著另一頭搜尋了。但就在這一刻，溫斯頓注意到有幾簇千屈菜長在他們底下那個懸崖的縫隙中。有一簇開著兩種顏色的花，洋紅色跟磚紅色，顯然是同根生。他以前從沒見過那種東西，他就叫凱薩琳過來看看。

「看啊，凱薩琳！看看那些花。靠近崖底的那一叢。妳有沒有看到它有兩種顏色？」

她已經轉身要走了，但她確實相當焦躁地暫時回來了。她甚至彎腰往崖面底下看他指的地方。他站在她背後一點點的地方，而且把他的手放在她腰際，讓她站穩。在這一刻，他突然想到他們如何徹底遺世獨立。任何地方都沒有人類在，沒有一片樹葉顫動，甚至沒有一隻醒覺的鳥。在像這樣的地方，有個隱藏式麥克風的危險微乎其微，而且就算有麥克風，能收到的只有聲音而已。這是下午最熱、最讓人想睡覺的時間，太陽熾熱地照在他們身上，汗從他臉上淌下。而他冒出一個想法。

「你為什麼不用力推她一把？」茱莉亞說：「要是我就會。」

「對，親愛的，妳會那樣做。如果我那時候是像現在這樣的人，我也會的。或者說，我也許會——

我不確定。」

「你很遺憾沒這樣做嗎？」

「對。整體而言，我很遺憾沒這樣做。」

他們在滿是灰塵的地板上並肩而坐。他把她拉近，讓她靠在他身上。她的頭枕著他的肩膀，她悅人的髮香壓過了鴿子糞的味道。他想著，她非常年輕，她還對人生有某種期待，她不了解把一個礙事的人推下懸崖，解決不了任何事情。

「實際上那樣不會造成任何差別。」他說道。

「那你為什麼遺憾自己沒動手？」

「這只是因為我寧可積極，不要消極。在我們玩的這個遊戲裡，我們贏不了。某些種類的失敗比別種失敗來得好，就只是這樣。」

他感覺到她的雙肩不同意地一扭。每次他說了這類的論調，她總是會反對他。她不肯接受個人總會被擊敗是一種自然定律。從某方面來說，她領悟到她自己注定完蛋，遲早思想警察會捕殺她，但她心中有另一個部分相信，還是可能有某種辦法建造一個秘密世界，你可以在其中過你選擇的生活。你需要的就只有運氣、狡猾與膽量。她不明白沒有快樂這種東西，唯一的勝利在遙遠的未來，遠在你死亡以後，從你對黨宣戰的那一刻起，你最好就把自己當成一具死屍。

「我們是死者。」他說道。

「我們還沒死。」茱莉亞口氣平淡地說道。

「不是身體上的。再六個月，一年——或五年，這是可以想像的。我怕死。妳還年輕，所以想來妳沒有我那樣怕死。顯然我們應該盡可能推遲死期。不過這樣幾乎沒有造成任何差別。只要人類還保持人性，死與生就是同樣的東西。」

「喔，鬼扯！你會比較快跟誰睡，跟我還是跟一具骷髏？你不享受生命嗎？你不喜歡感覺嗎？這是我，這是我的手，這是我的腿，我是真的，我扎扎實實，我是活著的！你不喜歡**這個嗎？**」

她把自己的身體扭過來，用胸脯貼著他。透過她的工作服，他可以感覺到她的乳房，已然成熟卻還堅挺。她的身體似乎把其中的一些青春與精力，注入到他體內。

「對，我喜歡這個。」他說。

「那就別再講死亡了。而且現在聽好，親愛的，我們必須敲定下次見面的事。我們也可以回到樹林裡那個地方。我們已經讓那裡放著不用很久了。不過你這次一定要走不同的路到那裡去。我已經全部計畫好了。你搭火車——你看，我會把路線畫給你。」

然後，她照著她那實事求是的方式，把一小塊塵埃掃到一起，用鴿子巢裡的一根小樹枝，開始在地板上畫出一張地圖。

第四章

溫斯頓環顧著查林頓先生那個店鋪樓上的破舊小房間。在窗戶旁邊那張巨大無比的床已經鋪好了，上面擺著破破爛爛的毯子跟一個沒有套子的靠枕。有十二小時刻度的老派時鐘在壁爐架上滴滴答答地走著。在角落的折疊桌上，他上次來時買的玻璃紙鎮在半明半暗之中閃爍著柔和的光芒。

在火爐柵欄裡，有個破舊的錫煤油爐、一只平底深鍋跟兩個杯子，是由查林頓先生提供的。溫斯頓點燃了爐子，放上一鍋水，準備煮滾。他帶來一個裝滿勝利咖啡的信封，還有一些糖精片。時鐘的指針說現在十七點二十分了：其實是十九點二十分。她會在十九點三十分來。

愚蠢，愚蠢，他的心一直說著：這是有意識的、無端的自殺愚行。在黨員能犯下的所有罪過之中，這個是最不可能隱藏的。實際上，這個念頭第一次飄進他腦袋裡，是以幻覺的形式：玻璃紙鎮在折疊桌表面上的倒影。如同他的先見之明，查林頓先生對於出租這個房間毫不刁難。他顯然很高興這樣做會給他幾塊錢進帳。在溫斯頓挑明了想用這房間作為幽會場所時，他看起來既不震驚，也不覺得受到冒犯。他反而望向一個不遠不近的距離，然後講了些籠統含糊的話，以一種非常細膩委婉的神態，製造出一種印象：他已經變得有一部分隱形了。他說，隱私，是一種非常寶貴的東西。每個人都想要一個地方，讓他們偶爾可以獨處。而在他們有這種地方的時候，任何其他知情者對此三緘其口，只是一般的禮貌而已。他甚至補充說明——在他這麼做的時候，看來幾乎要慢慢消失無蹤了——這個房子有兩個出入口，其中一個穿過後院，面對一條小巷。

在窗口下，有人正在唱歌。在細棉布窗簾安全的保護之下，溫斯頓往外窺探。六月的太陽仍然高掛在天空上，而在下面充滿陽光的院子裡，有個塊頭大得可怕的女人；她堅實得有如諾曼式柱子，有著肌肉發達泛紅的前臂，還有一條粗麻布圍裙綁在她腰際，她正踏著笨重的腳步，在一個洗衣盆跟一條曬衣線之間來回，夾起一連串白色方塊狀的東西，溫斯頓認出那是嬰兒的尿布。她的嘴巴要是沒塞著曬衣夾，她就會用強勁的女低音唱歌：

這只是個無望的幻想，
就像四月的一天一樣地過去，
但是一個眼神，一句話，還有它們激起的美夢
把我的心偷走了！

過去幾週，這個曲調在倫敦到處神出鬼沒。這是由音樂局的一個支部，為了造福普羅階級而發行的無數同類歌曲之一。這些歌的歌詞完全沒有任何人工介入，都是在一台被稱為作詞機的儀器上寫成的。但這個女人唱得這麼悠揚悅耳，把這可怕的垃圾幾乎變成討人喜歡的樂音了。他可以聽到那個女人歌唱，還有她的鞋子踩在石板上的刮擦聲，街頭孩子們的叫喊，還有遠方某處隱約傳來的

交通喧囂，然而這房間似乎安靜得奇怪，這要多謝電傳螢幕的缺席。

愚蠢、愚蠢、愚蠢！他又想了一遍。他們要到這裡來超過幾星期卻不被抓到，這是難以想像的。不過有個真正屬於他們自己的藏匿處，位於室內、近在咫尺，這樣的誘惑對他們兩人來說都太大了。在他們造訪教堂鐘樓之後，有一段時間根本不可能安排會面。因應即將到來的仇恨週，工作時數暴增。還有超過一個月的時間才到仇恨週，但規模龐大又複雜的必要前置作業，讓每個人都承擔了多餘的工作。最後他們兩人設法在同一天保住了一個無事的下午。他們先前同意回到林中的空地。在動身前一晚，他們在街頭短暫地會面。就像平常一樣，當他們在人群中朝著彼此漂去的時候，溫斯頓幾乎沒看茱莉亞一眼，但從他給她的短短一瞥裡，他覺得她似乎比平常還蒼白。

「全部叫停，」她一判斷可以安全開口，就囁嚅著說道：「我是說明天。」

「什麼？」

「明天下午。我不能去。」

「為什麼不能？」

「喔，就是平常的理由。這次開始得早。」

有片刻他一陣狂怒。在他認識她的那個月裡，他對她的慾望性質改變了。剛開始的時候，其中鮮少有真正的感官享樂成分。他們第一次做愛只是表達意志的行為。但在第二次以後，一切都不同了。她的髮香，她的嘴嘗起來的味道，她皮膚的觸感，似乎已經鑽進他體內，或者滲入他周圍的空氣中。她變成一種身體上的必需品，某種他不只是想要，還覺得有權得到的東西。她說她不能來的時候，他有種感覺是她在欺騙他。不過就在這一刻，人群把他們壓到一起，他們的手意外地碰到了。她迅速地捏了一下他的手指，似乎要引起的不是慾望，而是感情。他突然想到，在跟一個女人同住的時候，這種特別的失望一定是一種反覆出現的常態；然後一種深沉的溫柔，他先前從未對她產生過的那種溫柔，突然間席捲了他。他真希望他們是一對結婚十年的夫妻。他真希望他是跟她一起走過街道，就像他們現在所做的一樣，然而大大方方又沒有恐懼，談論著芝麻蒜皮的小事、替家裡買些瑣碎雜物。他最希望的是，他們有某個地方可以兩個人獨處，卻不必感覺到有義務每次見面都得做愛。實際上卻不是在那一刻，而是在第二天的某個時候，租下查林頓先生那個房間的想法才出現在他腦中。當他對茱莉亞建議這件事的時候，她出乎意料地迅速同意了。他們兩個人都知道這是愚蠢的行為。這就像是他們故意走得更靠近他們的墳墓。當他坐在床緣等她的時候，他再度想起博愛部的地窖。那樣預先注定的恐怖情境如何在一個人的意識中進進出出，是很古怪的。它躺在那裡，固定在未來的時間裡，先於死亡，就像九十九先於一百一樣篤定。你不可能避開它，但或許可以延後它；但你反而偶爾會藉著有意識的、刻意的行為，選擇縮短這件事發生前的那段緩衝時間。

在這個時刻，樓梯上有個迅速的腳步聲。茱莉亞衝進房間裡。她背著一個用粗糙棕色帆布做的工具袋，就像他有時候會看見她帶著往返真理部的那個。他開始走上前要把她抱進懷裡，但她相當匆促地掙脫了，有一部分是因為她還抱著那個工具袋。

「給我半秒鐘，」她說：「就讓我給你瞧瞧我帶來什麼。你有帶一點髒兮兮的勝利咖啡來嗎？我想你會帶。你可以把那玩意扔掉了，因為我們不需要。看這邊。」

她跪下來，打開那只袋子，然後就滾出塞滿袋子上半部的東西，一些螺絲扳手跟一根螺絲起子。這些東西底下是幾個整潔的紙包。她交給溫斯頓的第一個紙包，有種奇特但朦朧的熟悉感。紙包裡塞滿某種沉重的、沙一樣的東西，在你伸手碰的時候會散開。

「這不是糖吧？」他說道。

「真正的糖。不是糖精片，是糖。而且這裡還有一條麵包——像樣的白麵包，不是我們吃的那種鬼玩意——還有一小罐果醬。這裡還有裝在錫罐裡的牛奶——不過你看！我真的對這一樣東西感到很驕傲。我必須拿一點帆布圍在旁邊包起來，因為……」

但她不需要跟他說她為何要把這個東西包起來。那股氣味已經充滿了整個房間，一種濃郁溫熱的氣味，似乎像是從他童年早期散發出來的，但即使到了現在，你偶爾還是會聞到這種味道，在一扇門猛然關上以前從一條走廊吹送過來，或者神祕地在一條人山人海的街道上自動擴散開來，這一刻嗅到，下一刻就又不見了。

「這是咖啡。」他喃喃說道：「真正的咖啡。」

「這是黨高層的咖啡。這裡有整整一公斤。」她說道。

「你怎麼設法弄到這所有東西的？」

「這全都是內黨專屬的東西。那些豬玀沒有弄不到的東西，完全沒有。不過當然了，服務生、僕人跟其他人會偷拿一些，而且——你看，我也弄到一小包茶。」

溫斯頓在她旁邊蹲下。他拆開紙包的一角。

「這是真正的茶。不是黑莓葉。」

「最近有很多的茶葉出現。那些茶是從印度之類的地方劉獲的。」她籠統地說道。「但是聽好，親愛的。我想要你背對我三分鐘。去坐在床的另一邊。別靠近窗戶。而且在我叫你以前別回頭。」

溫斯頓心不在焉地凝視著細棉布窗簾後面。在下面的院子裡，那個手臂泛紅的女人仍然大步在洗衣盆跟曬衣線之間來回。她又從嘴裡拿出兩個曬衣夾，用深切的感情唱道：

他們說時間會治癒一切，
他們說你總是會忘記；
但微笑與眼淚橫跨這些年，
還在扭絞我心弦！

她似乎把這整首胡言亂語的歌都背起來了。她的聲音隨著甜美的夏季空氣往上飄，非常悠揚，充滿一種快樂的陰鬱感。你會覺得如果這個六月夜晚沒有止境，要曬的衣服源源不絕，留在那裡一千年、一邊晾尿布一邊唱些無聊的歌，她會滿足得不得了。他突然想到一個古怪的事實：他從沒聽過一位黨員自動自發地一個人唱歌。那樣甚至會顯得有點不合正統，是一種危險的怪癖，就像自言自語一樣。或許只有在人接近饑餓邊緣的時候，他們才會有任何可以唱出來的事情。

「你現在可以轉身了。」茱莉亞說道。

他轉過身去，有一秒鐘幾乎認不出她。他本來其實期待見她赤身裸體。但她並不是光著身子。發生的這個變化過程比裸體更令人訝異。她畫了自己的臉。

她一定是偷溜進普羅階級區的某間商店，替自己買下一整組化妝品。她的嘴脣染成深紅色，她的臉頰紅紅的，她的鼻子也上了粉；在眼睛底下甚至抹了某個東西，讓眼睛顯得更明亮。她畫得不是很有技巧，但溫斯頓在這種事情上標準不高。他以前從沒看過或想像過一個女性黨員臉上會有化妝品。她外表上的增進讓人大為震驚。在正確的地方塗上幾抹顏色，她就變得不只是美麗得多，還變得更加女性化——這點最重要。她的短髮跟男孩子似的工作服，只是加強了這個效果。在他把她擁進懷裡的時候，一波合成紫羅蘭香味在他鼻孔裡氾濫。他記起了一個地下室廚房的幽暗光線，還有一個女人洞窟似的嘴巴。那就是她用過的同一種味道；但在此刻，這似乎不重要了。

「也有香水！」他說道。

「對，親愛的，也有香水。而且你知道我接下來要做什麼嗎？我要從某個地方弄來真正的洋裝，然後用那種衣服取代這些該死的褲裝。我會穿上絲襪與高跟鞋！在這個房間裡，我會做一個女人，而不是一個黨內同志。」

他們迅速脫掉衣服，然後爬進那張桃花心木大床裡。這是他第一次在她面前把他自己的衣服脫光。在此之前，他對自己蒼白瘦弱的身體太引以為恥，他小腿上有突出的曲張靜脈，腳踝上又有變色的斑塊。這裡沒有床單，但他們躺著的毯子磨得破舊又平滑，床的尺寸與彈性讓他們兩個都大吃一驚。「這張床上一定滿是臭蟲，不過誰在乎啊？」茱莉亞說道。這年頭再也看不到雙人床了，只有在普羅階級住家裡例外。溫斯頓還是小男生的時候，偶爾會睡在一張雙人床上：而就茱莉亞記憶所及，她以前從沒睡過雙人床。

這時他們入睡了一下下。溫斯頓醒來的時候，時鐘的指針已經爬到接近九點。他沒有動，因為茱莉亞睡著的時候，把頭靠在他手臂窩裡。她大部分的妝都已經轉印到他的臉或者靠墊上，但淡淡的一點胭脂仍舊襯托出她的顴骨有多美。下沉太陽的黃色光芒落下來灑遍床腳，照亮了火爐，鍋裡的水滾得很快。在下面院子裡的女人不唱了，但孩子們微弱的叫喊聲還是從街頭飄來。他朦朧地疑惑著，在被廢棄的過去，在一個涼爽的夏夜，沒穿衣服的一男一女像這樣躺在床上，他們想做愛就做愛，想聊天就聊天，不會感覺到任何強迫性的衝動要起床，就只是躺在那裡，聆聽外面平和的聲響，是否是一種正常的經驗。當然了，從來不曾有過這樣做似乎很平常的時代吧？茱莉亞醒了，揉揉她的眼睛，然後用她的手肘撐起身體，注視著煤油爐。

「一半的水都滾到乾了。」她說。「再一會兒我就起來煮些咖啡。我們有一個小時。在你的公寓他們幾點切斷燈光？」

「二十三點三十分。」

「在青年旅社是二十三點。不過你必須更早些進去，因為——嗨！滾出去，你這個骯髒畜生！」

她突然間身體一扭翻下床，從地板上抓起一隻鞋，然後她的手臂像小男孩似地一抽，就把鞋子砸到一個角落裡，就像他以前看過的樣子：那天早上在兩分鐘仇恨時間裡，她把字典扔向勾斯坦。

「這是怎麼了？」他驚訝地說道。

「一隻老鼠。我看到那畜生的鼻子伸出護牆板外。下面那裡有個洞。總之，我好好嚇了牠一跳。」

「老鼠！」溫斯頓喃喃說道：「這房間裡有老鼠！」

「牠們到處都是，」茱莉亞再度躺下的時候，語氣漠然地說道。「我們甚至在青年旅社的廚房逮到牠們。倫敦的某些地區有一大堆老鼠。你知道牠們會攻擊小孩嗎？對，牠們會這樣做。在某些老鼠多的街道上，女人不敢丟下一個嬰兒超過兩分鐘。那種棕色的巨無霸會幹出這種事。而最卑鄙的事情是，那些鼠輩總是……」

「**別再說了！**」溫斯頓這麼說，他緊閉著眼睛。

「我最親愛的！你變得相當蒼白啊。怎麼了？老鼠讓你想吐嗎？」

「世界上那麼多恐怖玩意——偏偏是老鼠！」

她把自己的身體壓在他身上，她的肢體環繞著他，就好像要用她身體的暖意來讓他安心。他沒有立刻再睜開眼睛。有好一會兒，他覺得自己回到他這輩子不時反覆出現的一個夢魘裡。總是差不多的夢境。他站在一堵黑暗之牆前面，在牆的另一邊是某種讓人難以忍受的東西，某種太過可怖而無法面對的東西。在那個夢裡，他最深刻的感覺總是一種自欺感，因為事實上他知道那片黑暗之牆後面有什麼。他拚命努力，簡直像是要把自己的大腦擰出來一塊，結果甚至可以把那個東西拖進光天化日之下。他總是還來不及發現那是什麼就醒來了：但不知怎麼的，這跟剛才茱莉亞說到一半被他打斷的話有關聯。

「我很抱歉，」他說：「沒什麼。我不喜歡老鼠，就只是這樣。」

「別擔心，親愛的，我們這裡不會有那些髒畜生。在我們離開以前，我會拿一些粗麻布塞住那個洞。下次我們來的時候，我會帶點灰泥來，把那個洞填好。」

那瞬間的黑色恐慌已經被忘卻了一半。他對自己微微感到羞恥，坐起來靠著床頭。茱莉亞下了床，穿上她的工作服，然後煮了點咖啡。從平底深鍋裡揚起的味道如此強勁刺激，讓他們關上了窗戶，免得外頭有任何人會注意到這股味道，起了疑心。比咖啡香更好的是糖賦予它的絲滑質地；在吃了這麼多年糖精片以後，溫斯頓幾乎忘了有糖這種東西。茱莉亞一手放在口袋、一手拿著一片麵包跟果醬，在房間裡到處遊走，漠然地瞥了書櫃一眼，指出修理折疊桌的最佳方法，砰一聲在破舊的扶手椅上坐下，好試試看它是否舒適，然後帶著某種寬容的愉悅感檢查那個荒唐的十二小時制時鐘。她帶著玻璃紙鎮到床邊，好在較佳的光線下看個清楚。他把紙鎮從她手上拿走，就像一直以來一樣，著迷於那塊玻璃雨水般的外表。

「你認為那是什麼？」茱莉亞說。

「我認為它什麼都不是——我的意思是說，我不認為它有過任何用途。我就是因為這樣才喜歡它。這是一小塊他們忘記改變的歷史。如果知道怎麼解讀，這就是來自一百年前的訊息。」

「而那邊的那幅畫」——她朝著對面牆壁上的雕刻版畫點點頭——「那會有一百年歷史嗎？」

「更久。我想很可能有兩百年。我們看不出來的，這年頭不可能發現任何東西的年代了。」

她走過去看那張畫。「那隻畜生就是從這裡探出鼻子。」她說著，踢了就在畫作下面的護牆板。

「這是什麼地方啊？我以前在某處看過。」

「這是一間教堂，至少以前是。叫做丹麥聖克萊蒙教堂。」查林頓先生先前教他的那首歌謠片段重回他的腦海，而他帶著些微懷舊情緒說道：「橘子與檸檬，聖克萊蒙的鐘聲說！」

讓他震驚的是，她接上歌詞：

「『你欠我三法辛，聖馬丁的鐘聲說，你什麼時候會還我？老貝利的鐘聲說……』我記不起來往後是什麼了。但無論如何，我記得歌謠的結尾，『來了根蠟燭照著你上床，來了把斧頭砍掉你的頭！』」

這就像是同一句暗號的兩半。但在「老貝利的鐘聲」之後一定還有另一句話。如果給查林頓先生適當的提示，或許可以從他記憶裡挖出那句話。

「誰教妳這個的？」他說。

「我祖父。我還小的時候，他會唸給我聽。他在我八歲的時候被蒸發了——無論如何，他消失了。我納悶的是什麼是檸檬。」她補上這句離題的話：「我見過橘子。那是一種圓形的黃色水果，有一層厚皮。」

「我記得檸檬，」溫斯頓說：「這種東西在五〇年代還滿常見的。它們酸得不得了，就算只是聞到味道都會讓你的牙齒不舒服。」

「我敢賭那幅畫後面有臭蟲，」茱莉亞說：「改天我會把畫拿下來，好好清理一番。我想我們差不多該走了。我必須開始洗掉這些妝了，真討厭！接著我會把你臉上沾到的口紅弄掉。」溫斯頓沒起來，還多躺了幾分鐘。房間正在變暗。他轉身面向光線，躺在那裡凝視著玻璃紙鎮。永遠有趣的東西並不是珊瑚的碎片，而是玻璃本身的內部。它這麼有深度，卻幾乎像空氣一般透明。這就好像玻璃的表面曾經是天空中的一個圓拱，把一個微型世界跟其中的大氣完整地包裹起來。他有種感覺，他可以鑽進裡面，而他實際上就在其中，跟這張桃花心木大床還有折疊桌，時鐘、鋼刻版畫跟紙鎮本身同在。這個紙鎮就是他所在的房間，而珊瑚就是茱莉亞與他的生活，固定在水晶核心裡的某種永恆之中。

第五章

賽姆消失了。有一天早晨，他沒去上班：幾個欠考慮的人還提到他的缺席。第二天，沒有人再說起他。到了第三天，溫斯頓走進紀錄局的前廳，去看那裡的公告欄。其中一張公告上有一張印刷出來的西洋棋委員會成員名單，賽姆本來是其中一員。那張名單看起來幾乎就跟先前一模一樣——沒有任何東西被劃掉了——但就少了一個名字。這就夠了。賽姆已經不存在了：他從來沒存在過。

天氣熱得炙人。部裡迷宮一般沒有窗戶、全靠空調的房間裡維持著常溫，但外面的人行道烤焦了人的腳，地鐵在尖峰時間的臭氣很恐怖。仇恨週的準備活動正在全力進行中，所有部會的員工都在加班工作。列隊遊行、會議、閱兵、演講、蠟像、展覽活動、電影放映會、電傳螢幕節目全都必須經過組織；必須搭好講台、建立雕像、擬定口號、編寫歌曲、放出流言、假造照片。茱莉亞在小說局的工作小組已經停止製造小說，而是匆促趕製一連串關於戰爭暴行的小冊子。溫斯頓除了平常的工作以外，每天還花很長的時間過濾《泰晤士報》過去的檔案，修改並潤飾會在講詞中提到的新聞條目。在深夜，普羅階級粗魯不文的群眾在街上遊走的時候，城裡有種古怪的狂熱氛圍。火箭炮比過去更常空襲，有時候在遠距離會有些誰都無法解釋的爆炸聲，對此有種種瘋狂的流言。

即將成為仇恨週主題曲的新歌（稱為〈仇恨之歌〉）已經做好，在電傳螢幕上沒完沒了地播放。

這首歌有種野蠻如狗吠的旋律，其實不能叫做音樂，倒是很像鼓聲。由數百個聲音伴著行軍腳步重重踩踏的聲音吼出來，它讓人心生恐懼。普羅階級喜歡上這首歌，在午夜的街頭，它跟仍舊很受歡迎的〈這只是無望的幻想〉此起彼落。帕森斯家的孩子日日夜夜、時時刻刻，都用一把梳子跟一張衛生紙在演奏這首歌，讓人難以忍受。溫斯頓的夜晚比過去都更充實。帕森斯組織起來的一支支志願者小隊，正在為這條街做仇恨週的準備，畫海報、在屋頂上豎立旗桿、為了掛歡迎會的橫幅布條冒險把繩索拋到馬路對面。帕森斯誇口說，光是勝利大廈一棟樓就會掛出四百公尺的旗幟。他正在做他生來擅長的事，快樂得像隻小鳥。熱浪跟體力勞動，甚至讓他有藉口在晚間回歸短褲與開襟襯衫的打扮。他隨時到處出沒，推、拉、鋸、鎚、即興發揮，開著玩笑對每個人提供充滿同志愛的勸誡，從他身體的每個皺摺處散發出似乎源源不絕的刺鼻汗臭味。

一張新的海報突然間出現在全倫敦。上面沒有圖說，只描繪出一個歐亞國士兵醜惡的形象，有三到四公尺高，帶著那張沒有表情的蒙古人種臉孔、穿著特大號的靴子大步向前，一把輕機槍從他的髖部挺出。你不管從哪個角度看海報，在透視法下深度縮短、前端放大的槍口，似乎直接指向你。這玩意被貼在每一面牆上的每個空白處，數量甚至超越了老大哥的肖像。正常狀況下對戰爭無動於衷的普羅階級，在煽動之下又一次進入他們週期性的愛國狂熱之中。就像是要跟整體情緒協調呼應似的，火箭炮造成的死亡人數比平常還要多。有一枚落在史特普尼的一間擁擠電影院裡，把數百個罹難者埋在廢墟之中。這一帶的全部人口，變成了一長串延續好幾小時的葬禮行列，而且在實質上成了一次義憤填膺的聚會。另一枚炸彈落在一片原本是遊樂場的廢棄土地上，幾十個孩子被炸成碎片。還有更多憤怒的遊行，勾斯坦雕像被焚燒，幾百份歐亞國士兵的海報被撕碎焚燒，還有幾家店鋪在混亂中慘遭洗劫；然後就有個謠言到處流傳，說間諜藉著無線電波指引火箭炮，有一對疑似有外國血統的老夫婦住處被燒燬，人也死於窒息。

在他們能去查林頓先生店鋪樓上的房間那些許片刻，茱莉亞跟溫斯頓會肩並肩躺在敞開窗戶底下沒有床單的床上，全身赤裸，只為了圖個涼快。老鼠再也沒回來過，但可惡的是蟲子在熱氣中增加好幾倍。這似乎無關緊要。無論骯髒或乾淨，這房間就是天堂。他們一抵達，就會把黑市買來的胡椒灑在所有東西上面驅蟲，脫掉衣服，用汗淋淋的身體做愛，然後入睡再醒來，發現蟲子們已經重振旗鼓，群聚起來準備反攻了。

四、五、六——他們在六月會面了七次。溫斯頓已經甩掉隨時喝琴酒的習慣。他似乎失去對琴酒的需求了。他變胖了，他的靜脈曲張潰瘍病情趨緩，只在腳踝上方留下一個棕色痕跡，他在清早發作的一陣陣咳嗽已經停止。人生的過程已不再讓人無法忍受，他也不再有朝著電傳螢幕做鬼臉、用最大音量吼出粗話的任何衝動了。現在他們有個安全的藏匿處，幾乎是個家，他們只能不太頻繁地見面、一次只有幾小時，甚至也不像是一種磨難了。真正重要的是，這個舊貨店鋪樓上的房間竟然能存在。知道它在那裡，未受侵犯，感覺幾乎就跟身在其中一樣了。這個房間就是一個世界，屬於過去的彈丸之地，絕種動物可以在那裡行走。查林頓先生，溫斯頓心想，他是另一隻絕種動物。他通常會在上樓的路上跟查林頓先生聊個幾分鐘。這位老人似乎鮮少或根本不出門，而且又幾乎沒有客人。他在陰暗狹小的店鋪，跟更加狹小的後廚房之間活得像個鬼魂；他在那裡準備他的三餐，而除了其他東西以外，那裡還有個老到讓人難以置信的留聲機，上面有巨大無比的喇叭。他似乎很高興有機會可以聊聊。他在那些不值錢的存貨中遊蕩，以他的長鼻子、厚重眼鏡、還有裹在天鵝絨外套裡弓起的肩膀，他總是隱約有種蒐藏家而非生意人的氣質。他帶著某種褪色的熱情，摸弄著這一樣或那一樣破爛玩意——一個瓷器瓶塞、一個破鼻煙壺彩繪的蓋子、一個放紀念品的黃銅小匣子，裡面裝著一綹嬰兒的頭髮，那嬰孩早已死去——他從不要求溫斯頓買下某樣東西，只說他應該要欣賞這個。跟他說話就像是聆聽一個壞掉的音樂盒叮噹作響。他從記憶角落裡又拖出更多遺忘的童謠。有一首跟二十四隻黑鳥有關，另外一首講的是一頭長了扭曲牛角的母牛，還有另一首講的是可憐的公雞羅賓之死。「我剛好想到，你可能會感興趣。」每次他提出一個新的片段，他就會發出自貶的小小笑聲這麼說道。不過對於任何一首童謠，他想起來的永遠只有寥寥幾行。

他們兩個都知道——從某種角度來說，他們心中始終惦記著這一點——現在發生的事情不可能長久。有些時候，死亡逼近的事實就像他們躺著的床一樣，簡直摸得著，他們會以一種出於絕望的感官肉慾緊抱在一起，就像被詛咒的靈魂，在時鐘即將敲響的五分鐘內抓住最後一絲歡愉。但也有些時候，他們會產生一切不但安全還會持久的幻覺。只要他們實際上在這個房間裡，他們兩個人都覺得自己不可能受到傷害。到達那裡既困難又危險，但房間本身則是聖殿。這就像是溫斯頓凝視著紙鎮中心時，覺得有可能進入那個玻璃世界，一旦進入那裡，時間就可以停止。通常他們會自動放棄現實，進入逃避性質的白日夢裡。他們的好運會沒有期限地維持下去，而且他們會像這樣繼續暗通款曲，直到他們享盡天年為止。或者凱薩琳會死掉，透過細膩的策略安排，溫斯頓與茱莉亞會成功地結婚。或者他們會一起自殺。或者他們會消失，把自己變得讓人認不出來，學會用普羅階級的口音說話，在一間工廠裡找到工作，不為人知地在一條舊市街裡過完他們的餘生。他們倆都知道，這全都是胡說八道。在現實中無處可逃。就連那個可行的計畫——自殺——他們都無意實踐。日復一日、週復一週地撐下去，拖長一個沒有未來的現在，似乎是個無法戰勝的本能，就好像只要還有空氣，一個人的肺總是會吸下一口氣。

有時候，他們也會談到參與對抗黨的積極反抗活動，對於怎麼踏出第一步卻全無概念。就算傳說中的兄弟會是一個實存的東西，找到門路進入還是有困難。他跟她講起他跟歐布萊恩之間存在（或幾乎存在）的那種奇特親切感，還有他偶爾會感覺到一股衝動，想要直接走到歐布萊恩面前，宣布他是黨的敵人，要求歐布萊恩伸出援手。怪的是，她沒覺得這種事情輕率到不可能去做。她習慣以貌取人，而對她來說，溫斯頓光憑眼神一閃就相信歐布萊恩值得信任，是很自然的。她還更進一步，理所當然地認為每個人——或者幾乎每個人——都偷偷憎恨著黨，如果自認為可以在安全狀態下破壞規矩，就會這麼做。不過她拒絕相信有大規模、有組織的反抗單位存在——或者能夠存在。她說，關於勾斯坦及其地下軍隊的那些故事，就只是一大堆胡說八道，黨為了自身的目的發明了這些話，而你還必須假裝相信。在黨的集會與自發性的遊行裡，她不知有多少次大吼大叫著要求處決某些人，這些人的名字她從沒聽過，據說他們犯下的罪過，她一點都不相信。在公開審判進行的時候，她在青年聯盟的分隊裡占了個位置，這些分隊從早到晚包圍著法庭，在中場休息時間反覆唸著「處死叛徒！」。在兩分鐘仇恨時間裡，她對勾斯坦吼出的辱罵總是勝過所有人。然而她對於勾斯坦到底是誰、他理應代表的是哪些教條，她只有最模糊的概念。她是革命後長大的，年輕到記不得五〇與六〇年代的意識形態鬥爭。獨立政治運動這種事情，超出她的想像範圍：而且無論如何，黨是無敵的。它會永遠存在，而且永遠都是一樣。你只能透過偷偷不服從來反叛它，或者頂多只能進行孤立的暴力行為，像是殺死某人或炸掉某個東西。

在某些方面，她比溫斯頓更敏銳得多，也遠遠沒那麼容易受到黨的宣傳影響。有一次他剛好講到某個跟歐亞國戰爭有關的事情，她隨口說的話讓他嚇了一跳：照她看來，這場戰爭根本沒在打。每天掉在倫敦的火箭炮可能是由大洋國政府自己發射的，「只是為了讓人民保持恐懼」。這個想法確確實實從沒出現在他腦中。她告訴他，在兩分鐘仇恨時間裡，她最大的困難在於不要爆笑出來，這點也激起了他心中的一點嫉妒。但只有在黨的教誨以某種方式觸及她個人生活時，她才會加以質疑。通常她都很快就接受官方的神話，這只是因為真理跟謊言之間的差別，對她來說似乎並不重要。舉例來說，她相信在學校裡學到的話，黨發明了飛機。（在溫斯頓自己的求學時期，五〇年代晚期，他記得黨只自稱發明了直升機；再過了十二年，茱莉亞上學的時候，黨已經聲稱發明了飛機；再過一個世代，黨就會自稱發明蒸汽引擎了。）而在他告訴她，飛機在他出生前就存在，而且比革命還要早很多的時候，這個事實對她來說徹底無趣。說到底，誰發明了飛機有啥重要的？對他來說相當震驚的是，他因為某句偶然的評語，才發現她不記得大洋國在四年前曾經跟東亞國作戰，卻跟歐亞國和平共存。的確，她把這整個戰爭都當成一個騙局：不過看來她甚至沒注意到敵人的名字已經變了。「我還以為我們一直在跟歐亞國作戰呢。」她茫然地說道。這讓他有點嚇著了。飛機的發明時間遠早於她的出生，但戰爭對象的對調卻發生在僅僅四年前，遠在她長大成人之後了。他跟她爭論這件事，爭了或許有半個小時。到最後他成功地逼著她回溯記憶，直到她確實模糊地想起敵人一度是東亞國，而非歐亞國。但這個問題對她來說仍舊不重要。「誰在乎嘛？」她不耐煩地說道：「該死的戰爭永遠都是一場接一場，而且反正大家都知道，新聞全都是謊言。」

有時候他會跟她說起紀錄局，還有他在那裡做的無恥偽造工作。這種事情似乎沒有讓她起反感。她想到謊言變成真理時，並不覺得自己腳下開了個無底深淵。他告訴她瓊斯、亞倫森跟盧瑟佛的故事，還有一度握在他手指之間的那張重要紙片。這件事沒讓她留下太多印象。說真的，起初她還沒搞懂故事的重點在哪。

「他們是你朋友嗎？」她說道。

「不，我從不認識他們。他們是內黨黨員。此外，他們比我老得多了。他們屬於舊時代，革命前的時代。我差點就認不出他們。」

「那有什麼好擔心的？隨時都有人被殺，不是嗎？」

他試著要讓她明白。「這是不尋常的例子。這不只是某個人被殺的問題。妳明不明白，從昨天開始的過去，其實已經被廢除了？如果哪裡還存在著過去，它就是在少數幾個上面沒有字的堅實物體上，就像這裡的那一塊玻璃。對於革命以及革命前的歲月，我們幾乎已經名副其實地一無所知了。每個紀錄都被毀滅或偽造過了，每本書都被重寫，每幅畫都被重繪，每座雕像、街道跟建築都被重新命名，每個日期都被改變。而這個過程日復一日、每分每秒都在繼續。歷史已經停止了。什麼都不存在了，只剩下黨永遠正確的無窮現在。當然，我知道過去是被偽造的，但我永遠不可能去證明這一點，就算我自己在做偽造工作的時候也一樣。在這件事做完以後，永遠不會留下任何證據。唯一的證據在我自己心裡，而我完全不確定，有任何其他人類跟我記得一樣的事。我整個人生裡，就只有在那一瞬間，我確實有個發生在事件之後的真正實質證據——而事情已經發生許多年了。」

「那樣有什麼好？」

「沒什麼好，因為幾分鐘後我就把它丟掉了。不過要是同樣的事情今天發生了，我應該會留著它。」

「噢，要我就不會！」茱莉亞說。「我很樂意承擔風險，但只為了某件值得的事情，而不是為了一點破報紙。就算你留住它了，你又能拿它來做什麼？」

「或許做不了什麼。但那是個證據。假設我敢把它拿給任何人看，它可能會在這裡或那裡埋下一點懷疑的種子。我不會想像我們能在自己有生之年改變任何事。但我們可以想像一小股一小股的反抗勢力到處興起——各地的人民自己組成小小的團體，然後逐漸壯大，甚至在身後留下一些紀錄，這樣以後的世代就可以從我們停手的地方接下去做。」

「親愛的，我對於下個世代並不感興趣。我感興趣的是**我們**。」

「妳只有從腰部以下才是叛逆分子。」他告訴她。

她覺得這句話機智無比，開心地用她的手臂環抱住他。

對於黨內教條的種種分支，她連一點興趣都沒有。每次他開始講到英社的種種原則、雙重思想、過去的易變性、對客觀現實的否定，還有用到新語字彙時，她就會變得既無聊又困惑，還說她從來不去注意那種事情。你知道那全都是廢話，那麼為什麼要讓自己去操心那個？她知道什麼時候該歡呼、什麼時候該發出噓聲，一個人需要的就只有這個。如果他堅持要講這種主題，她有種讓人很困窘的習慣：她會睡著。她就是那種可以在任何時刻以任何姿勢入睡的人。跟她說話讓他領悟到，裝出一副思想正統的外表，同時卻完全掌握不到所謂正統是什麼意思，有多麼容易。從某方面來說，黨的世界觀在強加到無能理解這一套的人身上時，做得最為成功。他們可以被動地接受最明目張膽的違反現實，因為他們從來沒有徹底掌握到他們受到的要求是多麼大的罪惡，對於公共事件也不夠有興趣，不足以注意到發生了什麼事。因為缺乏理解力，他們保持心智健全。他們就只是把什麼都吞下去，就像一顆玉米粒完全未經消化，就通過了一隻鳥的身體。

第六章

事情終於發生了。期待中的訊息來了。在他看來，他這輩子都在等這件事情發生。

他在部裡沿著長長的走廊往前走，幾乎就在茱莉亞塞紙條到他手裡的那個位置了，這時他開始察覺到有個比他高大的人就走在他後面。無論這個人是誰，他發出了一聲小小的咳嗽聲，顯然這是準備開口說話的意思。溫斯頓驟然停下來，轉過身去。那是歐布萊恩。

他們終於面對面了，而他唯一的衝動似乎就是逃走。他的心臟狂跳著。他本來會講不出話來。然而歐布萊恩用同樣的步調繼續往前走，一隻手友善地放到溫斯頓手臂上一會兒，好讓他們兩個人可以並肩走路。他開始用奇特而嚴肅的禮貌態度說話，就是這種態度讓他跟大多數內黨黨員有所不同。

「我本來一直希望有機會跟你說話。」他說：「前幾天我讀了你在《泰晤士報》的一篇新語文章。我相信你對新語有學術上的興趣吧？」

溫斯頓恢復了他一部分的沉著自持。「幾乎不能算是學術興趣。」他說：「我只是業餘的。這不是我的主要工作。我跟這個語言實際的建構毫無關係。」

「但你寫的新語非常優雅，」歐布萊恩說：「這不只是我個人的意見。我最近跟你的一位朋友談過，他肯定是一位專家。我一時想不起他的名字。」

溫斯頓的心臟再度痛苦地顫動著。難以想像這句話不是在暗指賽姆。但賽姆不只是死了，他被廢棄了，是一個非人。任何看得出來跟他有關的指涉，都會有致命的危險。歐布萊恩的評語顯然有意當成一種信號，一個代碼。藉著分擔一個輕微的思想犯罪行為，他把他們兩個人變成了同謀。他們繼續緩緩地沿著走廊漫步過去，但這時歐布萊恩停下腳步。以一種奇異卻讓人敵意全消的友善態度——他總是設法把這一點融入舉止姿態之中——他重新調整好他鼻梁上的眼鏡。然後他接著說道：

「我真正想說的是，在你的文章裡，我注意到你用了兩個已經被淘汰的字。不過這些字直到很晚近才變成這樣。你看過第十版的《新語字典》了嗎？」

「沒有，」溫斯頓說：「我想第十版還沒發行。在紀錄局裡我們還在用第九版。」

「我相信第十版還要再幾個月才會問世。不過有幾份先發版已經在流傳了。我自己有一本。也許你會有興趣看看吧？」

「我非常有興趣。」溫斯頓說，他立刻看出這番話的意思。

「其中一些新發展是最具巧思的。動詞數量的縮減——我想，這就是會吸引你的特點。我看看，我是不是應該派個信差把字典送去給你？但恐怕我總是會忘記這類的事情。或許你可以找個你方便的時間，到我的公寓來拿？等等，讓我給你我的地址。」

他們就站在一個電傳螢幕前面。歐布萊恩有幾分心不在焉地摸了摸他的兩個口袋，然後掏出一個小小的皮製封面筆記本，還有一隻金色墨水筆。就在電傳螢幕正下方——在這個位置，從這個工具另一頭注視的任何人都可以讀到他在寫什麼——他迅速寫下一個地址，扯下那一頁，然後交給溫斯頓。

「晚上我通常在家。」他說道：「如果不在，我的僕人會給你那本字典。」

他走了，留下溫斯頓握著那張紙片，這回沒必要藏起來了。雖然如此，他小心翼翼地記住上面寫了什麼，而且在幾小時以後把紙條跟一大堆別的紙張一起扔進記憶洞裡。

他們彼此頂多只講過幾分鐘的話。這段插曲可能具備的意義只有一個。這個行動之所以被策劃出來，是為了讓溫斯頓有辦法知道歐布萊恩的住址。這是必要的，因為除了透過直接詢問，要發現任何人住在哪裡都絕無可能。沒有任何一種類別的姓名住址簿。「如果你有任何時候想見我，可以在這裡找到我。」歐布萊恩對他說的就是這個。或許在字典裡的某個地方，甚至藏著一個訊息。但無論如何，有一件事是確定的。他夢想過的陰謀確實是存在的，而他已經碰到陰謀的外緣了。

他知道他遲早會遵從歐布萊恩的召喚。也許是明天，也許是在延宕很長一段時間以後——他不確定。正在發生的事情，只是一個好幾年前就開始的過程開花結果了。第一步是一個隱秘的、不由自主的想法，第二步則是啟用日記。他從思想轉移到文字，現在又從文字轉移到行動。最後一步是會發生在博愛部的某件事。他已經接受這一點了。結局就包含在開頭之中。不過這很讓人害怕：或者講得更精確一點，這就像是預先嘗到死亡的滋味，像是生命力又少了一點點的狀態。甚至就在他跟歐布萊恩說話的同時，在這些字的意義滲透進來的時候，一種讓人顫抖的寒意就已經占據了他的身體。他覺得像是一腳踏進墳墓濕氣之中，而且實情並沒有比那樣好多少，因為他一直都知道，墳墓就在那裡等著他。

第七章

溫斯頓醒來的時候熱淚盈眶。茱莉亞昏昏欲睡地翻過來貼著他，喃喃念著某句話，可能是：「怎麼啦？」

「我做夢了……」他開口說道，然後又突然停下。這太複雜了，難以言傳。這是因為夢境本身，還有在夢醒後幾秒鐘游進他腦海的夢中記憶。

他閉著眼睛往後躺，仍舊沉浸在夢境的氛圍中。這是個清楚明白、規模浩大的夢境，他的整個人生似乎在他面前展開，像是夏季傍晚一場雨後的風景。這一切都發生在玻璃紙鎮裡，但玻璃表面就是天頂，在天頂之內一切都淹沒在清澈柔和的光線裡，人在其中可以望向無窮遠的距離。夢境也包括他母親手臂的一個動作——說實話，從某種意義上來說，這個夢境就是由此構成的——而在三十年後，他在新聞影片裡看到的猶太婦人又做了一次；在直升機把她們兩人都炸碎以前，她試圖要替那小男孩擋住子彈。

「妳知道嗎。」他說道：「直到這一刻之前，我都相信是我害死我母親？」

「你為什麼害死她？」幾乎睡著的茱莉亞說道。

「我沒有害死她。不是實質上的。」

在夢中，他記起了他對母親的最後一瞥，而在醒來之後的片刻裡，環繞此事的一連串相關小事件他全都回想起來了。許多年來，他一定刻意把這個記憶擠出意識之外。他不確定日期，不過他不可能小於十歲，在事發當時可能十二歲了。

他父親在稍微早些時候消失了，到底早了多少，他記不起來。他比較記得當時那種喧鬧不安的環境：空襲造成的週期性恐慌，還有地鐵站裡的避難所，到處都有瓦礫堆，街角還貼著無法理解的公告，拉幫結派的年輕人全都穿著相同顏色的上衣，麵包店外面排的龐大隊伍，遠處間歇的機關槍開火聲——最重要的是食物永遠不夠吃的事實。他記得那些漫長的下午，他跟其他男孩子一起搜刮垃圾桶跟垃圾堆，挑出包心菜葉梗、馬鈴薯皮、有時候甚至還有些不新鮮的麵包皮碎片，他們會小心翼翼地刮掉上面的煤渣；他們也等著跑特定路線的卡車經過，他們已經知道裡面載著給牲口的糧草，而在那些車顛簸開過修補不良的路段時，偶爾會濺出一點油渣餅碎塊。

在他父親失蹤的時候，他母親沒有表現出任何一點訝異或者強烈的悲痛，但她整個人突然變了。她似乎變得徹底無精打采。就連對溫斯頓來說都很明顯，她在等待某種她知道注定發生的事情。她做了必要的每一件事——煮飯、洗衣、補衣、鋪床、掃地、替壁爐架撣灰塵——總是做得很慢，而且很古怪地缺乏任何多餘動作，就像一個藝術家的人體模型自己動了起來。她那副大而勻稱的身體，似乎自然而然地陷入靜止。她會幾乎動也不動地坐在床邊，一坐就是好幾小時，照顧著他的妹妹，一個嬌小、衰弱、非常安靜的兩、三歲小孩，有一張瘦到像猴子的臉。在很少見的情況下，她會把溫斯頓抱在懷裡，把他壓在她身上許久，卻不發一語。儘管他年輕又自私，他還是察覺得到，這個行為在某種程度上跟那件即將發生、卻永遠不會被提到的事情有關。

他記得他們住的房間，一個陰暗、聞起來有悶味的房間，似乎有一半被一張鋪了白色床單的床給占滿了。在爐柵裡有個煤氣爐，還有個可以放食物的架子，在外面的平台上還有個棕色的陶土製水槽，跟好幾個房間一樣。他記得他母親雕像般優雅的身體彎到瓦斯爐上，攪動平底深鍋裡的某樣東西。他最記得的是持續不斷的饑餓，還有用餐時間野蠻卑鄙的戰役。他會一次又一次、囉囉唆唆地問母親為什麼沒有更多食物，對她大吼大叫、大發脾氣（他甚至記得他的聲調，已經開始過早地變聲破音了，有時候卻又會古怪地變得很洪亮），或者嘗試裝出一種哭哭啼啼、惹人憐憫的口氣，努力想討得超出他應得的分量。母親很樂意給他更多一些。她認為這很理所當然，他是「家裡的男孩」，應該要得到最大的那一份；但是不管她給他多少，他總是會要求更多。每一頓飯她都會懇求他不要這麼自私，記得他的小妹妹生了病，也需要食物，卻沒有用。她停手不舀了，他就會憤怒地哭喊，他會試著從她手中奪下平底鍋跟湯匙，從他妹妹盤子裡搶走小塊食物。他知道他害另外兩個人挨餓，但他克制不住；他甚至覺得他有權這麼做。腹中喧鬧著的饑餓似乎證明他有理。在三餐之間，如果母親沒有保持警覺，他會一直去偷架子上那些可憐兮兮的食物庫存。

有一天發了巧克力配給。之前已經好幾個星期、好幾個月沒有這種配給了。他相當清楚地記得那珍貴的一小片巧克力。那是兩盎司的片狀巧克力（那時候他們還會講盎司），他們三個人分。很明顯應該要分成等量的三塊。突然之間，就好像他正在聽別人說話似的，溫斯頓聽見自己用震耳欲聾的大音量提出要求，說他應該得到一整塊。他母親叫他不要貪心。一段冗長、囉唆的爭執不斷地延續，伴隨著吼叫、抱怨、眼淚、勸誡、討價還價。他的小妹妹用兩隻手緊抓著母親，不折不扣就像隻猴子寶寶，坐在那裡用憂傷的大眼睛回頭望著他。到最後他母親掰下四分之三的巧克力給溫斯頓，再把另外四分之一給他妹妹。小女孩抓住巧克力，呆滯地看著它，或許她不知道那是什麼。溫斯頓站在那裡看了她一會兒。他突然間輕快地一躍而起，從妹妹手中奪走那片巧克力，然後逃向門口。

「溫斯頓，溫斯頓！」他母親在他背後喊道：「回來！把你妹妹的巧克力還給她！」

他停下腳步，卻沒有回去。他母親焦慮的眼睛凝視著他的臉。就算現在他還在思索這件事，他還是不知道在那一刻發生的到底是什麼。他妹妹，意識到有某種東西被搶走了，開始發出微弱的哭嚎。他母親用手臂環抱住那個孩子，然後把她的臉壓向自己的胸脯。那個姿態裡有某種東西告訴他，他妹妹快要死了。他轉身逃下樓梯，巧克力在他手裡變得黏糊糊的。

他再也沒有見到母親。在他嚥下那塊巧克力以後，他自覺有幾分可恥，在街頭晃蕩了好幾個小時，直到饑餓又趕著他回家裡去。在他回去的時候，母親消失了。這種事在當時已經成了常態。房間裡什麼都沒少，只少了母親跟妹妹。她們沒有帶走任何衣服，甚至連母親的外套都沒拿。直到今天，他都不確定母親是否死了。很有可能她只是被送到一個強迫勞改營。至於妹妹，她可能就跟他一樣，被移送到其中一個因為內戰而發展出來的孤兒集中地（這些地方被稱為感化中心），或者她也可能跟母親一起被送進勞改營，或者就只是被扔在某處等死。

這夢境在他心中仍舊很鮮明，特別是那隻手臂包圍保護的姿態，其中似乎包含了整個夢境的意義。他的心靈回到兩個月前的另一個夢境。就像他母親曾經坐在一張鋪著骯髒白色被子的床上，孩子則緊抱著她，她也坐在下沉的船上，在比他低許多的地方，每一分鐘都在水中沉得更深，卻還是隔著變暗的海水抬頭望著他。

他告訴茱莉亞他母親失蹤的事。她沒睜開眼睛就翻了過來，躺在一個比較舒服的位置。

「我猜你當初是個野蠻的小混蛋。」她直覺地說道。「所有小孩子都是小混蛋。」

「對。但這個故事真正的重點是……」

從她的呼吸來看，很顯然她又睡著了。他本來想繼續談他母親。就他能記得的她來說，他不認為她是很不尋常的女性，更算不上是很聰慧；然而她有一種高貴氣質，一種純潔，就只因為她遵循的是個人私密的標準。她的感情是她自己的，外界不能加以改變。她不會認為一項行動要是徒勞無功，就變得毫無意義。如果你愛某個人，你就是愛他，在你不剩任何東西可以給予的時候，你還是會給他愛。在最後的巧克力沒有了以後，他母親把孩子緊抱在懷中。這樣沒有用，這樣什麼都改變不了，這樣不會產生更多巧克力，這樣無法避免這孩子或者她自己的死亡；但對她來說，這樣做似乎很自然。船裡的難民婦女也用手臂遮住小男孩，那隻手臂不會比一張紙更能擋子彈。黨做的恐怖事情是勸你相信那只是衝動，只是感情，無需考慮，同時又剝奪你在物質世界裡的所有權力。一旦你處於黨的掌握之中，你感覺到的或沒感覺到的，你做的或沒做的，實際上都沒有差別。要是出了什麼事，你就會消失，而不論是你還是你的行為都不會再有人聽說。你被徹底從歷史之流中清除。然而對僅僅兩代以前的人來說，這不會顯得那麼重要，因為他們沒有企圖改變歷史。他們受到他們並不質疑的私人忠誠所宰制。真正重要的是個人的關係，還有一個完全無助的姿態，一個擁抱，一滴淚，對瀕死之人說的一句話，本身就可以有價值。他突然間想到，普羅階級一直保持這種狀態。他們不是對一個黨、一個國家或一個理念輸誠，他們是對彼此忠誠。他有生以來第一次沒有鄙視普羅階級，或者把他們想成只是一股呆滯遲緩的勢力，有一天會活過來革新世界。普羅階級一直保持人性。他們並沒有變得心如鐵石。他們堅守著他自己必須刻意努力重新學習的那些原始情緒。而在想這件事的時候，在缺乏明顯關聯的狀況下，他記起幾週以前他怎麼樣看到一隻被割斷的手躺在人行道上，而他把那隻手踢進水溝裡，就好像那只是個包心菜梗。

「普羅階級是人類。」他出聲說道：「我們不是人類。」

「為什麼不是？」茱莉亞說道，她又醒來了。

他多想了一會兒。「妳有沒有想過。」他說：「對我們來說的最佳做法，是趁著還來得及以前就這樣走出這裡，從此不再相見？」

「有啊，親愛的，我好幾次這麼想了。但我還是不會這樣做。」

「我們一直很幸運。」他說：「但是這種運氣不可能再延續更久。妳還年輕，妳看起來正常又清白無辜。如果妳遠離像我這種人，妳可能再活另外五十年。」

「不。我已經把一切想透了。你做的事情，我也會做。而且別這麼消沉了，我很擅長保命的。」

「我們也許能一起再過另外六個月——或過一年——誰也說不準。到最後我們肯定會分開。妳明白我們會孤獨得多徹底嗎？一旦他們抓住我們以後，我們任何一方都無法為對方做任何事，名副其實地一籌莫展。要是我招供了，他們會槍決妳，要是拒絕招供，他們還是會槍決妳。我能做、能說、或者能叫自己不要說的任何事情，都無法延遲妳的死亡，哪怕只拖五分鐘也不行。我們兩個甚至都不會知道另一個人是死是活。我們會完全沒有任何一種權力。重要的是我們不該背叛彼此，雖然就連這麼做也造就不了任何一點最微小的差別。」

「如果你指的是招供。」她說：「我們會那樣做，保證會。每個人都會招供。你忍不住的，他們會用酷刑折磨你。」

「我指的不是招供。招供不是背叛。你說或者做的事情並不重要：只有感情才重要。如果他們可以讓我不愛妳——那樣才會是真正的背叛。」

她思索了一番。「他們做不到那種事。」最後她說道。「這是他們做不了的事情。他們可以逼你說任何話——**任何話**——但他們無法逼你相信那些話。他們無法鑽進你內心。」

「是不能。」他心中多了一點點希望，說道：「不能；這樣說很真確。他們不能鑽進你內心。如果你可以**感覺到**自己還有人性就值得了，甚至在那樣不可能有任何結果時也這麼覺得，你就打敗他們了。」

他想著電傳螢幕跟它永遠不睡的耳朵。它們可以日夜窺伺著你，但如果你保持冷靜，你還是可以智取它們。他們用上了全部的聰明才智，卻從沒有掌握找出另一個人類在想什麼的奧秘。或許等你實際上落入他們手中的時候，這話就沒那麼真確了。你不會知道博愛部裡發生什麼事，但有可能去猜測：酷刑折磨、下藥、記錄你神經反應的精細機器，用缺乏睡眠、獨處與持續拷問逐漸讓人精疲力盡。無論如何，事實不可能持續隱藏。事實可以透過詢問來追蹤，可以透過酷刑從你身上擠出來。但如果目標不是求生，而是保持人性，到最後會造成什麼樣的差別？他們不可能改變你的感受：順便一提，就算你想，你自己也無法改變那些感受。他們可以把你做過、說過、想過的一切，極其仔細地暴露出來；但對你自己來說都很神祕的內在心靈，卻還是堅不可摧。

第八章

他們做了，他們終於這樣做了！

他們站著的房間是長型的，而且燈光柔和。電傳螢幕的音量被轉小到變成一種低沉的細語；深藍色地毯的厚度，讓人有種踩在天鵝絨上的印象。在房間另一頭，坐在桌前的歐布萊恩置身於一盞綠色罩子的檯燈下，兩旁各有一堆文件。在僕人帶路讓茱莉亞和溫斯頓進來的時候，他沒有費事抬頭看。

溫斯頓心跳得這麼厲害，讓他懷疑自己是否能夠開口說話。他們這麼做了，他們終於這樣做了，他就只能想到這件事。竟然來到這裡就已經夠魯莽了，兩人一起來則是徹底愚蠢的行為；不過說真的，他們是從不同的路線來，只在歐布萊恩家門口才會合。只有在非常少見的狀況下，一個人才會看到內黨黨員的住處，甚至就連進入他們在城內居住的區域裡都很少有。這個龐大公寓街區的整體氛圍，每樣東西的豐厚與寬敞程度，好食物與好菸草的陌生味道，電梯安靜而且快得不可思議地滑上滑下，穿著白色外套的僕人匆忙地來來去去——一切都這麼讓人望而生畏。雖然他有個好藉口到這裡來，他踏出的每一步都帶著如影隨形的恐懼，就怕有個穿黑色制服的警衛會突然間從轉角出現，要求他拿出證明文件，然後命令他滾出去。然而歐布萊恩的僕人毫無異議地讓他們進去了。他是個穿著白色外套的矮小黑髮男人，有個菱形、完全沒有表情的臉，滿可能是一個中國人。他帶著他們走的那條通道鋪著柔軟的地毯，有貼著奶油色壁紙的牆壁跟白色的護牆板，全都精心維持得很乾淨。這也很讓人望而生畏。溫斯頓想不起來他有沒有見過一條走廊的牆壁，沒有因為人體頻繁的接觸而弄得髒兮兮的。

歐布萊恩手上拿著一張紙，而他似乎正在專注地研究。他凝重的臉低了下去，所以別人可以看到鼻子的線條，那張臉看起來既可畏又聰慧。或許有二十秒，他坐著都沒有動。然後他把說寫器拉向他，用三大部的混合術語急促地唸出一道訊息：

「項目一逗點五逗點七批准全向句號建議包含項目六加倍荒謬接近犯罪思想取消句號不進行建設預先取得更多估計機械支出句點訊息結束。」

他若有所思地從椅子上起身，穿越無聲的地毯朝他們走過來。他身上那種公事公辦的氣息，似乎跟著那些新語字彙一起卸下一點點，不過他的表情比平常更嚴峻，就好像他並不高興被人打擾。溫斯頓已經覺得很恐懼了，突然間心頭又竄過一抹很尋常的尷尬感。在他看來，他相當有可能只是犯了個愚蠢的錯誤。實際上他哪來證據說歐布萊恩是任何一類的政治陰謀家呢？只不過是眼神一閃，還有一句模棱兩可的評語：除此之外，就只有他自己秘密的想像，以一場夢為基礎。他甚至不可能回頭去用來這裡借字典的藉口，因為在這種狀況下茱莉亞在場是絕對說不通的。歐布萊恩經過電傳螢幕的時候，似乎突然起了個念頭。他停下腳步，轉向一旁，按下牆上的一個按鈕。尖銳的啪一響，人聲停止了。

茱莉亞發出一個小小的聲音，一種訝異的短促尖叫。就算溫斯頓正處於驚慌失措的狀態，他還是太過驚訝，控制不住他的舌頭。

「你可以關掉它！」他說道。

「對。」歐布萊恩說：「我們可以關掉它。我們有這種特權。」

他現在站在他們對面了。他結實的身形聳立在他們兩人面前，而他臉上的表情還是無法參透。他在等待溫斯頓開口，態度有幾分嚴肅，但要開口談什麼呢？但就算現在也還可以想像，他只是個大忙人，正不耐煩地想知道為什麼有人來打擾他。沒有人開口。在電傳螢幕停止運作以後，房間似乎一片死寂。幾秒鐘時間行軍似地通過，感覺無比龐大。溫斯頓辛苦地繼續盯著歐布萊恩的眼睛。然後那張嚴峻的臉突然間鬆懈下來，進入可能就要開始微笑的狀態。歐布萊恩以很有個人特色的動作，重新調整了他鼻梁上的眼鏡。

「由我開口，還是由你開口？」他說道。

「由我開口。」溫斯頓立刻說道。「那玩意真的關掉了？」

「對，什麼都關掉了。只有我們。」

「我們來這裡是因為……」

他頓了一下，第一次理解到他自己的動機有多含糊。既然他其實並不知道自己期待歐布萊恩給他什麼幫助，要說明他為什麼來這裡並不容易。他繼續說下去，同時意識到他所說的話一定聽起來立論薄弱又做作：

「我們相信有某種陰謀、某種秘密組織在對抗黨，而且你是其中一員。我們想要加入這個組織，為它服務。我們是黨的敵人。我們不相信英社的原則。我們是思想犯，我們是通姦者。我告訴你這件事，是因為我們想要聽任你發落。如果你要用任何別的方式控告我們，我們準備好了。」

他停下來回頭瞥向背後，覺得門剛才打開了。正是如此，那個小個子黃臉孔的僕人沒敲門就進來了。溫斯頓看到他拿著一個上面放著附瓶塞玻璃瓶跟玻璃杯的托盤。

「馬丁是我們的其中一員，」歐布萊恩淡然說道。「馬丁，把飲料拿過來這裡。把東西放在圓桌上。我們有足夠的椅子嗎？那麼我們最好舒舒服服地坐下來。馬丁，也替你自己拿把椅子來。這是正經事。接下來十分鐘你可以不用當僕人。」

小男人坐了下來，相當怡然自得，然而還是有一股僕人似的氣息，像是貼身男僕在享受一項特權的模樣。溫斯頓透過眼角餘光注視著他。他突然想到，這男人一輩子都在扮演一個角色，而且他覺得就算暫時卸下他的假身分也是危險的。歐布萊恩拎起有塞玻璃瓶的頸子，在玻璃杯裡倒滿暗紅色的液體。這喚起了溫斯頓微弱的記憶，想起很久以前在一面牆或一個布告欄上看過的某樣東西——一個由電燈組成的寬大瓶子，看起來像在上下移動，把它的內容物倒進一個玻璃杯裡。從頂端看，這玩意看起來幾乎是黑的，但在有塞玻璃瓶裡，它閃爍生光有如紅寶石。它有種酸酸甜甜的味道。他看到茱莉亞拿起她的杯子，帶著坦白的好奇心聞了一聞。

「這叫做葡萄酒，」歐布萊恩帶著似有若無的微笑說道。「毫無疑問，你們在書上讀過。恐怕這種東西不常流入外黨黨員手中。」他的臉再度變得嚴肅，而且他舉起了杯子：「我們應該以舉杯互祝健康作為開始，我想這樣很合適。敬我們的領袖：敬伊曼紐爾．勾斯坦。」

溫斯頓以相當熱忱的態度拿起他的酒杯。葡萄酒是他曾經讀過也夢想過的東西。就像是玻璃紙鎮或查林頓先生記得一半的童謠，葡萄酒屬於消失的、浪漫的過往，在他秘密的思緒中喜歡稱之為昔日。基於某種理由，他總是把葡萄酒想成有強烈的甜味，就像黑莓果醬，還有馬上讓人產生醉意的效果。實際上，在他吞下去的時候，這個東西明顯讓人失望。實際上在喝了許多年琴酒以後，他幾乎嘗不出葡萄酒的滋味。他放下空杯子。

「那麼真有勾斯坦這個人了？」他說道。

「對，有這個人，而且他還活著。在哪裡，我就不知道了。」

「那麼，那個陰謀——那個機構呢？是真的嗎？不只是思想警察的發明而已？」

「對，那是真的。我們稱之為兄弟會。對於兄弟會，除了它確實存在跟你屬於它以外，你永遠不會再了解多少。我馬上就會回到那個主題。」他看著他的腕錶。「就算是內黨黨員，把電傳螢幕關掉超過半小時也是不智的。你們不應該一起來到這裡，而且你們有必要分頭離開。妳，同志」——他對著茱莉亞點頭——「會先離開。我們手邊大概有二十分鐘可以利用。你們應該了解，一開始我必須先問你們某些問題。整體來說，你們打算做什麼？」

「我們能做的任何事。」溫斯頓說。

歐布萊恩稍微轉動一下他的椅子，以便面對溫斯頓。他幾乎不理會茱莉亞，似乎覺得溫斯頓替她發言理所當然。有一會兒，他的眼皮垂下蓋住他的眼睛。他開始用低沉、沒有情緒的聲音問他的問題，就好像這是個例行程序，一種教義問答，大部分的答案他都已經知道了。

「你們準備好奉獻你們的生命？」

「對。」

「你們準備好觸犯謀殺罪？」

「對。」

「做出可能導致數百個無辜人民死亡的破壞行動？」

「對。」

「出賣你的國家給外國勢力？」

「對。」

「你們準備好欺騙、偽造、勒索、敗壞兒童的心靈、散布成癮藥物、鼓勵賣淫、散播性病——做任何可能導致道德敗壞、削弱黨力量的事？」

「對。」

「舉個例來說，如果把硫酸潑到一個孩子臉上，在某方面會符合我們的利益——你們準備好這樣做嗎？」

「對。」

「你準備好擺脫你的身分，在你的餘生裡都以侍者或碼頭工人的身分維生嗎？」

「對。」

「如果我們命令你自殺，你準備好要這麼做嗎？」

「對。」

「你們兩個，準備好分開永遠不再相見嗎？」

「不！」茱莉亞脫口說道。

在溫斯頓看來，過了很長一段時間他才答話。有一下子他說話的能力似乎被剝奪了。他的舌頭無聲地動著，形成了一個字的第一個音節，然後是另一個，一次又一次。直到他說出來以前，他都不知道他要說的是哪個字。「不。」最後他這麼說。

「你們告訴我很好，」歐布萊恩說：「我們必須知道一切。」

他自己轉向茱莉亞，用在某種程度上比較有感情的聲音補充道：

「妳明白嗎，就算他活著，可能也會是不同的人了？我們可能被迫給他一個新的身分。他的臉，他的動作，他雙手的形狀，他頭髮的顏色——就連他的聲音都會不一樣。而妳自己可能也會變成一個不同的人。我們的外科醫生可以把人變得認不出來。有時候這是必要的。有時候我們甚至會截去一肢。」

溫斯頓忍不住又斜瞄一眼馬丁那張蒙古人種的臉。上面沒有他看得出的傷疤。茱莉亞變得蒼白了一點，讓她的雀斑變得明顯起來，但她大膽地面對歐布萊恩。她喃喃說了某句似乎是表示贊成的話。

「很好。那麼就說定了。」

桌上有一個銀色菸盒。帶著某種相當漫不經心的態度，歐布萊恩把菸推向其他人，自己拿了一根，然後站起來，開始緩緩地來回踱步，就好像他站著比較能夠思考。這些是非常好的菸，非常濃又填得密實，紙張有一種不熟悉的絲滑質感。歐布萊恩再度望向他的腕錶。

「你最好回你的食品儲藏室去，馬丁，」他說：「我會在十五分鐘後打開螢幕。在你離開以前好好看著這些同志的臉。你會再見到他們。我可能不會。」

就像他們在前門口做過的一樣，這個小個子男人黑色的眼睛飛快掠過他們的臉。他的態度裡沒有一絲友善的成分。他在記憶他們的外表，不過他對他們並沒有興趣，或者顯得毫無興趣。溫斯頓突然想到，一張人工合成出來的臉或許無法改變表情。沒說話也沒用任何一種方式打招呼，馬丁就這樣出去了，靜靜地關上背後的門。歐布萊恩來回踱步，一隻手放在他那件黑色工作服的口袋裡，另一隻手則握著他的菸。

「你們明白，」他說道：「你們會在黑暗中作戰。你們會處於黑暗之中。你們會接到命令，要加以遵從，卻不知道為什麼。以後我會寄給你們一本書，你們會從中學習到我們生活的社會真正的本質是什麼，還有我們將依據什麼策略來摧毀它。你們讀過那本書以後，就是兄弟會的正式成員了。不過除了我們奮鬥的整體目標與此刻的立即任務以外，你們永遠不會知道任何事情。我告訴你們兄弟會存在，但我不能告訴你們會員有一百個，還是一千萬個。就你們個人所知，甚至也不可能說它的成員有多達十二個。你會有三、四個聯絡人，不時會在他們失蹤的時候更新。既然這是你們的第一次接觸，這個連結會被保留下來。在你們接到命令的時候，這些命令會是來自我。如果我覺得有必要跟你們聯絡，會透過馬丁。在你們終於被逮到的時候，你們會招供。這是免不了的。不過除了你們自己的行動以外，你們沒多少事情可以坦白。你們能夠背叛的不過就只有少數幾個不重要的人。你們可能甚至不會背叛我。到那時我可能死了，或者我已經變成一個不同的人，有一張不同的臉。」

他繼續在柔軟的地毯上來回走動。雖然他身體如此魁偉，他的動作裡卻有一種顯著的優雅。這種優雅甚至在他把手伸進口袋裡、或者巧妙地拿著香菸的動作中透露出來。他給人的印象不只是有力，還具備自信與染上反諷色彩的判斷力。不管他可能多麼認真，他卻沒有屬於狂熱分子的那種一心一意。在他講到謀殺、自殺、性病、截肢與改變臉孔時，都有一絲戲謔色彩。「這是免不了的。」他的聲音似乎在說；「這是我們必須做到的，要毫不退縮地做到。不過等到生命再度值得一活的時候，這就不是我們該做的事了。」一波仰慕之情從溫斯頓身上流向歐布萊恩，幾乎就是崇拜了。在這一刻，他已經忘記勾斯坦朦朧的身影了。你注視著歐布萊恩強勁的肩膀，還有他五官粗獷的臉，這麼醜陋卻又這麼文雅，這時候你不可能相信他能被人擊潰。沒有他敵不過的陰謀，沒有他無法預見的危險。就連茱莉亞看起來都很佩服。她任憑她的菸熄滅，專注地聆聽著。歐布萊恩繼續說道：

「你已經聽說過兄弟會存在的謠言了。毫無疑問，你已經形成自己的想像。你或許想像過一個龐大的陰謀分子地下社會，在地窖裡偷偷密會，在牆上草草寫下訊息，靠著暗語或者特別的手勢辨識彼此。沒有那種東西。兄弟會成員沒有辦法彼此辨識，而且任何一個成員都只可能知道少數幾個其他成員的身分。如果勾斯坦本人落入思想警察手中，也不可能給他們所有成員的完整名單，或者任何可以讓他們找到完整名單的資訊。沒有這種名單存在。兄弟會不可能被徹底掃空，因為它不是尋常意義上的組織。除了一個無法摧毀的概念以外，沒有任何事物維繫著它。除了那個概念以外，永遠不會有任何東西可以支撐你們。你們不會有同志情誼，也不會有鼓勵。等你們終於被逮到的時候，你們不會得到任何幫助。我們永遠不會幫助成員。頂多是在絕對必要的時候，在某人應該被封口的時候，我們偶爾能夠偷渡一把剃刀到一位囚犯的牢房裡。你們必須習慣過著沒有結果、沒有希望的生活。你們會工作一陣子，你們會被抓，你們會招供，然後會死去。那些是你們會看到的唯一結果。在我們活著的時候，沒有可能發生任何察覺得到的變化。我們是死人。我們唯一真正的生命是在未來。我們會以一掊塵土與骨頭碎片的形式參與其中。但未來可能有多遠，還在未定之天。可能是在一千年後。現在什麼都不可能，只能把理性的範圍一點一點拓展開來。我們不能集體行動。我們只能透過個人對個人、一代傳一代的方式，往外散播我們的知識。在思想警察面前，沒有其他途徑。」

他停下來，第三次看著他的腕錶。

「同志，現在幾乎是妳該離開的時候了，」他對朱莉亞說道。「等等。瓶子裡還有一半。」

他倒滿了那些酒杯，然後捏著他自己那個杯子的杯頸舉起來。

「這次是敬什麼？」他說道，仍舊帶著同樣那種淡薄的反諷暗示。「敬思想警察的混亂？敬老大哥之死？敬人類？敬未來？」

「敬過去。」溫斯頓說。

「過去比較重要。」歐布萊恩嚴肅地表示同意。

他們一飲而盡，一會兒以後茱莉亞就起身離開。歐布萊恩從一個櫃子頂端拿下一個小盒子，然後交給她一顆扁扁的白色藥片，叫她含在舌下。他說，出門的時候聞起來沒有葡萄酒味是很重要的：電梯服務員的觀察力都很敏銳。一等到門在她背後關上，他似乎就忘了她的存在。他又來回踱了一、兩步，接著就停了下來。

「有些細節要先講好，」他說：「我假設你已經有某種藏匿處了？」

溫斯頓解釋了查林頓先生店鋪樓上的房間。

「那樣暫時可行。稍後我們會替你安排別的。經常改變藏匿地點是很重要的。同時我會寄一本『書』的副本給你，」——溫斯頓注意到，就連歐布萊恩唸那個字的時候，都唸得像是有特別強調一樣——「你明白的，勾斯坦的書，我會盡快寄。可能要等上幾天我才能拿到一本。你可以想像得到，存在的副本並不多。思想警察把這些書搜出來銷毀的速度，幾乎跟我們能製造的速度一樣快。這樣造就不了多少差別。這本書是無法毀滅的。如果最後一個副本沒了，我們幾乎可以逐字再製造出來。你帶著公事包去上班嗎？」他補問一句。

「對，通常是。」

「長什麼樣？」

「黑色，非常破舊。有兩條帶子。」

「黑色，有兩條帶子，非常破舊——好。在不久以後的未來某日——我無法給出確切日期——你晨間工作裡的其中一則訊息，會包含一個印錯的字，而你必須要求重來。第二天你去工作的時候不會帶你的公事包。那天的某個時刻，在街頭會有一個男人碰你的手臂，然後說：『我想你先前弄掉你的公事包了。』他給你的那個公事包裡會有一本勾斯坦的書。你會在十四天內歸還。」

他們安靜了一會兒。

「距離你必須離開以前還剩下幾分鐘，」歐布萊恩說：「我們會再見面的——如果我們確實再相逢……」

溫斯頓抬頭望著他。「會在一個沒有黑暗的地方？」他遲疑地說道。

歐布萊恩點點頭，臉上沒有驚訝的表情。「在一個沒有黑暗的地方。」他說道，就好像他承認了這個弦外之音。「而現在呢，在你離開之前，你有沒有任何話想說？任何訊息？任何問題？」

溫斯頓思考著。他似乎沒有任何進一步的問題想問了：他更不覺得有任何衝動要說些唱高調的泛泛之論。他沒想到任何直接跟歐布萊恩或兄弟會相關的事情，腦中反而浮現某種合成照片：他母親度過人生最後幾天的陰暗臥房，還有查林頓先生店鋪樓上的小房間、玻璃紙鎮跟裱在黑檀木框裡的鋼板雕刻版畫。他幾乎是隨口說道：

「你該不會剛好聽過一首老歌謠，開頭是『橘子跟檸檬，聖克萊蒙的鐘聲說』？」

歐布萊恩再度點頭。他帶著某種嚴肅而有禮的態度，唸完那一節詩：

橘子跟檸檬，聖克萊蒙的鐘聲說，
你欠我三法辛，聖馬丁的鐘聲說，

你什麼時候會還我？老貝利的鐘聲說，

等我變富有了，蕭第奇的鐘聲說。

「你知道最後一行是什麼！」溫斯頓說道。

「對，我知道最後一行。現在呢，恐怕是你該走的時候了。但是等一下。你最好讓我給你一顆藥片。」

在溫斯頓站起來的時候，歐布萊恩伸出他的手。他強勁的一握簡直壓碎了溫斯頓手掌的骨頭。溫斯頓在門口回顧，但歐布萊恩似乎已經開始把他拋諸腦後了。他在等待，他的手就放在控制電傳螢幕的開關上。在他背後，溫斯頓可以看到寫字桌上綠色罩子的檯燈、說寫器跟擺了大疊紙張的鐵絲籃子。這段插曲結束了。在三十秒內，他突然想到，歐布萊恩會回頭去做被打斷的重要工作，為黨效力。

第九章

溫斯頓累到覺得軟趴趴的，像果凍一樣。像果凍一樣是很正確的用詞，這個說法自動跳進他腦袋裡。他的身體似乎不只是像果凍那樣虛軟，還像果凍一樣透明。他覺得他要是舉起手，就能看到光線穿過。海量的工作把所有的血與血清都從他身上抽乾了，只留下神經、骨頭與皮膚構成的脆弱結構。所有感受似乎都放大了。他的工作服磨著他的肩膀，人行道刺著他的腳，甚至連開合一隻手都要使勁，讓他的關節吱嘎作響。

他在五天之內工作超過九十小時。部裡的每個人也都如此。現在一切都結束了，他名副其實地無事可做，直到明天早上以前沒有任何一種黨務工作。他可以在藏匿處待上六小時，然後在他自己床上躺九個小時。在溫和的午後陽光下，沿著一條骯髒陰暗的街道，他朝著查林頓先生店鋪的方向走，一邊注意巡邏隊員，一邊又不理性地深信這天下午不會有受任何人干涉的危險。每走一步，他拿著的沉重公事包就重重敲著他的膝蓋，把一陣陣刺痛感傳遍他腿部上下的皮膚。公事包裡面是那本書，在他手中至今已經六天，他還沒打開過，甚至也還沒看一眼。

在仇恨週的第六天，在遊行、演講、叫囂、唱歌、旗幟、海報、電影、蠟像、鼓聲滾滾加上喇叭尖叫、軍隊行進的沉重腳步聲、坦克車履帶碾磨的聲音、大量飛機的吼聲、槍砲的轟然巨響之後——在這樣的六天之後，在這大規模高潮顫抖著達到最高點，對歐亞國的整體仇恨沸騰到如此精神錯亂的境界，以至於群眾要是摸得到即將在活動最後一天問吊的兩千名歐亞國戰犯，毫無疑問，就會把他們扯成碎片——就在這一刻，官方宣布大洋國到頭來並不是在跟歐亞國作戰。大洋國是在跟東亞國作戰。歐亞國是盟友。

當然了，沒有人承認有任何改變發生過。只是以極端突然的方式，在每個地方都立刻變得眾所周知，敵人是東亞國，而非歐亞國。此事發生的時候，溫斯頓正在參與倫敦中央區其中一個廣場的示威遊行。那是在晚上，白色的臉孔與緋紅色的旗幟都打上了慘白的探照燈。廣場上滿滿擠了七千人，其中一區有大約一千名學童，穿著間諜團制服。在一個垂著緋紅簾幕的講台上，一位內黨的演講者——一個精瘦的小個子男人，有著長得不成比例的手臂跟又大又禿的腦袋，上面零星長著幾綹直髮——正對著群眾滔滔不絕地演講。他就像童話故事裡強擄幼兒的醜怪妖精，臉孔被恨意所扭曲，一隻手抓著麥克風柄，另一隻則充滿威脅地抓著他頭上的空氣；那隻手接在細瘦的手臂末端，顯得極其巨大。他的聲音因為擴音器而有了金屬般的音質，隆隆作響地羅列沒完沒了的暴行清單，大屠殺、驅逐出境、劫掠、強姦、折磨戰犯、轟炸平民、滿口謊言的宣傳、不義的進犯、被破壞的條約。聽他說的話，幾乎不可能不先相信而後狂怒。每隔一下子，群眾的憤怒就會沸騰，麥克風的聲音就被幾千個喉嚨失控的獸性怒吼給淹沒。最野蠻的怒吼都來自學童。演講已經進行了或許有二十分鐘，這時才有個信差匆匆上了講台，把一張紙片塞到講者手裡。他打開紙片來讀的時候，他的演講全沒停頓。他的聲音或態度，或者他所說的內容之中都沒有改變，但突然間名字就不一樣了。話都沒說，一波理解的漣漪就傳遍了人群。大洋國在跟東亞國作戰！下一刻有一陣巨大的騷動。這個廣場上裝飾的旗幟跟海報全都錯了！相當於一半的旗幟海報，上面的臉是錯的。這是破壞行動！勾斯坦的特務在工作！起了一陣暴亂的插曲，這時海報從牆上被撕下、旗幟被撕成碎片、被放在腳下踐踏。間諜團做出了天才之舉，攀爬到屋頂，割斷在屋頂上飄揚翻飛的橫幅。但在兩、三分鐘內，一切都結束了。仍然抓著麥克風柄的演講者，他的肩膀往前弓著，他空出來的手抓著空氣，直接繼續他的演講。再過一分鐘，野獸般的憤怒叫喊再度從人群中爆出。仇恨週就像先前一模一樣地繼續，只是目標已經變了。

事後回顧，讓溫斯頓印象最深刻的事情是，其實那個演講者從一句話切換到另一句話的時候，句子正講到一半，不但毫無停頓，甚至也沒破壞句法結構。但在那一刻，有別的事情占據他的心神。是在海報被撕下的失序片刻中，有個他看不到臉的男人輕點著他的肩膀，然後說道：「抱歉，我想你剛才弄掉你的公事包了。」他心不在焉地接過公事包，沒有說話。他知道要隔個幾天，他才有機會看裡面的內容。遊行結束的那一刻，他就直接前往真理部，雖然那時幾乎二十三點了。部裡的全部工作人員都採取相同做法。叫他們回到工作崗位的命令已經從電傳螢幕發出，但幾乎沒必要多此一舉了。

大洋國在跟東亞國作戰：大洋國一直都在跟東亞國作戰。五年來的政治文學裡，有很大一部分現在完全報廢了。各種的報告與紀錄、報紙、書籍、小手冊、電影、聲軌、照片——全部都得用閃電般的速度校正。雖然沒有人發出指令，大家都知道部門主管的打算：在一星期內，就不會有任何關於對抗歐亞國或聯合東亞國有關的參考文獻，還留在任何地方。工作多得排山倒海，還因為其中牽涉到的過程無法照著真正的名義來稱呼而變本加厲。紀錄局的每個人在二十四小時內都工作了十八小時，中間夾著兩次三小時的小睡。床墊從地窖裡拿上來，在走廊上到處攤放：三餐是員工餐廳裡的服務生用推車推來的三明治跟勝利咖啡。每次溫斯頓休息去小睡的時候，他都試著讓桌上保持沒有工作的狀態，然而他每次睡眼惺忪、全身痠痛地爬回去的時候，就只發現又有另外一堆紙捲落下，就像風刮起的雪堆一樣蓋滿了桌子，把說寫器埋掉了一半，還溢出來掉到地板上，所以他的第一個工作永遠都是把紙捲堆成夠整齊的一堆，好讓他有空間可以工作。最糟糕的是，這個工作絕對不是純粹機械化作業。通常只要把一個名字換成另一個就好，不過任何詳細的事件報告都必須具備細膩心思與想像力。就連把戰爭從世界上的這一區搬到另一區所需的地理知識，都相當可觀。到了第三天，他的眼睛痛到難以忍受，他的眼鏡每隔幾分鐘就得擦一下。這就像是掙扎著進行某種壓垮人的粗活，一個人明明有權拒絕，卻還是神經兮兮地急於完成。他對著說寫器嘟噥的每個字、他用墨水筆勾出的每一筆，都是精心編造的謊言，但就他有餘裕記得的時間範圍內，這個事實對他並不造成困擾。他就像局裡的任何一位同事一樣，急切地要讓偽造成果天衣無縫。在第六天的早晨，圓筒落下的速度變慢了。在長達半小時的時間裡，真空筒裡沒冒出任何東西；然後又是一個圓筒，接著就沒了。每個地方的工作，都在約莫相同的時刻趨緩。一種深沉、實際上偷偷摸摸的嘆息，傳遍了整個部門。一項永遠不能提及的壯舉完成了。現在不可能有任何人類透過記錄性質的證據，來證明跟歐亞國的戰爭曾經發生過。在十二點，部內突如其來地宣布，所有員工到明天早上為止都放假。溫斯頓——他還帶著那個裡面裝著書的公事包，在他工作時放在他的兩腳之間，睡覺時就壓在他身體下面——回到家裡，他刮了鬍子，差點在浴缸裡睡著，雖然水溫幾乎不超過微溫的程度。

隨著他的關節發出帶有某種快感的吱嘎聲，他爬上查林頓先生店鋪的樓上。他很疲倦，卻不再想睡覺了。他打開窗戶，點燃那骯髒的小煤油爐，然後放上一鍋準備煮咖啡的水。茱莉亞很快就到：同時還有那本書。他在那張破椅子上坐下，解開了公事包的帶子。

一本沉重的黑色書籍，用業餘人士的手法裝訂，封面上沒有作者姓名或標題。字體看起來也有點不一致。頁面邊緣磨損了，而且很容易就掉下來，就好像這本書已經在許多人手上傳閱過。書名頁上的題詞寫著：

寡頭式集體主義的理論與實踐

作者　伊曼紐爾．勾斯坦

溫斯頓開始閱讀。

【第一章】

無知即力量

從有文字歷史以來——而且或許可以上溯到新石器時代末期——世界上就有三種人：上等人、

中等人與下等人。他們在許多方面被細細劃分開來，他們有過無數不同的名字，而他們的相對數量、還有他們對彼此的態度，在不同時代有不同變化：但社會的根本結構從來沒有改變。就算在極大的動亂與看似無法挽回的改變之後，同樣的模式總是會自動重新確立，就像一個陀螺儀不管朝著此方或彼方推得多用力，總是會回歸平衡狀態。

這三個團體的目標，是徹底互相對立的……

溫斯頓中止閱讀，主要是為了玩味他安安全全、舒舒服服在閱讀的事實。他獨自一人：沒有電傳螢幕、沒有貼在鑰匙孔上的耳朵、沒有回頭看背後或用手蓋住書頁的緊張衝動。甜美的夏季空氣在他臉頰上吹拂。遠方的某處飄來孩童隱約的喊叫：在房間內部，除了時鐘如昆蟲般的聲音以外，別無任何聲響。他深深靠進扶手椅裡面，把他的腳擱在壁爐架上。這就是至福，就是永恆。突然間，就像自知會再三閱讀書中每一字的人偶爾會做的一樣，他打開書本的另一個地方，發現自己看到的是第三章。他繼續往下讀：

【第三章】

戰爭即和平

世界分裂成三個超級大國，這個事件在二十世紀中葉以前便可預測到，也確實有人如此預測。

隨著俄羅斯吸收掉歐洲、美國吸收了大英帝國，現存強權的其中兩個，歐亞國與大洋國，實質上已經存在。第三個大國東亞國，在另外十年混戰之後，才以明確的單一國家形態出現。三個超級大國之間的邊界在某些地方是人爲劃定的，在其他地方則會根據戰事的幸與不幸而浮動，但整體來説，是沿著地理上的分界而定。歐亞國是由歐亞大陸整個北部組成，從葡萄牙延伸到白令海峽。大洋國是由美洲與大西洋諸島組成，包括英倫諸島、澳洲大陸與非洲南部的部分區域。比其他國家小、西方邊界又比較不明確的東亞國，是由中國及其南方的諸國所組成，包括日本諸島，還有版圖雖大卻動蕩不安的滿洲地區局部、蒙古及西藏。

這三個超級大國，總是在某種合縱連横狀態下彼此交戰，而且過去二十五年來都是如此。然而戰爭不再是二十世紀前數十年裡那種孤注一擲、摧毀一切的鬥爭。這是無法摧毀彼此、沒有實質對抗理由、也沒有任何眞正意識形態差異可以區分的戰鬥人員之間，以有限的軍備進行的戰爭。這並不是説戰爭行爲、或針對戰爭行爲的主流態度，變得比較不嗜血或者更有騎士精神。恰恰相反，戰爭的歇斯底里在所有國家都持續不斷而普遍流行，而且諸如強姦、劫掠、屠殺兒童、把整批人都貶爲奴隸、針對囚犯的報復行爲甚至上升至活活煮死或坑殺，都被視爲一種常態，而且，在這些罪行是由自己人而非敵方犯下的時候，就值得表揚。但在物質層面上，戰爭牽涉到的是非常少數的人，大多數是接受高度訓練的專家，導致的傷亡相對地少。要是有任何戰鬥，就是發生在界定不明的邊界，那些地方在哪，一般人只能瞎猜；或者是發生在守護航道戰略位置的海上堡壘周邊。在文明的各個中樞，戰爭表示的不過就是持續短缺的食物供給，還有偶爾砸下一枚可能導致數十人死亡的火箭炮。戰爭的特徵其實已經改變了。更確切地說，打仗理由的重要優先順序已經改變了。在二十世紀早期的大戰中已見端倪的那些動機，現在變成最主要的，還得到有意的認可與遵行。

要理解現今的戰爭本質——因爲就算每隔幾年就洗牌重組一次，在打的永遠都是同一場戰爭——就一定要先領悟到，這戰爭不可能有決定性的結果。三個超級大國裡，沒有一個能夠明確地被征服——哪怕是另外兩國聯手也一樣。他們太勢均力敵，他們的自然防線也太難以克服。歐亞國得到遼闊領土空間的保護，大洋國則有寬廣的大西洋與太平洋保護，東亞國則有繁殖力旺盛又勤奮的人民。其次，從實質意義上來說，再也沒有什麼值得爲之爭鬥的事了。隨著自足經濟體的建立——其中的生產與消費彼此連動，過往戰爭的主因——爭奪市場——已經告終，同時爭取原料也不再是攸關生死的大事。無論如何，三大強國領土如此寬廣，各自的疆界中就可以獲得幾乎所有需要的原料了。要是這個戰爭有個直接的經濟目的，就是爲了勞動力。在這些超級大國的疆界之間，有個區域是任何一國都不曾永久掌握的，略呈四邊形，四個角位在坦吉爾、布拉薩、達爾文與香港，其中包含全球五分之一的人口。就是爲了占據這些人口稠密的地區，還有北方的冰帽，三大勢力一直在爭鬥。實際上沒有一個強國曾經控制住整個爭議中的地區。該地的各部分一直易主，而且就是突然背叛盟國以攫取這塊或那塊區域的機會，主宰了聯盟陣線沒完沒了的變動。

所有爭議領土都包含了很有價值的礦物，而其中一些還出產重要的植物農產品，像是橡膠，在氣候較寒冷的地方必須用相對昂貴的方法來合成。但最重要的是，這些地區有儲備量深不見底的廉價勞動力。不管哪個強權控制了非洲的赤道地區、中東各國或南印度、或者是印尼群島，就表示有數千萬或數億名工資低、工作辛勤的苦力也歸它發落。這些地區的居民，或多或少被公然貶抑到奴隸的位置，一直在征服者之間轉手，而且就像煤炭或石油一樣被消耗掉，用來製造出更多軍備、奪取更多領土、控制更多勞動力，接著又製造更多軍備、奪取更多領土、控制更多勞動力，就這樣無盡地繼續下去。我們應該注意的是，爭鬥從來沒有眞正超越爭議地區的邊緣之外。歐亞國的邊界在剛果盆地與地中海北岸之間來回流動；印度洋與太平洋的小島一直在大洋國跟東亞國之間搶來搶去；在蒙古，歐亞國與東亞國之間的分界線從沒有穩定過；在極地周圍，三大強權全都主張有權取得實際上大多無人居住、未經探索的龐大領土：但勢力的平衡永遠保持大致上的平均，構成每個超級大國心臟地帶的領土，則總是維持不受侵犯的狀態。更重要的是，赤道帶被剝削者的勞力，對於世界經濟來說並不是眞正必要的。他們無法增加這個世界的財富，因爲不管他們製造出什麼都被用在戰爭目的上，然而打仗的目的，永遠都是爲了在進行另一場戰爭時處於較有利的位置。這些奴隸人口的勞力，讓連綿的戰事得以加快節奏。但如果他們不存在，世界上的社會結構、還有社會自給自足的流程，並不會有本質上的差別。

現代戰爭的主要目標（根據「雙重思想」原則，內黨的首腦們同時承認又不承認這個目標），是在不提高整體生活水準的狀況下，用盡機器生產的產品。從十九世紀末開始，要怎麼處理多餘消費物資的問題就已經潛伏在工業社會中了。到了現在，鮮少有人有夠多食物可吃，這個問題顯然並不迫切，而且就算沒有人爲的摧毀過程在進行，可能也不會變成這樣。比起一九一四年以前存在的世界，今日的世界是個貧瘠、饑餓、荒廢的地方，如果拿來跟當時的人期待想像的未來相比，又更是如此。在二十世紀早期，人類對未來世界的願景是讓人難以置信的有錢有閒、秩序井然又有效率——一個由玻璃、鋼鐵與雪白的水泥所構成，閃閃發亮的抗菌防腐世界——幾乎每個能讀能寫的人，共同意識中都有這個願景。科學與科技以驚人的速度發展，而假定兩者都會繼續發展，似乎很自然。這種狀況沒有發生，部分原因在於一連串漫長的戰爭與革命導致的貧困，也有部分原因在科學與科技進展仰賴經驗主義式的思考習慣，這種習慣在一個受到嚴格軍事管理的社會裡不可能倖存。整體而言，現在的世界比五十年前更原始。某些落後地區已經進步了，而且已經發展出各種裝置（總是在某方面跟戰爭與警方偵防技術有關），但實驗與發明大半已經停止，一九五〇年代原子戰爭造成的浩劫也從來沒有徹底修復過。雖然如此，機器中本來就具備的危險性仍舊存在。從機器第一次出現的那一刻開始，所有善於思考的人都很清楚，人類從事單調苦役的需要已經消失，所以在很大的程度上，人類不平等的必要也消失了。如果機器刻意被用在消弭不平等的目的上，饑餓、工作過度、不衛生、文盲與疾病都可以在幾代之內被消滅。然而實際上，機器沒有被用在前述的任何目的上，但藉由一種自動化過程——製造有時候不可能不去分配的財富——機器確實在十九世紀末到二十世紀初的大約五十年期間，非常大幅度地提升了人類平均的生活水準。

但同樣很清楚的是，財富方面的整體增加，對階級社會造成毀滅性的威脅——在某種意義上，的確就是階級社會的毀滅。在一個每個人都工時短、有足夠食物可吃、住在有浴室與冰箱的房子裡、有一輛汽車、甚至是一架飛機的世界裡，最爲明顯、或許也最爲重要的不平等形式，就已經消失了。財富一旦變得普遍，有沒有錢就沒差別了。毫無疑問，我們有可能想像在某個社會中，**財富**——在個人財產與奢侈品這種意義之下——應該被平均分配，同時**權力**則留在一小批特權階級手中。但在實踐層面上，這樣的社會不可能長期保持穩定。因爲要是所有人都享有同樣的閒暇與安全，在常態下被貧困弄得愚昧無知的絕大多數人類都會變得有文化學識，也將學會如何爲自己思考；而他們一旦做到這件事，他們遲早會領悟到掌握特權的少數根本沒有用處，他們會把那些人掃到一旁去。長期來說，階級社會只有在貧窮與無知的基礎上才可能成立。照著二十世紀初某些思想家曾有的夢想，回歸過去的農業時代，並不是一個實際的解決方案。這個做法抵觸了朝向機械化發展的潮流——幾乎全世界，這個潮流都已經變成有如直覺一般了；更進一步說，任何還處於工業落後狀態的國家，在軍事上都無力自救，而且注定要直接或間接地受到更爲先進的對手宰制。

透過限制貨物產量來讓大眾保持貧窮，也不是個令人滿意的解決方案。在資本主義的最後階段，大約一九二〇年至一九四〇年之間，這種事情大範圍地發生。許多國家放任經濟停滯，土地不再耕種，資本設備不再增加，大批人口不得工作，靠著國家救濟勉強活著。但這也讓軍事上的弱點必然產生，而既然這種做法造成的困苦狀況顯然沒有必要，免不了會引起反抗。問題在如何讓工業之輪保持運轉，卻不至於增加世界上眞正的財富。貨物必須被製造出來，但絕對不能被分配出去。而在實踐層面上，達成這一點的唯一方法，就是持續的戰爭。

戰爭的必要行動就是毀滅，不必然是毀滅人命，而是毀滅人類勞動的產品。戰爭是一種把原料砸個粉碎、倒入高空或沉入深海的方法，那些原料在其他狀況下可能會讓群眾過得太舒服，而且長久來說還會變得太過聰明。甚至在戰爭武器沒有被實際上毀滅的時候，製造武器仍舊是一種方便的

就是征服地球的整個表面，以及一舉消滅所有獨立思考的可能性。所以黨有兩個關切的重大問題要解決。一個是如何在違背當事人意志的狀態下，發現他在想什麼，另一個則是怎麼在沒有任何預警的狀況下，在幾秒鐘內殺死數百萬人。只要科學研究還繼續在進行，這就是科學的研究主題。今日的科學家要不是心理學家與審問專家的混合——以異常仔細的態度，研究臉部表情、手勢與聲調的意義，並且測試藥物、電擊、催眠與肉體折磨的吐眞效果——就是個化學家、物理學家或生物學家，只關心他那個特定學科裡跟取人性命有關的分支。在和平部大量的實驗室裡，或者藏在巴西雨林、澳洲沙漠或南極荒涼小島的實驗站中，專家團隊都不知疲倦地工作。某些人只關心怎麼計畫未來的戰爭後勤補給；其他人則設計越來越大的火箭炮、越來越強的炸藥、還有越來越難以穿透的裝甲；其他人則尋找更致命的新瓦斯，或者生產足夠分量就能讓整片大陸寸草不生的可溶性毒藥，或者對所有可能抗體都免疫的病菌；其他人則奮力要製造一輛車，能像水下的潛水艇一樣，鑽到土壤底下，或者一架基底是獨立帆船的飛機；另外一些人則探索更冷僻的可能性，像是把透過懸在太空中數千公里之遙的透鏡，讓太陽光聚焦，或者汲取地心的熱度，製造出人工的地震與潮汐。但這些計畫裡，沒有一個曾經稍微接近實現，三大強國中也沒有一個曾經明顯領先於另外兩國。更不得了的是，三大強權全都已經具備一項武器——原子彈，比他們現在的研究可能發現的任何武器都更強大。雖然黨照著它的習慣，把這項發明歸功於己，原子彈早在一九四〇年代就已首度出現，而且大約在十年後，就第一次大規模使用了。在那時候，幾百枚炸彈被丟在各工業中心，主要是在俄國的歐陸部分、西歐與北美。效果是說服了所有國家的統治階級，再多幾顆原子彈就表示有組織社會的末日，隨之而來的就是他們自己的權力盡頭。在那之後，雖然從沒訂定或暗示過任何正式協定，再也沒有人投下原子彈了。三個強權全都只是繼續製造原子彈，然後加以囤積，以便抗衡他們全都相信遲早會來的決定性機會。在此同時，戰爭的藝術保持發展停滯狀態已經幾乎三十或四十年了。直升機的使用比先前更頻繁，轟炸機大半由自動推進武器所取代，而脆弱的可動戰艦則讓位給幾乎不會沉的海上堡壘；但在其他方面，發展少之又少。坦克、潛水艇、魚雷、機關槍，甚至是來福槍跟手榴彈都還在使用。而且，雖然報紙與電傳螢幕上報導了沒完沒了的屠殺，早先戰爭裡的那種殊死戰——常常有成千上萬、甚至是數百萬的人口在幾星期內被殺害——卻從未重演。

三個超級大國裡，沒有一個曾經嘗試過任何一種有一敗塗地風險的戰略。要是進行任何大行動，通常會是突襲一位盟友。三大強權全都遵循、或者假裝正在遵循的戰略，是一樣的。計畫是藉著結合戰鬥、談判與時機精準的背叛之舉，取得徹底包圍某個敵對國家的一圈基地，然後再跟那個敵國簽下一紙友好條約，然後保持友好關係許多年，把疑心哄到睡著。在這時候，裝著原子彈的火箭就可以在所有戰略據點組裝完成；最後，火箭會全部同時發射，結果太毀滅性，讓報復變得沒有可能。然後就是跟剩下那個世界級強權簽訂友好協議的時候了，這是爲了準備另一次攻擊。幾乎犯不著說，這個陰謀只是個白日夢，不可能實現。更進一步說，除了在赤道與極區周圍的爭議區以外，根本沒有戰鬥發生過：入侵敵國領土的行動從沒進行過。這就解釋了這個事實：在某些地方，超級強國之間的邊界是武斷決定的。舉例來說，歐亞國可以輕易地征服英倫三島，這裡在地理上是歐洲的一部分，或者從另一方面來說，大洋國可以把它的疆界推進到萊茵河，甚至到維斯瓦河。但這樣會違背文化完整性的原則——各方雖然都遵循，卻從來不曾系統化闡述的原則。如果大洋國要征服一度曾以法國和德國爲人所知的地區，必然要做的不是消滅當地居民（一個有極大實質困難的任務），就是要同化將近一億的人口——這些人至少在科技發展方面來說，大致上跟大洋國水準相同。對三個超級大國來說，問題是一樣的。對他們的結構而言，絕對必要的是不得接觸外國人，除了有限度地接觸戰犯與有色人種奴隸。就算是當時官方認定的盟友，也總是在陰暗的疑慮之下受到監視。除了戰犯以外，大洋國的一般國民從來沒有正眼看過歐亞國或東亞國的國民，而且他被禁止取得關於外國語言的知識。如果他被准許接觸外國人，他就會發現他們是跟他一樣的生靈，而且關於這些外國人，別人告訴他的事情大半都是謊話。他所生活的封印世界會被打破，而他的士氣所仰賴的恐懼、憎恨與自以爲正義，可能都會消失無蹤。所以各方都明白，不管波斯、埃及、爪哇或錫蘭有多常易主，除了炸彈以外的任何東西都絕對不准跨過主要邊界。

在這底下藏著一個從沒有人公然提及，卻默默理解並照著行動的事實：也就是說，三個超級大國的生存條件全都差不多。在大洋國的主流哲學稱爲英社，在歐亞國則是稱爲新布爾什維克主義，在東亞國則是一個中文名稱的哲學，通常被翻譯爲死亡崇拜，但較佳的意譯或許是無我主義。大洋國國民不容知道另外兩種哲學的任何信條，但會有人教他詛咒這些哲學，視之爲加諸於道德與常識的野蠻暴行。實際上，這三種哲學幾乎難以分辨，它們所支撐的社會系統則根本毫無差別。到處都是一樣的金字塔結構，一樣地崇拜半神式的領袖，一樣靠著持續戰爭而存在並維持下去的經濟體系。隨之而來的是，這三個超級大國不只無法征服對方，征服對方還得不到任何好處。相反的，只要它們保持衡突狀態，它們就能互相支撐，就像三束玉米穗。而且，通常三大強權的統治階級都會同時既知道又不知道他們在做什麼。他們的人生是奉獻給征服世界，但他們也知道戰爭必然會永遠繼續下去，而且不會勝利。在此同時，實際上**沒有**被征服的危險，讓否認現實——這正是英社及其敵對思想體系的特色——變得有可能。在此必須重複我們先前提過的，戰爭變成持續性的行動，因此從根本上改變了自身的特徵。

在過去的年代，一場戰爭幾乎從定義上來說，就是某個遲早會告終的事情，通常會是清楚無誤的戰勝或敗北。在過去，戰爭也是人類社會與物理現實保持接觸的主要工具之一。所有年代的所有統治者，都曾經試圖把虛假的世界觀強加到他們的追隨者身上，但他們禁不起鼓勵任何易於損害軍事效率的幻覺。只要敗北表示失去獨立、或者某種通常被認爲不可取的其他結果，防止敗北的預警措施就必須是認眞的。物理上的事實無法被忽略。在哲學、宗教、倫理學或政治學中，二加二或許能夠等於五，不過在設計一把槍或一架飛機的時候，就得等於四了。效率不彰的國家遲早都會被征服，講求效率的奮鬥對幻覺來說是不利的。更進一步說，講求效率就必須能夠從過去中學習，這就表示對於過去發生過什麼事，有相當精確的了解。當然，報紙與歷史書籍總是經過渲染、帶有偏見，但現在實踐的這種篡改行爲，本來是不可能的。戰爭是健全理智的可靠防護；至少在跟統治階級有關的時候，可能是所有防護之中最重要的。在戰爭可能有輸贏的時候，沒有一個統治階級可以完全不負責任。

但戰爭變得名副其實地連綿不絕以後，就不再是危險的了。在戰爭連續不斷的時候，就沒有軍事必要性這回事了。技術進步可以停滯不前，最顯而易見的事實能夠加以否認或不予理會。如同我們已經看到的，能冠上科學之名的研究，為了戰爭目的仍然在進行，但這些研究本質上是一種白日夢，研究失敗不見成果並不重要。效率——甚至是軍事效率——已經不再必要了。在大洋國什麼都沒有效率，只有思想警察除外。既然三個超級大國都是無法征服的，每個國家在實質上都是個獨立的宇宙，在其中幾乎任何一種思想上的顛倒錯謬，都可以安全地實行。現實只會透過日常生活的必要需求來施加壓力——飲食、居住、穿著、避免吞下毒藥、或者一腳踏出兩層樓高窗戶外等等的必要。在生與死之間，在身體的樂與苦之間還是有個區別，不過就只有這樣了。大洋國的國民與外界、還有過去的聯繫被切斷了，就像是一個懸在太空的人，他沒有辦法知道哪一方是上，哪一方是下。這樣一個國家的統治者是絕對的，連埃及法老或羅馬皇帝都不可能如此。他們非得防止他們的追隨者餓死太多，多到造成不便；也非得讓軍事技術保持跟敵手們一樣低的水準；然而一旦達到最低目標，他們就可以把現實扭曲成他們想要的任何形狀。

所以，如果我們從過往戰爭的標準來衡量，現在的戰爭就只是冒牌貨。這就像是某些反芻動物的角長成某種特定角度，讓牠們無法互相傷害。但戰爭雖不眞實，卻不是毫無意義。它吞掉了多餘的消耗性物資，而且幫助保持一個階級社會所需要的特殊心理氛圍。我們將會看到，戰爭現在就只是內政事務。在過去，所有國家的統治集團，雖然可能會承認他們的共同利益，並因此限制戰爭的毀滅程度，卻還是彼此爭鬥，而且勝者總是會劫掠敗者。在我們自己的時代，他們根本不彼此爭鬥了。戰爭是由每個統治團體來進行的，對抗的是他們自己的子民，而戰爭的目的不是造成或阻止領土的征服，而是保持社會結構的完整。所以，「戰爭」這個字眼，已經變得有誤導性了。精確的說法可能是這樣：藉著變得連綿不絕，戰爭已經不再存在。戰爭對新石器時代到二十世紀早期的人類所造成的特殊壓力已經消失，而且被某個相當不同的東西給取代了。要是三個超級大國竟然沒有彼此對抗，反而同意永久和平共存，每個國家都在自己國境內不受侵犯，效果會是一樣的。因爲在那種狀況下，每個國家都還會是個自足的宇宙，永遠免於外在危險會帶來任何令人清醒的影響。眞正永久性的和平會跟永久的戰爭一樣。這就是黨的口號內在的含義——雖然絕大多數黨員對這句話的了解僅止於表面：**戰爭即和平**。

溫斯頓有一會兒停止閱讀。在遠方某處，有個火箭炮發出雷鳴。獨自跟一本禁書同在，置身於沒有電傳螢幕的房間裡的至福感，還未被抹滅。孤獨與安全是身體的感覺，不知怎麼的，跟軀殼的疲憊感、椅子的柔軟觸感、窗外隱約微風輕拂過他臉頰的感受混合在一起。這本書讓他著迷，或者更確切地說，這本書讓他放心。從某個意義上來說，這本書沒告訴他任何新訊息，但那也是部分的吸引力所在。如果他有可能把他片段的思維依序呈現，書上說的話就是他會說的。這是跟他自己相近的心靈製造的產物，但這顆心靈更加強勁、更有系統、較少受制於恐懼。他察覺到，最好的書，就是把你已經知道的事告訴你的書。他才剛回到第一章，就聽到茱莉亞的腳步聲在樓梯上響起，而且他從椅子上起身迎接她。她把她的棕色工具袋扔在地板上，然後撲進他懷裡。他們上次見面到現在已經超過一星期了。

「我已經拿到**那本書**了。」在他們放開彼此的時候，他說道。

「喔，你拿到啦？很好。」她不抱太大興趣地說道，然後幾乎立刻就在煤油爐旁邊跪下來煮咖啡。

直到他們在床待了半小時之後，他們才回到那個主題。這個晚上剛好夠涼爽，值得花力氣把床單拉起來。從下面傳來熟悉的歌聲，還有靴子在石板上刮擦的聲響。溫斯頓初次造訪時在那裡見到的紅臂膀結實女人，幾乎成了院子裡的固定配件。在白晝，她似乎無時無刻不在洗衣盆跟曬衣線之間大步來回，交替著用曬衣夾塞住自己的嘴、或者放聲唱首慾望橫流的歌。茱莉亞已經在她那一邊安頓下來，似乎已經要陷入睡夢中了。他伸手拿正躺在地板上的書，然後坐起來靠著床頭板。

「我們必須讀這本書，」他說：「妳也要讀。所有兄弟會的成員都必須讀。」

「你讀吧，」她閉著眼睛說道：「唸出來。這是最好的辦法。這樣你就可以一邊唸一邊解釋給我聽。」

時鐘的指針指向六，意思是十八點。他們眼前還有三、四個小時。他把書靠在他的膝蓋上，然後開始唸：

【第一章】

無知即力量

從有文字歷史以來——而且或許可以上溯到新石器時代末期——世界上就有三種人：上等人、中等人與下等人。他們在許多方面被細細劃分開來，他們有過無數不同的名字，而他們的相對數量、還有他們對彼此的態度，在不同時代有不同變化：但社會的根本結構從來沒有改變。就算在極大的動亂與看似無法挽回的改變之後，同樣的模式總是會自動重新確立，就像一個陀螺儀不管朝著此方或彼方推得多用力，總是會回歸均衡狀態。

「茱莉亞，妳醒著嗎？」溫斯頓說道。

「是，吾愛，我正在聽。繼續唸吧。這棒極了。」

他繼續唸：

這三個團體的目標，是徹底互相對立的。上等人的目標是保持他們現在的位置。中等人的目標是跟上等人互換位置。對下等人而言，在他們有目標的時候——因爲下等人經久不變的特徵是，艱苦的工作把他們壓垮得太厲害，所以在日常生活範圍之外的任何事，他們只能斷斷續續地意識到——那目標就是廢除所有區別，並且創造出一個人人皆平等的社會。所以在整個歷史中，一種主要綱領相同的鬥爭一再地重複。長期以來，上等人似乎牢牢掌握著權力，但遲早會有那麼一刻，他們會失去他們的信念、失去有效治理的能力，或者兩者一併失去。然後他們就會被中等人推翻，中等人會對下等人假裝他們是爲自由與正義而奮鬥，爭取下等人支持他們這一邊。中等人一旦達成他們的目標，就會把下等人推回他們受到奴役的老位置，他們自己就變成了上等人。現在一個新的中等群體從其中一個其他群體裡分裂出來，鬥爭又再度開始。在三個群體之中，只有下等人甚至連暫時達成目標都沒有過。如果說在整個歷史中從沒有某種實質上的進步，就太誇張了。就算今天，處於一段衰落期之中，人類平均的體能還是比幾世紀前來得好。但在財富方面沒有進步，禮儀沒有變得更溫和，改革或革命也從沒有讓人類朝著平等再多靠近一公釐。從下等人的觀點來看，種種歷史性變化的意義，不過就是他們的主子換了名字。

到了十九世紀晚期，這個模式的重複，對許多觀察家來說都已經變得很明顯了。所以隨之出現種種思想學派，他們把歷史詮釋成一個循環過程，並自稱證明了不公平就是人類生活無可改變的定律。當然，這種教條總是有自己的擁護者，但在它目前推廣的形式之中，有個顯著的變化。在過去，對階級形態社會的需求一直是特別爲上等人而設的教條。諸王諸侯、還有寄生在他們身上的教士及律師者流，全都宣揚過這種教條，還用死後在想像世界裡會得到補償的諾言，來軟化這番教條。對中等人來說，只要他們還在奮力爭取權力，就總是會利用自由、正義與博愛這類的字眼。然而到了現在，那些還不在發號施令位置、卻只希望不久後就能攀上高枝的人，開始攻擊人道博愛的概念了。在過去，中等人打著平等的旗幟掀起過革命，然後在舊人被推翻以後馬上又建立全新的暴政。新的中等人群體，實際上預先正式宣告了他們的暴政。社會主義——這是一連串思想的最後一個環節，出現於十九世紀早期，起源可以上溯到古代奴隸起義——還深受過往年代的烏托邦主義影響。但在大約一九〇〇年往後出現的每種社會主義版本，越來越公開地揚棄建立自由與平等的目標。出現在本世紀中葉的新運動，大洋國的英社主義、歐亞國的新布爾什維克主義、死亡崇拜（它在東亞國的通稱），有意識的目標都是讓「不」自由與「不」平等永垂不朽。當然，這些新運動是從舊運動裡長出來的，而且通常會保留舊運動的名稱，並且對它們的意識形態表達某種表面上的讚揚。不過它們的目標全部都是阻礙進步，並且把歷史凍結在某個選定的時刻。熟悉的鐘擺擺盪會再發生一次，然後就停止了。一如往常，上等人會被中等人推翻，中等人則會變成上等人；但這一回，透過有意而為的策略，上等人將能夠永久維持他們的地位。

新教條之所以崛起，有一部分是因為歷史知識的累積與歷史感的增長，這種情況在十九世紀以前幾乎不存在。歷史的循環運動現在是清晰明瞭的，或者看似如此；而它如果清晰明瞭，也就是可以改變的。但最主要的潛藏理由是，早在二十世紀開端，人類的平等就變成技術上可能做到的了。人在天生稟賦方面並不平等，社會職責必須以對某些人較有利、對其他人較不利的方式特別設計，這還是千真萬確；但不再有任何真正的需要造就出階級區別、或者財富上的大幅差異了。在稍早的年代，階級區別非但免不了，還非常可取。不平等是文明的代價。然而隨著機器製造的發展，狀況改變了。就算人類還是必須做不同類型的工作，他們卻不再有必要過著社會或經濟水準不同的生活。所以，在即將攫取權力的新群體眼中，人類的平等不再是值得奮起爭取的理想，而是一個必須迴避的危險。在比較原始的年代，在公義和平的社會實際上並無可能的時候，要相信這一點相當容易。人間天堂的概念——人類在其中應當彼此友愛，在沒有法律也沒有粗重勞動的狀況下共同生活——糾纏著人類的想像有數千年了。而且，對於從每個歷史變遷中獲利的族群來說，這個願景甚至也有某種吸引力。法國、英國與美國革命的後繼者，對於自己說的人權、言論自由、法律之前人人平等諸如此類的套話，有一部分是相信的，甚至還會容許這些話在某種程度上影響他們的行為。但在二十世紀的第四個十年裡，所有主流政治思想都是極權主義式的。就在人間天堂變得可能實現的那一刻，它的名聲就敗壞了。每個新的政治理論，不管它自稱是什麼，都回歸到階級順序與組織化。而在一九三〇年代左右開始趨於強硬的風潮興起之後，早就被摒棄多年、在某些狀況下甚至長達數百年不見的某些做法——沒有審判就加以囚禁、利用戰犯當奴隸、公開處決、以酷刑榨取自白、利用人質、還有把某地區所有人口都驅逐出境——不但再度變得普遍，還得到自詡為見解開明進步之人的容忍、甚至為之辯護。

只有在全世界各地打了十年各種國際戰爭、內戰、革命和反革命之後，英社及其敵手才以完熟政治理論的面貌出現。但這些理論都有各種其他體系做為先聲，這種體系通稱為集權主義，在本世紀稍早已經出現過，而從當前的混亂中將要浮現的世界主要綱領，也早就很明顯了。什麼樣的人會控制這個世界，也是同樣顯而易見。新的寡頭政體是為了大多數的官僚、科學家、技術人員、公會組織者、公關專家、社會學家、老師、記者還有專業政治家而造就出來的。這些源自中產薪水階級與勞工階級上層的人，是被獨家壟斷工業與中央集權政府構成的貧瘠世界塑造出來、聚攏在一起的。跟他們在舊時代的同類相比，他們沒那麼貪婪，沒那麼容易被奢華享受誘惑，對純粹的權力比較飢渴，而且最重要的是，他們對於自己在做什麼更有自覺，也更認眞弭平反對力量。這最後一個差別是最要緊的。跟現存體制比較，過去的所有暴政都是效率不彰的半吊子。統治者集團總是會在某種程度上感染到自由派的理念，在各處都留下破綻也不在乎，只注意到明顯可見的舉動，而且對他們的子民在想什麼毫不在意。以現代的標準來說，就連中世紀的天主教會都算是很寬大為懷了。這種狀況的部分理由是，過去沒有一個政府有這個能力持續不斷地監視它的子民。然而印刷術的發明讓輿論更容易操縱，電影與廣播又讓這種過程更上層樓。隨著電視的發明，還有讓電視能同時在同一機器上接收傳送的科技進步，個人生活就告終了。每一位國民，或者至少是那些重要到值得監視的對象，都可以一天二十四小時置於警察的監視之下、泡在官方宣傳口號中，同時其他溝通管道都封閉了。不只是力促所有人民完全服從國家意志，還讓他們完全意見一致的可能性，現在首度出現了。

在五〇與六〇年代的革命時期過去以後，社會自行重組，一如既往地組成了上等、中等與下等三級。但新的上等人群體與他們所有的先驅都不一樣，他們並不是照著本能行動，而是知道必須做什麼才能保護自身的地位。他們早就領悟到寡頭政治唯一穩固的基礎，就是集體主義。財富與特權在共同持有的時候，最容易捍衛。發生在本世紀中葉的所謂「廢除私有財產」，實際上表示財產集中到比過去更少數人的手中：但是有這麼個差別是，新的擁有者是一個群體，而不是個人的烏合之眾。個別來說，除了瑣碎的個人物品以外，沒有一個黨員擁有任何東西。集體而言，黨擁有大洋國內的所有一切，因爲它控制了一切，並且照它認爲妥當的方式處置產品。在革命之後的那些年，黨能夠在幾乎無人反抗的狀態下踏進這個發號施令的位置，是因爲整個過程被描繪成一種集體化的行動。大家一直假定如果資本家的所有權被剝奪了，隨之而至的必定是社會主義：而且毫無疑問，資本家的所有權已被剝奪了。工廠、礦場、土地、房屋、交通——一切都從他們身上被奪走了：而既然這些東西不再是私有財產，順理成章，它們一定就是公共財產。從早期社會主義運動中誕生、並繼承其中術語的英社主義，實際上實現了社會主義綱領中的主要項目；英社主義預見到也事先企圖達到的結果，就是經濟不平等已經變成永久性的了。

但是怎麼讓一個階級社會永遠存在的問題，還有更深入的層面。一個統治集團可能失去權力的方式只有四種。要不是從外部被征服，就是統治效能太差、以至於群眾起而反抗，或者它讓力量強大又心懷不滿的中等人集團得以成形，或是它失去統治的自信與意願。這些原因並不是單獨運作的，而且按照慣例，這四者在某種程度上都會出現。一個能夠同時監控全部四者的統治階級，就能夠永遠保持權力。到頭來決定性的因素，在於統治階級本身的心態。

在本世紀中葉之後，第一種危險實際上消失了。現在瓜分世界的三大強權，每一個在實際上都是無可征服的，只有透過緩慢的人口統計學變化，才可能變得有機可乘，但一個掌握大範圍權力的政府，輕輕鬆鬆就能避免這種狀況。第二種危險，也只是理論上的。群眾從來不會出於自主意志而反抗，而且他們永遠不會只因為受到壓迫就反抗。說眞的，只要不准他們有任何比較基準，他們甚至永遠不會察覺到他們受到壓迫。舊時代反覆出現的經濟危機完全是不必要的，而且現在也不容再發生，但另一個同樣重大的脫序卻是能夠發生的，也確實發生了，並沒有引起任何政治上的後果，因為並沒有任何辦法明確表達其中的不滿。至於從機械技術發展出來以後，就潛藏在我們社會裡的生產過度問題，已經透過持續作戰的手段獲得解決（見第三章），這種方法也能有效地把大眾的士氣激勵到必要的高度。所以，從我們現在這些統治者的觀點來看，唯一的眞正危險，是未能充分就業、渴望權力又能幹的人分裂出一個新群體，還有在他們自己那個階級裡增長的自由主義與懷疑主義。也就是說，問題是教育上的。問題在於怎麼樣在意識形態上持續控制指揮集團，還有他們轄下人數較多的行政人員集團。至於大眾的意識，只需要用負面的方式影響。

從這個背景裡，一個人就可以推斷出（要是他還不知道的話）大洋國的整體結構。在金字塔頂端出現的是老大哥；老大哥是絕對正確而全能的。每一種成功、每一個成就、每一場勝利、每一項科學發現、所有知識、所有智慧、所有幸福、所有美德，都被認爲是直接來自他的領導與啓發。沒有人見過老大哥。他是布告欄上的一張臉，電傳螢幕裡的一個聲音。我們可以合理地確信他永遠不會死，而對於他是幾時出生，已經相當不確定了。老大哥是黨選來向世界展現自己用的僞裝。他的功能是做爲一個愛、恐懼與敬畏的焦點：在面對一個人的時候，會比面對一個組織時更容易感受到這些情緒。在老大哥以下出現的則是內黨。內黨的成員限制在六百萬人，或者是大洋國整體人口百分之二以下的某個數字。在內黨以下，則是外黨黨員：如果把內黨描述成國家的大腦，外黨黨員也許就可以比擬成雙手。在他們之下則是愚昧的大眾，我們習慣性地把他們稱爲「普羅階級」，數量或許占了整體人口的百分之八十五。套用我們先前用的分類詞彙，普羅階級是下等人：因爲赤道地區經常在征服者之間易手的奴隸人口，並不是這個結構永久或必要的部分。

原則上，這三大群體的身分並非來自世襲。內黨父母的子女，在理論上並不是生而爲內黨黨員。進入黨的任一分支的許可，是透過十六歲時接受的檢驗進行的。其中沒有任何種族歧視，也沒有某個省分的成員明顯多於其他省分。猶太人、黑人、純粹印第安血統的南美洲人，在黨的最高階層都一樣可見，而且任何區域的行政官員都是從當地的居民中選出的。在大洋國，沒有一個地區的居民覺得他們是被遙遠首都統治的殖民人口。大洋國沒有首都，而它有名無實的元首是一個行蹤無人知曉的人。

除了中央文是通用語言、新語是官方語言以外，大洋國在任何方面都不是中央集權的。它的統治者不是透過血緣關係，而是透過信奉同一套教條而團結在一起。千眞萬確，我們的社會有層級之分，而且分層非常嚴格，乍看之下似乎是世襲家系。比起資本主義體系、甚至是前工業時代，現在在不同群體之間的來回流動少得多了。在黨的兩個分支之間，有一定數量的交替，不過就只是確保弱者被排除在內黨以外，並且容許外黨黨員裡雄心勃勃的成員高升，讓他們變得無害。在實踐層面上，普羅大眾不准取得入黨資格。他們之中最有天分、有可能變成不滿中心分子的人，就只會被思想警察記下來殲滅掉。但這種狀態並不必然是永久性的，也不是原則問題。黨並不是舊有意義上的一個「階級」。它的目標並不是在這種意義上把權力傳遞給它的子女；而要是沒有別的辦法讓最能幹的人保持在頂端，它完全準備好要從普羅階級招募一整批新生代。在關鍵性的那些年裡，黨並非世襲體制的事實，對於抵銷反對力量貢獻良多。比較老派的社會主義者受到的訓練，是要對抗某種稱爲「階級特權」的東西，他假定非世襲的事物就不可能是永久性的。他看不出寡頭政權的存續不需要是物質上的，他也沒停下來反省一下世襲貴族體制總是很短命，然而像天主教會這種把人吸納進來的組織，有時卻會維持數百年或數千年。寡頭政權統治的本質並不是父死子繼，而是某種特定世界觀與生活方式的持續，由死者強加於生者之上。一個統治集團只要能夠指定其後繼者，就還是統治集團。黨並不關心血統的永續，只關心自身的永續。只要那個階級結構一直維持原狀，由誰來行使權力並不重要。

所有塑造出我們這個時代特色的信念、習慣、品味、情緒、心態，其實都是被設計出來維持黨的神祕色彩，並且阻止今日社會的眞正本質被人看穿。實體上的反叛，或者任何朝向反叛發展的初步行動，現在都是不可能的。普羅階級在這方面沒什麼好怕的。放任他們自己去，他們就會一代接一代、一世紀接一世紀地工作、繁衍並死去，不只是沒有反叛的衝動，也沒有力量理解這個世界可以不同於現狀。如果工業技術的進步，讓他們必須受到更高等的教育，他們才有可能變得危險；不過，既然軍事與貿易競爭不再重要了，大眾教育的程度實際上在下降。大眾有或沒有哪些意見，被視為無關緊要之事。可以給他們知性上的自由，因為他們根本沒有知性。另一方面，甚至是在最不重要的主題上，一個黨員都不可以有最小的一點意見偏差。

一個黨員從生到死都活在思想警察的眼皮底下。就連他獨處的時候，他都絕對無法確定他是一個人。不管他可能在哪裡，睡著或是醒著，在工作還是在休息，在洗澡還是在床上，他都可能在沒有預警的狀況下受到檢查，而且也不知道他正在接受檢查。他的友誼、他的休閒活動、他對待妻兒的行為，他獨處時臉上的表情，他在睡夢中喃喃說出的話，甚至是他個人特別的肢體動作，全都受到審慎的詳細檢視。不只是任何實際上的行為過失，還包括任何古怪之處——不管多微小——任何習慣上的改變、任何可能表示內在掙扎跡象的緊張造作行為，肯定都會被偵測到。無論如何，他在任何方向上都沒有選擇自由。從另一方面來說，他的行動不受法律規範，也沒有任何清楚載明的行為準則。在大洋國沒有法律。若是被人偵測到就表示必死無疑的思想與行動，並不是正式被禁止的，無止境的整肅、逮捕、酷刑、囚禁與蒸發，都不是當成實際犯下罪行時施加的懲罰，只是消滅可能在將來某一刻犯罪的人。一個黨員不只是要有正確的見解，還要有正確的直覺。許多他必須有的信念與態度，是從未被言明的，而且說出來的時候也不可能不暴露出英社主義內在的矛盾。如果他是個天生的正統派（在新語裡稱爲**好思者**，在所有情況下，他不去想都會知道眞正的信念或可取的情緒是什麼。但無論如何，詳盡的精神訓練——在童年進行，並且根據新語詞彙**犯罪阻卻**、**黑即白**、**雙重思想**來加以組織——都讓他不願意也沒辦法在任何主題上思考得太深刻。

期望中一位黨員是沒有個人情緒的，熱忱也沒有暫時停歇的時候。他應該要活在持續狂熱的狀態中，憎恨外敵與內賊，對勝利歡欣鼓舞，在黨的力量與智慧之前自我貶抑。他空空如也、得不到滿足的生活製造出的不滿，刻意被轉向外部，用類似兩分鐘仇恨時間的設計來排遣，可能導致懷疑或叛逆態度的推測，則會被他早年習得的內在規訓預先消滅。在這種規訓中最初步也最簡單的階段——甚至可以傳授給幼童——在新語中被稱爲**犯罪阻卻**。**犯罪阻卻**指的是一種功能：在即將產生任何危險思想的時候，就像出於本能似地立刻猝然停止。其中包括了不理解類比，看不出邏輯上的錯誤；只要是對英社主義不利的論證，再怎麼簡單也會誤解；面對可能導向異端邪說的任何思想路線，都感到無聊或排斥。一言以蔽之，**犯罪阻卻**的意思就是保護性的愚蠢。但愚蠢是不夠的。反過來說，徹底的正統性要求一個人像軟骨功師傅對自己的身體一樣，徹底掌控自己的心理歷程。大洋國的社會，到頭來是建立在一個信念上：老大哥無所不能，黨不可能有錯。但既然老大哥並非無所不能，黨也並非不可能出錯，在處理事實的時候，就有必要保持時時刻刻、不厭其煩的靈活彈性。這裡的關鍵字是**黑即白**。就像許許多多的新語詞彙一樣，這個詞彙有兩個彼此相反的意義。用在一位敵手身上，就表示習慣厚顏無恥地聲稱黑就是白，抵觸明顯的事實。用在一位黨員身上，就表示在黨的教條要求之下，他有忠誠的意願要說黑就是白。但這也表示有能力**相信**黑就是白，更有甚者，還**知道**黑就是白，而且能夠忘記自己曾經相信過相反的事。這樣做必須持續地篡改過去，這種事情之所以可能，是靠著一種實際上包括其他一切的思想體系，這個體系在新語中稱爲**雙重思想**。

改變過去之所以必要，有兩個理由，其中之一是次要的，而且——姑且這麼說——是一種預防措施。這次要的理由是，黨員一如普羅階級，容忍現狀的部分原因在於他沒有比較基準。他必須與過去割離，就好像他也必須與異國割離，因爲他必須相信他比他的祖先更好過，而且物質享受的平均水準持續提升。但重新調整過去更重要得多的理由，在於有必要保衛黨的正確無誤。不只是任何一種演講、統計與紀錄都必須一直更新，以便顯示黨的預測在所有狀況下都是對的；而且也絕對不能承認教條或政治聯盟有過任何改變。因爲要改變一個人的心理狀態，甚至是一個人的政策，都是公然招認弱點。舉例來說，歐亞國或東亞國（可能是其中任何一個）是今天的敵人，然後那個國家就必須永遠是敵人。而如果事實說的是另一回事，那麼事實就得改變。就這樣，歷史持續地被重寫。每天篡改過去的行動是由眞理部來進行的，這個做法對於穩定政權的必要性，就跟博愛部所進行的壓制與刺探工作一樣大。

過去的易變性就是英社主義的中心信條。這個信條的論證是，過去的事件並沒有客觀性的存在，只活在書面紀錄與人類的記憶裡。過去就是讓紀錄與記憶一致的任何事物。而既然黨完全掌握所有紀錄，也同樣完全掌握黨員的心靈，那麼理所當然的，過去雖然是可變的，它卻沒有在任何特定狀況下被改變過。因爲在過去按照此刻需求被重塑成任何一種形狀的時候，這個新版本**就是**過去，而且從來就不可能有任何不同的過去存在。就算同樣的事件在一年之中必須被改變好幾次、改到面目全非——這種狀況經常發生——這個道理仍然爲眞。在所有時刻，黨都掌握了絕對眞理，而且顯然這絕對眞理永遠不可能有別於現狀。我們會看出，掌握過去最仰賴的就是對記憶的訓練。確定所有書面紀錄都跟此刻的正統一致，只是一種機械化的行爲。但黨員也必須**記得**照著期待的方式發生的事件。而且如果必須重新安排一個人的記憶或篡改書面紀錄，那麼**忘記**自己這樣做過也是必要的。做到這一點的訣竅就像任何別的心理技巧一樣，是可以學會的。大多數黨員都學過，而且所有聰明又思想正統的人肯定全都會。在舊語中，這個詞彙的稱呼相當坦白：「現實控制」，雖然**雙重思想**也包含了更多其他概念。

雙重思想表示在一個人心靈中同時保持兩個互相矛盾的信念，而且兩者都接受。黨的知識分子知道他的記憶必須往哪個方向改變；所以他知道他正在對現實耍花招；不過透過運用**雙重思想**，他也能夠讓自己滿意，認爲現實並未受到擾亂。這個過程必須是有意識的，否則就無法精確執行，但也必須是無意識的，否則就會隨之帶來一種虛假感，並因此感到罪惡。**雙重思想**處於英社主義最深處的核心，因爲黨的根本行爲就是利用有意識的欺騙，同時又保有合乎徹底誠實態度的堅定目標。刻意說謊的同時又眞誠地相信這些話；忘記任何已經變得不方便的事實；然後，在這個事實再度變得必要時，再從遺忘之境抽回它，只要還有必要就繼續保持；否定客觀現實的存在，同時卻也把自己否認的現實列入考慮——這一切全都有不可或缺的重要性。就算在用到**雙重思想**這個詞彙的時候，實際運用**雙重思想**也是必要的。因爲使用這個詞彙的時候，一個人就承認了他正在篡改現實；透過一個新的**雙重思想**行動，此人又抹消了這個知識；如此直至無窮無盡，謊言總是領先眞相一步。說到底，就是透過**雙重思想**的手段，黨已然能夠——而且就我們所知的一切來說，將來也能夠如此繼續數千年——阻止歷史的進程。

所有過去的寡頭政權之所以失去權力，不是因爲變得僵化，就是因爲變得軟弱。他們要不是變得愚蠢自負，無法自行調節以改變環境，因而被推翻，就是變得開明而懦弱，在應該動用武力的時候做出讓步，然後再度被推翻。這也就是說，他們的淪亡要不是因爲意識，就是因爲無意識。黨的成就是造就出一個思想體系，在其中兩種狀況可以同時存在。黨的統治不可能在別的知性基礎上長治久安。如果一個政權要統治一切，還要繼續統治下去，該政權就必須能夠讓現實感脫節。因爲統治的秘密就在於結合對自身正確無誤的信念，還有從往日錯誤中學習的力量。

幾乎用不著說，心思最細膩的**雙重思想**實踐者，就是那些發明了**雙重思想**，也知道這是一個大範圍心理欺瞞體系的人。在我們的社會中，最清楚現在發生什麼事的人，也就是那些最不可能如實看待這個世界的人。整體來說，理解越清楚，錯覺越嚴重；越是聰穎，就越是神志不清。這一點的一個清楚範例，就是下面的事實：一個人在社會階級裡越是高陞，戰爭歇斯底里就越是嚴重。那些對戰爭態度最近乎理性的人，是那些爭議領土上的子民。對那些人來說，戰爭只是持續不斷的災難，就像來回掃過他們身體的海嘯。哪一邊是贏家，這種事對他們來說完全無關緊要。他們注意到最高統治者的改變，就只表示他們會爲新主子們做跟過去一樣的工作，而新主子們對待他們的方式跟舊人一樣。待遇稍微好些的工人，我們稱之爲「普羅階級」的那些人，就只是斷斷續續地注意到戰爭。在必要的時候挑撥一下，他們可以進入恐懼與憎恨的狂熱狀態，但如果放任他們自行其是，他們可以長期遺忘戰爭正在進行中。在黨的各個層級——尤其是內黨——才找得到對戰爭眞正的熱忱。對征服世界信念最堅定的人，就是那些知道此事不可能的人。這種連結對立兩極的獨特方式——知識結合無知，犬儒結合盲目狂熱——是大洋國社會主要的突出特徵之一。官方的意識形態中充滿了矛盾，即使在並無實際必要導致矛盾時亦然。所以，黨拒絕並誹謗了原本是社會主義運動立足點的每一條原則，而且選擇打著社會主義的名號這樣做。它灌輸一種對勞動階級的輕蔑，這是過去數百年來所沒有的；它讓自己的黨員穿上的制服，一度是體力勞動者特有的服飾，而且就是爲了這個理由才加以採用。它有系統地損害家庭的團結，還用一個直接訴諸家庭忠誠情緒的名字來稱呼它的領袖。就連管理我們的四個部，名字裡都展現出他們厚顏無恥地刻意顚倒事實。和平部管的是戰爭，眞理部掌管謊言，博愛部掌管酷刑折磨，富庶部管的則是饑荒。這些矛盾並非偶然，也不是出自一般的僞善；它們是**雙重思想**的刻意演練。因爲只有藉著解消矛盾，才能無限期地留住權力。沒有別的方式能夠打破古老的循環。如果要永遠地避免人類的平等——如果我們所稱的上等人，要永遠保住他們的地位——那麼普遍的心理狀態，就必須是受到控制的瘋狂。

不過還有一個問題，直到目前爲止我們幾乎都忽略掉了。這個問題是，**為什麼**要避免人類的平等？假定我們已經正確地描述了這個過程的動力學，爲了把歷史凍結在這個特定時刻，做出這樣龐大而精密的計畫，動機究竟是什麼？

在此我們觸及了核心的秘密。如同我們已經看到的，黨（特別是內黨）的神祕力量仰賴的是**雙重思想**。但原初動機埋藏得比這更深——就是這種從未被質疑過的直覺，在一開始導致奪權，並且讓

雙重思想、思想警察、持續戰爭，以及所有其他必要繁瑣程序在隨後成形。這個動機的組成其實是……

就像一個人開始察覺到有個新的聲音一樣，溫斯頓開始意識到一片寂靜。在他看來，過去好一段時間，茱莉亞似乎都非常安靜。她躺在她那一邊，腰部以上赤裸裸的，她的臉頰枕在手上，一綹黑髮散落在她兩眼之間。她的胸脯緩慢而規律地起伏著。

「茱莉亞。」

沒有回答。

「茱莉亞，妳醒著嗎？」

沒有回答。她睡著了。他合上書本，小心翼翼地把書放在地板上，然後躺下，把被子蓋到他們兩人身上。

他暗自想著，他還沒學到那終極之祕。他明白**怎麼回事**；他不明白**為什麼**。第一章，就像第三章，實際上沒有告訴他任何他不知道的事情，只是把他已然具備的知識系統化。但在讀過這本書以後，他比過去更清楚他沒瘋。身為一個少數派，甚至是只有一人的少數派，並不表示你就瘋了。有真理，也有謊言，而如果你緊抓著真理不放，甚至對抗全世界，你也不是瘋子。西沉夕陽射來的一道黃色光芒透過窗口斜照進來，落在枕頭上。他閉上雙眼。陽光照在他臉上，女孩光滑的身軀碰觸著他的，讓他有一種強壯、昏昏欲睡又自信的感覺。他很安全，一切都很好。他一邊喃喃唸著「神智健全與否不是由統計學來決定」一邊陷入夢鄉，心裡覺得這句話裡包含一種深刻的智慧。

第十章

他醒來的時候，有種已經睡了很久的感覺，但瞥一眼那個老式時鐘，他就知道現在才二十點三十分。他躺著打了一會兒瞌睡；然後平常那種渾厚的歌聲就從下面的院子裡響起：

這只是個無望的幻想，
就像四月的一天一樣地過去，
但是一個眼神，一句話，還有它們激起的美夢
把我的心偷走了！

這首亂湊出來的歌似乎還繼續受到歡迎。你還是到處都聽得到。這首歌的壽命比〈仇恨之歌〉還長。茱莉亞被這歌聲叫醒了，舒舒服服地伸了個懶腰，然後下了床。

「我餓了。」她說：「我們多煮點咖啡吧。該死！爐子熄了，水都冷了。」她把爐子舉起來搖一搖。「裡面沒油了。」

「我希望我們能從老查林頓那裡弄到一些。」

「奇怪的是，我確定過爐油是滿的。我要穿上我的衣服了。」她補上這句。「天氣似乎已經變冷了。」

溫斯頓也起床著裝。那個持續不懈的聲音繼續唱道：

他們說時間會治癒一切，
他們說你總是會忘記；
但微笑與眼淚橫跨這些年，
還在扭絞我心弦！

在他繫上他那件工作服上的腰帶時，他漫步到窗口。太陽一定落到屋子後面去了；院子裡再也沒有陽光了。石板仍舊濕濕的，就像才剛洗過，而他有種天空也被洗過的感覺，煙囪頂之間的藍色這麼清新而蒼白。那女人不知疲倦地大步來回走著，用曬衣夾堵住自己的嘴又拔開，唱一唱又落入沉默，然後夾起更多尿布，然後是更多、再更多。他納悶地想她是不是靠著洗衣維生，或者只是二、三十個孫兒的奴隸。茱莉亞已經走過來到他身邊；他們兩人有些著迷地注視著樓下那個健壯的身影。他注視著那個女人，擺出她特有的架勢，她粗壯的手臂抬起來伸向曬衣線，她強勁如母馬的屁股往外挺出，這時他第一次想到，她是美麗的。他過去從沒想過一個五十歲女人的身體，竟然可以是美麗的——因為生育子女而膨脹到怪物般的尺寸，然後在勞動之下變得硬實、粗壯，直到質地粗糙有如過熟的蘿蔔。他心想，但就是這樣，而且說到底，為什麼不呢？這個扎實、沒有曲線、有如一塊花崗岩的身體，還有粗糙的紅色皮膚，跟年輕女子身軀之間的關係，就像是玫瑰果與玫瑰。為什麼要認為果實不如花朵？

「她很美麗。」他喃喃說道。

「她的臀部可能寬達一公尺了。」茱莉亞說。

「這是她那種風格的美。」溫斯頓說。

他用他的手臂輕鬆地環住茱莉亞柔軟的腰部。她的身體側面，從髖部到膝蓋都貼著他的。永遠不會有小孩從他們體內孕育出來。那是他們永遠不可能做的其中一件事。他們只能靠著嘴巴說的話、透過頭腦傳遞秘密。下面那個女人沒有頭腦，她只有強壯的手臂、溫暖的心，還有多產的肚皮。他納悶地想著她已經生過多少個孩子。很可能有十五個。她曾經有過她短暫的花期，或許是一年生野玫瑰般的美麗，然後她突然間就膨脹得像個豐饒的水果，長得堅硬、泛紅而粗糙，接著她的人生就是洗衣、刷地、縫補、煮飯、掃除、磨光、修繕、刷地、洗衣，一開始是為了孩子，後來是為了孫子，連續超過三十年。到生命盡頭她還在唱歌。他對她所感受到的這種神祕敬意，不知怎麼的，跟天空蒼白無雲、在煙囪頂後面無延伸到無窮遠處的樣子混合在一起了。一想到天空對每個人來說都是一樣的，在歐亞國或東亞國都跟這裡一樣，就讓人覺得很奇怪。而且在這片天空下的人也都是一樣的——在每個地方，在全世界，幾千萬幾百萬的人都像這樣，對彼此的存在一無所知，被憎恨與謊言的圍牆分隔開來，然而幾乎就是一樣的——這些人從來沒學過怎麼思考，但在他們的心臟、肚腹與肌肉之中，儲藏著有朝一日將會顛覆世界的力量。如果還有希望，就在於普羅階級！還沒讀到**那本書**的結尾，他就知道勾斯坦最後的訊息必然是這個。未來屬於普羅階級。而他能不能確定，在他們的時代來臨的時候，他們建造的世界對於他，溫斯頓．史密斯來說，不會像黨的世界一樣異質？可以的，因為至少那會是個精神健全的世界。有平等的地方就能夠有健全的精神。這遲早會發生，力量會變成意識。普羅階級是不朽的，在你注視著院子裡那個英勇的身影時，你就無法懷疑這一點。到最後他們的覺醒會來臨。而直到覺醒發生以前——雖然可能要等上一千年——他們會對抗任何逆境生存下去，就像鳥兒，把黨無法分享也殺不死的生命力，從一個身體傳到下個身體。

「妳記不記得，」他說：「在第一天，在樹林邊緣對我們歌唱的那隻歌鶇？」

「牠不是在對我們唱歌，」茱莉亞說：「牠唱歌是為了讓自己高興。甚至不是那樣，牠就只是在唱。」

鳥兒唱歌，普羅階級也唱歌。黨不唱歌。在全世界，在倫敦與紐約，在非洲與巴西，還有在邊境之外神祕的禁忌之地，在巴黎與柏林的街道，在俄羅斯無垠平原上的村莊裡，在中國與日本的市集上——到處都有同樣牢靠、無可征服的身影屹立著，因為工作與生兒育女而變得身形龐大醜陋，從生到死操勞辛苦，卻還在歌唱。有一天，從這些強有力的腰際，必定會出現一整個有族群意識的生靈。你是死人，他們的兒女則是未來。但你可以分享那個未來，如果你讓心靈存活下去——就像他們讓肉體存活下去一樣——然後把二加二等於四的祕密信條傳承下去。

「我們是死人。」他說道。

「我們是死人。」茱莉亞很忠誠地跟著複述。

「你們是死人。」一個鋼鐵般的聲音在他們背後響起。

他們飛快地分開來。溫斯頓的五臟六腑似乎都結冰了。他可以看到茱莉亞兩眼虹膜周圍的眼白。她的臉變成一種泛白的黃色。兩頰上抹糊了的胭紅仍然顯得很突出，幾乎就像是跟下面的皮膚毫無關係。

「你們是死人。」鋼鐵般的聲音重複道。

「那是從畫後面傳來的。」茱莉亞悄聲說道。

「這是從畫後面傳來的。」那聲音說道。「你們就留在原地。直到你們聽到命令為止都不准動。」

開始了。終於開始了！他們什麼都不能做，只能站在那裡注視著彼此的眼睛。逃之夭夭，趁著還來得及逃出這棟房子——他們根本沒有這麼想。不聽從牆壁裡傳出的鋼鐵之音，是無可想像的。啪的一響，就像是有個鉤子被往後轉開了，然後是一陣玻璃破裂的爆響。畫作掉到地上，露出後面的電傳螢幕。

「現在他們可以看到我們了。」茱莉亞說道。

「現在我們可以看到你們了。」那聲音說道。「站到房間中央。背對背站好。把你們的雙手扣在腦袋後面。不要碰到對方。」

他們沒有碰觸，但在他看來，他似乎還可以感覺到茱莉亞的身體正在顫抖。或者也許只是他自己的身體在顫抖。他可以制止自己牙齒打架，但他控制不了他的膝蓋。樓下有一陣靴子重重踩踏的聲音，從屋裡屋外傳來。院子裡似乎擠滿了人。有某樣東西被拖著穿過石板。那女人的歌聲驟然停止。有一聲拖長的滾動鏗鏘聲響，就好像洗衣盆被扔過了院子，然後是一陣混亂的憤怒吼叫，最後以一聲吃痛的吶喊作結。

「房子被包圍了。」溫斯頓說。

「房子被包圍了。」那聲音說道。

他聽到茱莉亞喀一聲猛然咬緊牙關。「我想我們最好說再見了。」她說。

「你們最好說再見。」那聲音說道，然後另一個相當不同的聲音——一個尖細、有教養的聲音，溫斯頓有種印象是他曾經聽過這聲音——切了進來：「順便一提，在我們談到那個話題的時候，是『來了根蠟燭照著你上床，來了把斧頭砍掉你的頭！』」

有某樣東西在溫斯頓背後砸到床上了。一把梯子的頂端被猛推過窗戶，而且衝進窗框裡。有人爬過窗口。有一大堆靴子蜂擁衝上樓梯的聲音。房間裡擠滿了穿著黑色制服的結實男子，他們腳上穿著鐵頭靴，手上拿著警棍。

溫斯頓再也不抖了。他幾乎連他的眼睛都動不了。只有一件事情是重要的：保持靜止不動，不讓他們有藉口打你！一個長了職業拳擊手那種平滑下頷，嘴巴只是一條細縫的男人，就停在他對面，若有所思地平衡著警棍在拇指與食指之間的重量。溫斯頓與他四目相望。一個人把雙手背在腦袋後面，臉跟身體全都暴露在外的那種赤裸感，幾乎讓人無法忍受。那個男人白色的舌頭吐出一點舌尖，舔拭著本來該長著嘴唇的地方，然後掃了過去。又有另一個砸爛東西的聲響。有人從桌上拿起那個玻璃紙鎮，然後在爐床底的石頭上砸了個粉碎。

珊瑚的碎片——一片波紋狀細微碎片，看似蛋糕上用糖霜做的玫瑰花蕾——滾過了地墊。多麼小啊，溫斯頓想著，它一直都是這麼小啊！他背後有一聲驚喘跟砰的一響，而他的腳踝被人猛然一踹，幾乎讓他失去平衡摔出去。其中一個男人把他的拳頭猛砸向茱莉亞的心窩，讓她像把折疊尺一樣地彎下腰。她在地板上翻滾，奮力要吸進空氣。溫斯頓不敢轉動他的頭，哪怕是一公釐都不敢，但有時候她喘息著的青紫色臉孔會進入他的視角。就算他在恐懼之中，他都好像可以感覺到那種痛就在他身上，那種致命的疼痛，雖然那及不上掙扎著恢復呼吸來的迫切。他知道那是什麼感覺；那種恐怖、讓人痛苦萬分的痛楚，一直在那裡，同時卻還無法經歷承受的痛，因為在承受其他一切之前，你必須能夠呼吸。然後，其中兩個男人從膝蓋跟肩膀的位置把她架起來，把她像布袋一樣地抬出房間。溫斯頓瞥了一眼她的臉，上下顛倒，蠟黃又扭曲著，眼睛緊閉，兩頰上仍有一抹胭脂紅；那就是他最後一眼見到她了。

他站在那裡徹底不動。還沒有人打他。他心裡開始自動冒出種種似乎完全無趣的想法。他納悶地想，他們是否抓到了查林頓先生。他納悶地想，他們對院子裡的女人做了什麼。他注意到他急需撒尿，還感覺到一股輕微的訝異，因為才兩、三小時以前他才這麼做過。他注意到壁爐上的時鐘說現在九點了，意思是二十一點。可是光線似乎太強了。在八月夜晚的二十一點，日光不是該消逝了嗎？他納悶地想，到頭來他跟茱莉亞是否還是弄錯了時間——睡掉了大半天，以為現在是二十點三十分，但其實現在是第二天早上的八點三十分。但他沒有繼續往下想。這個念頭很沒意思。

走道上響起另一個腳步聲，稍微輕盈些。查林頓先生進了房間。黑制服男人們的舉止突然間變得更克制。查林頓先生的外表似乎也有某種改變。他的眼睛落在玻璃紙鎮的碎片上。

「撿起那些碎片。」他口氣尖銳地說道。

一個男人蹲下去聽命行事。倫敦東區的土腔不見了；溫斯頓突然間領悟到，不久之前他從電傳螢幕上聽到的聲音是誰的。查林頓先生仍然穿著他的陳舊天鵝絨外套，但他本來幾乎白了的頭髮，已經變成了黑色。他也沒戴他的眼鏡了。他只給溫斯頓凌厲的一瞥，就好像要證實他的身分，然後就不再注意他了。仍然可以認得出他，但他不再是同樣的人了。他的身體挺直了，而且似乎變得更壯。他的臉只經歷了一些微小的改變，雖然如此卻造成了一種徹底的變貌。黑色眉毛沒那麼濃密，皺紋不見了，臉部的整體線條似乎都變了；就連鼻子似乎都短了些。這是一個年約三十五歲的男子警醒、冰冷的臉孔。溫斯頓這時想到，這是他畢生第一次明白知道，自己正注視著思想警察的其中一員。

第 三 部

第一章

他不知道他身在何處。想來他應該在博愛部，但他無法確定就是如此。他在一個天花板挑高、沒有窗戶的牢房裡，牆壁是閃亮亮的白色瓷磚。隱藏式的燈讓這裡充滿了冰冷的光，還有一種低沉穩定的嗡嗡聲，他想應該跟空氣供應有關。有一張寬度只剛好夠坐的長凳，或者是架子，沿著牆壁延伸，只有在門口處中斷，而在門對面那一端有個馬桶座，上面沒有木頭坐墊。這裡有四個電傳螢幕，每面牆上各有一個。他的肚子隱隱作痛。從他們把他綁起來塞進一輛封閉的廂型車，把他載走以後，那股鈍痛就在了。但他也很餓，有一種不健康的、咬嚙著他的飢餓感。打從他上次吃東西以後可能已經過了二十四小時，甚至可能是三十六小時。他還是不知道他們逮捕他的時候是白天還是晚上，而且可能永遠不會知道了。自從他被捕後，就沒人給過食物。

他在那張狹窄的長椅上盡可能坐著不動，雙手交叉著放在膝蓋上。他已經學會怎麼坐著不動。如果你做出他們預期之外的動作，他們就會從電傳螢幕對著你吼。但他對食物的渴求逐漸增加。他最渴望的就是一塊麵包。他有個想法是，他那件工作服口袋裡有一點麵包屑。那裡甚至有可能——他這麼想，是因為不時有某個東西似乎在搔著他的腿——還有一塊不小的麵包殼。到最後，找出麵包的誘惑勝過了恐懼；他把一隻手滑進口袋裡。

「史密斯！」電傳螢幕裡有個聲音喊道：「六〇七九W．史密斯！在牢房裡雙手不准放口袋！」

他再度坐著不動，雙手交叉著放在膝蓋上。在被帶到這裡以前，他還被帶到另一個地方，那裡一定是一座普通監獄，或者是巡邏隊員用的暫時拘留所。他不知道自己在那裡待了多久；無論如何有幾小時；沒有時鐘也沒有日光，很難估算時間。那是個吵雜、味道難聞的地方。他們把他送進一個跟現在這個差不多的牢房裡，但是那裡髒得不得了，而且隨時都擠了十到十五個人。他們大多數都是普通罪犯，但其中有幾個政治犯。他沉默地靠著牆壁坐著，被骯髒的身體推擠著，又太專注於恐懼與肚子裡的疼痛感，所以對環境沒有太大興趣，卻還是注意到黨的囚犯與其他人在舉止上的驚人差異。黨的囚犯總是安靜而驚恐，但普通罪犯似乎對誰都不在乎。他們大聲辱罵警衛，在個人財物被沒收時激烈反抗，在地板上寫著猥褻字眼，吃著偷渡進來的食物——從衣服裡神祕的藏匿處掏出來的——甚至在電傳螢幕設法恢復秩序的時候，喊得比螢幕還大聲。另一方面來說，某些人似乎跟警衛關係友好，喊他們的綽號，還試著透過門上的窺視孔要討幾根菸來抽。那些警衛也用某種容忍的態度對待那些普通罪犯，甚至在他們必須粗魯地對付那些罪犯時亦然。有很多人在談論大多數囚犯預料會被送去的強迫勞改營。他從中得知，只要你有熟人，又懂得規矩，在勞改營裡「狀況還好」。那裡有賄賂、差別待遇、每一種類型的敲詐勒索，還有同性戀跟賣淫，甚至用馬鈴薯蒸餾的私酒。只有普通罪犯才會得到受人信賴的地位，特別是幫派分子跟謀殺犯，他們形成了某種貴族階級。所有骯髒活都是由政治犯來做。各式各樣的囚犯一直來來去去：毒販、小偷、強盜、黑市商人、醉鬼、娼妓。某些醉鬼粗暴到讓其他囚犯必須合力壓制他們。有個身形龐大無比、幾乎不像女人的女人，大約六十歲了，有著下垂的大胸脯、還有在掙扎時散落的濃密白色捲髮，她又踢又喊地被四個警衛抬進來，一人抓著她的一角。他們把她企圖用來踢他們的靴子扯了下來，然後把她扔到溫斯頓腿上，幾乎壓斷他的大腿骨。女人自己站直了身體，同時還衝著往外走的他們喊叫「三字經」。然後，她注意到自己坐在某個凹凸不平的東西上，就從溫斯頓膝蓋上滑下來，坐到長凳上。

「請見諒，親愛的，」她說：「我本來不會坐到你身上的，只是那些混蛋把我放到那裡了。他們不知道怎麼對待淑女，對吧？」她頓了一下，拍拍她的胸脯，然後打了個嗝。「抱歉。」她說：「我平常不是這樣，真的。」

她往前一跳，吐了一大堆東西在地上。

「這樣好多了，」她說著，閉上眼睛往後靠。「永遠別忍住，我是這麼說的。就是說，趁著在胃裡還新鮮的時候就吐出來。」

她恢復活力，轉身再多看溫斯頓一眼，似乎立刻就喜歡上他了。她用一條寬大的手臂環住他的肩膀，把他拉向她，把啤酒與嘔吐物的氣息吹向他的臉。

「你叫啥名啊，親愛的？」她說。

「史密斯。」溫斯頓說。

「史密斯？」女人說道：「那就妙了，我也姓史密斯。哎呀。」她很傷感地補上一句：「我可能是你媽呢！」

溫斯頓想，她可能是他媽媽。她有大致正確的年紀跟體格，而且在勞改營過了二十年以後，人可能會有些改變。

沒有別人跟他說話。普通罪犯對於黨的囚犯忽視到讓人訝異的程度。「搞政治的。」他們這樣叫他們，帶著一種不感興趣的輕蔑。黨的囚犯似乎害怕對任何人說話，尤其怕對彼此講話。只有一次，兩個都是女性的黨員在長凳上被推著緊挨在一起，那時他在吵雜人聲裡偶然聽到幾句倉促的耳語；特別是有句話提到某個稱為「一〇一室」的東西，他不懂那是什麼。

他們把他帶到這裡可能是兩、三小時以前的事。他肚子裡那股悶痛從未遠去，但有時會好些，有時會惡化，而他的思緒也跟著膨脹或收縮。在痛得比較厲害的時候，他只想得到痛楚本身，還有他自己對食物的渴望。在比較好些的時候，恐慌就會攫住他。有些時候，他預見到他會發生什麼事情，感覺如此真實，讓他心跳得飛快，停止了呼吸。他感覺到警棍砸在他兩肘，從斷裂的牙齒之間尖叫著求饒。他幾乎沒想到茱莉亞。他沒辦法專心想她。他愛她，不會背叛她；但那只是個事實，就好像他知道算術規則一樣。他沒有感覺到對她的愛，而他甚至幾乎不曾想過要知道她出了什麼事。他比較常帶著忽隱忽現的希望，想到歐布萊恩。歐布萊恩可能知道他已經被捕了。他說過，兄弟會從來不會試著營救成員。但有那把剃刀；如果可以，他們會送來那把剃刀。在警衛可以衝進牢房以前，或許會有個五秒鐘。剃刀會用某種灼燒人似的冰冷咬進他的身體，甚至連握著它的手指都會被割到見骨。一切都回到他病弱的身體，那個身體連最小的一點疼痛都會顫抖地縮起來。就算他有機會，也不確定會不會用上那把剃刀。比較自然的做法是從這一刻活到下一刻，接受另外十分鐘的生命，同時心知肚明在生命盡頭會是酷刑折磨。有時候他試著計算牢房牆壁上的瓷磚數量。這樣做應該很容易，但他總是在某個時刻忘記數到哪裡。他更常做的是納悶自己在哪裡，還有現在是一天裡的什麼時刻。在某一刻他覺得很確定，現在外面是大白天，但在下一刻他也同樣確定外面一片漆黑。他本能地知道，在這個地方，燈光永遠不會關上。這是沒有黑暗的地方：他現在看出為什麼歐布萊恩似乎懂得那個暗示。在博愛部裡沒有窗戶。他的牢房可能在建築物的中心，或者靠著這裡的外牆；這裡可能是地下十層樓，或者地上三十層樓。他在心裡把自己從一地移動到另一地，設法要靠著身體的感覺來決定他是棲息在高空，還是深埋在地下。

外面有一陣靴子大步前進的聲音。隨著鏗然一響，鐵門打開了。一個年輕軍官——穿著黑色制服的瘦長身影，似乎周身都因為擦亮的皮革而閃閃發光，他蒼白、五官端正的臉就像個蠟做的面具——俐落地踏過門口。他揮手示意外面的警衛把他們領來的囚犯帶進來。詩人安珀佛斯步履蹣跚地走進牢房。門再度鏗然關上。

安珀佛斯從一邊朝著另一邊走了不怎麼篤定的一、兩步，就好像他有某種想法，覺得有另一個門可以出去，然後就開始在牢房裡來來回回地漫步。他還沒有注意到溫斯頓在場。他不安的眼睛注視著大約在溫斯頓頭上一公尺高處的牆壁。他沒穿鞋；大而骯髒的腳趾從襪子的破洞裡突出來。他也好幾天沒刮鬍子了。雜亂的鬍子蓋住他的臉，直到顴骨處，讓他有一種惡棍般的氣質，配上他虛弱的大骨架與緊張的動作，顯得很古怪。

溫斯頓從自己了無生氣的狀態裡，稍微打起一點精神。他必須冒著被電傳螢幕大吼的風險，跟安珀佛斯說話。甚至可以想像安珀佛斯就是帶來剃刀的人。

「安珀佛斯。」他說。

電傳螢幕裡沒有傳來吼叫。安珀佛斯頓了一下，稍微有點嚇著。他的眼睛緩慢地聚焦到溫斯頓身上。

「噢，史密斯！」他說：「你也在！」

「你為什麼進來了？」

「跟你說實話——」他動作笨拙地在溫斯頓對面的長凳上坐下。「只有一種罪行，不是嗎？」他說道。

「那你觸犯了嗎？」

「顯然我觸犯了。」

他把一隻手放到前額上，然後壓著他的太陽穴一會兒，就好像嘗試要想起某件事一樣。

「這種事情就是會發生，」他語氣含糊地開口說道：「我已經可以回想起一個例子——一個可能的事例。毫無疑問，那是輕率之舉。我們正在製作《吉卜齡詩集》的決定版。我讓一句詩結尾的『神』字留下來了。我忍不住啊！」他幾乎義憤填膺地補上這一句，同時揚起臉注視著溫斯頓。「不可能改掉那行詩。韻腳是『伸』。你明白嗎，在整個語言裡只有十二種音韻可以搭配『伸』這個字？我花了好幾天索盡枯腸。**就是**沒有別的韻腳可用。」他臉上的表情變了。惱怒從臉上消失，有一陣子他看起來幾乎是心情愉悅。一種知性的溫暖，老學究發現某種無用事實的喜悅，從塵土與亂髮之間亮了起來。

「你有沒有想過，」他說：「英語缺乏韻腳的事實，決定了整個英語詩發展的歷史？」不，溫斯頓從沒有過這個特定的想法。在目前的環境下，他也不覺得這件事非常重要或有趣。

「你知道現在是一天裡的什麼時間嗎？」他說道。

安珀佛斯再度一臉被嚇著的樣子。「我幾乎沒想過這點。他們逮捕我——可能是兩天前吧——也許是三天前。」他的眼睛飛快掠過四壁，就好像他有些期待在某處找到一扇窗戶。「在這個地方，日夜之間沒有差別。我看不出一個人要怎麼計算時間。」

他們全無條理地談了幾分鐘，接著，在缺乏明確理由的狀況下，電傳螢幕裡傳來的一聲吼叫讓他們靜了下來。溫斯頓靜靜地坐下，交叉著雙手。安珀佛斯，身形大到無法舒服地坐在那張狹窄長凳上，坐立不安地挪到這邊又挪到那邊，他瘦長的雙手先是環住一邊膝蓋，然後又環住另一邊。電傳螢幕對他咆哮，要他坐著不動。時間過去了。二十分鐘，一小時——太難判斷了。外面再度響起靴子的聲音。溫斯頓的內臟為之一縮。很快，非常快，或許在五分鐘內，或許就是現在，靴子沉重的腳步聲會表示輪到他自己了。

門打開來。那個年輕冷面軍官踏進牢房裡。手短促的一個動作，他指向安珀佛斯。

「一〇一室。」他說道。

安珀佛斯笨手笨腳地大步走過警衛之間，他臉上隱約顯得煩亂不安，卻迷惑不解。

接著似乎過了很長的時間。溫斯頓肚子裡的痛楚又回來了。他的心靈不斷繞著同一套把戲往下沉，就像一顆球一而再、再而三地落入同樣一連串的縫隙裡。他只有六個想法。他肚子裡的痛楚；

一塊麵包；鮮血與尖叫；歐布萊恩；茱莉亞；剃刀。他體內又起了另一陣痙攣，沉重的靴子聲逼近了。在門打開的時候，造成的一陣風帶進來一股冰冷汗水的強烈氣味。帕森斯走進牢房裡。他穿著卡其短褲跟一件運動衫。

這次溫斯頓震驚得忘我了。

「**你**到了這裡！」他說道。

帕森斯瞥了溫斯頓一眼，眼神不感興趣也不帶訝異，只有悽苦。他開始顛簸不穩地來回走動著，顯然靜不下來。每次他伸直他粗粗胖胖的膝蓋，那雙膝蓋在顫抖的樣子就很明顯。他的眼睛看起來是睜圓了在瞪著什麼，就好像他無法阻止自己去注視著前方不遠處的某樣東西。

「你是為什麼進來的？」溫斯頓說道。

「思想罪！」帕森斯說道，幾乎啜泣起來。他的聲調暗示他立刻徹底承認自己有罪，而且對於這種字眼竟然可以用到他身上，有一種難以置信的恐怖感。他在溫斯頓對面暫時停下腳步，開始急切地向他求助：「你不認為他們會槍殺我吧，老哥，對吧？如果你實際上什麼都還沒做，他們不會槍殺你的——只是些你忍不住的想法啊？我知道他們會給你一個公正的聽證會。喔，我相信他們會那樣做的！他們會知道我的紀錄吧，不是嗎？**你**知道我以前是哪種人。以我這個樣子來說，不算是個壞人嘛。不聰明，當然，但很熱忱。我設法為黨盡全力了，不是嗎？我判個五年就可以過關了，你不覺得嗎？或者甚至判個十年？像我這樣的人在勞改營裡，可以讓自己變得很有用。他們不會因為我就那麼一次失去控制，就槍斃我吧？」

「你有罪嗎?」溫斯頓說道。

「我當然有罪!」帕森斯大喊,同時卑屈地瞥了一眼電傳螢幕。「你不認為黨會逮捕一個清白的人,是吧?」他青蛙似的臉變得更冷靜一些,甚至擺出有點自以為道德高尚的表情。

「思想罪是個可怕的玩意,老兄,」他簡潔地說道。「這種罪很陰險的。它甚至可以在你不知情的狀況下掌握住你。你知道它怎麼找上我的嗎?在我睡夢中!對,事實如此。我在那裡拚命工作,試著做好我那一小部分——我從不知道我心裡有任何一點壞東西。然後呢,我開始講夢話了。你知道他們聽到我說什麼嗎?」

他聲音一沉,就像一個人基於醫療理由,被迫要講汙言穢語。

「『老大哥下台!』對,我說了那種話!似乎還講了一次又一次。老兄,你別向別人說,我很高興他們在這事情有進一步發展以前就抓到我。你知道我站到法庭之前的時候,我會說什麼嗎?『謝謝你們,』我會這麼說:『謝謝你們在為時已晚前先救了我。』」

「誰告發你的?」溫斯頓說。

「是我的小女兒,」帕森斯用一種帶著憂傷的驕傲之情說道。「她貼著鑰匙孔偷聽。聽到我在說什麼,第二天就飛奔去跟巡邏隊員說了。就一個七歲小鬼頭來講挺機靈的喔?我不會因此對她有任何怨恨。事實上,她讓我很驕傲。無論如何,這顯示出我是照著正確的精神教養她。」

他又用不平穩的動作多走了一會兒,來回好幾趟,同時對馬桶投以渴望的一瞥。然後他突然間扯下他的短褲。

「老哥，請見諒，」他說：「我忍不住。等了好一陣子了。」

他大大的臀部往馬桶座上重重坐下。溫斯頓用雙手蓋住他的臉。

「史密斯！」電傳螢幕裡的聲音喊道：「六〇七九W．史密斯！露出你的臉。在牢房裡不准遮臉。」

溫斯頓露出了他的臉。帕森斯在用馬桶，聲音響亮、分量豐沛。結果水箱塞有問題，後來幾小時裡牢房裡臭不可聞。

帕森斯被帶走了。更多囚犯神祕地來來去去。其中一人，是個女人，被移送到「一〇一室」，而且溫斯頓注意到，她聽到這些話的時候似乎縮了起來，臉色大變。有一次人來的時候——如果他是早上被帶來，那麼就是在下午；如果是下午被帶來，那就會是午夜——牢房裡有六個囚犯，有男有女。所有人都坐著不動。溫斯頓對面坐了一個男人，長了張沒下巴的暴牙臉，就像某種傷不了人的大型囓齒動物。他肥胖又長了斑的臉，底部鼓脹到讓人很難不信他在那裡藏了少量食物。他淡灰色的眼睛怯生生地掠過一張張的臉孔，然後在跟別人四目交接時又迅速地轉開。

門打開了，另一個囚犯被帶進來，他的外表讓溫斯頓瞬間心中一寒。他是個普普通通、一臉刻薄相的男人，可能是某種工程師或技師。但讓人震驚的是他憔悴的臉。那張臉就像個骷髏頭。因為嘴巴細薄，雙眼看起來大得不成比例，而且其中似乎對某人或某事充滿了帶著殺意又無法平息的仇恨。

男人在長凳上坐下，跟溫斯頓隔著一點點距離。溫斯頓沒有再看他，但那張飽受折磨、形同骷髏的臉在他心中如此鮮明，好像就在眼前。突然間他領悟到這是怎麼回事了。那個男人快餓死了。牢房裡的每個人好像幾乎都在同時想到這一點。整條長凳上有一陣非常輕微的擾動。沒下巴男人的雙眼一直朝著骷髏臉男人那裡飄去，再充滿罪惡感地轉開，接著又被那無可抵擋的吸引力拉回去。這時候他在他的座位上開始蠢動著。最後他站了起來，踩著笨拙的腳步搖搖晃晃地繞著牢房走，往他的工作服口袋底下挖，然後，帶著一種困窘的神態，把一塊髒髒的麵包交給骷髏臉男人。

電傳螢幕裡傳出一陣震耳欲聾的怒吼。走到半路的沒下巴男人嚇得跳起來。骷髏臉男人迅速地把雙手塞到後面去，就像要對全世界展示他拒絕這份禮物。

「邦史泰德！」那聲音怒吼：「二七一三J．邦史泰德！丟下那塊麵包！」沒下巴男人讓那塊麵包掉到地上。

「你站在原地，」聲音說道：「面對門口。不准動。」

沒下巴男人遵從了。他鼓鼓的大臉頰無法控制地顫抖著。門鏗然打開。在年輕軍官進來踏到旁邊去的時候，他背後冒出一個手臂跟肩膀巨大無比的矮胖警衛。他在沒下巴男人對面站定，接著，軍官一打出信號，他就揮出讓人畏懼的一拳——他全身的體重也跟著送出去——徹底打在沒下巴男人的嘴上。這一拳的力道幾乎直接把他打倒在地。他的身體飛過這間牢房，突然撞上馬桶座底部。有一會兒他躺在那裡，好像嚇呆了，同時深色的血液從嘴巴跟鼻子裡汩汩冒出。一聲非常微弱的哀鳴或尖叫，似乎無意識地從他體內傳出。然後他翻過身去，靠著雙手跟膝蓋搖晃不穩地把自己撐起來。和在一條血液與唾液之間，兩半假牙床從他嘴裡掉了出來。

囚犯們非常安靜地坐著，交叉雙手放在膝上。沒下巴男人爬回他的位置。在他臉上有一邊的皮肉發青了。他的嘴巴腫成一個不成形狀的櫻桃色肉團，正中央有個黑洞，不時有一點點血滴在他那件工作服的胸膛處。他灰色的眼睛仍然從一張臉飄到另一張臉上，比過去更有罪惡感，就好像他試著要弄清楚他所受的羞辱，讓其他人鄙視他到什麼程度。

門打開了。用一個小小的手勢，軍官指向骷髏臉男人。

「一〇一室。」他說道。

溫斯頓這邊有一聲驚喘與一陣混亂。那男人真的雙膝一軟撲倒在地上，雙手緊握在一起。

「同志！長官！」他喊道：「你不必把我帶到那裡去！我不是已經把什麼都告訴你了嗎？你還想知道什麼別的？沒有一件事情是我不願坦白的，一件都沒有！只要告訴我是什麼事，我就會馬上通通自白。寫下來，我就簽名——什麼都可以！別去一〇一室！」

「一〇一室。」軍官說道。

男人原本就已非常蒼白的臉變成另一種顏色，溫斯頓本來不相信有可能會這樣。那肯定是某種色調的綠，錯不了。

「對我做什麼都行！」他吶喊：「你們已經讓我餓好幾個星期了。了結這一切，讓我死吧。槍斃我。吊死我。判我二十五年。還有什麼別的人是你要我告發的嗎？只要跟我說是誰，你想聽什麼我都會告訴你。我不在乎那是誰，也不在乎你怎麼對他們。我有老婆跟三個小孩。他們之中最大的那個還不到六歲。你可以把他們全部帶走，在我眼前割斷他們的喉嚨，我會站在旁邊盯著看。可是別去一〇一室！」

「一〇一室。」軍官說道。

男人狂亂地環顧其他囚犯，就好像他有某種想法，覺得他可以找別的犧牲者取代自己的位置。他的目光停在沒下巴男人被打爛的臉上，猛然伸出一隻瘦削的手臂。

「你應該帶走的是那一個，不是我！」他吼道：「你沒聽到他們揍他臉的時候，他在說什麼話。給我一個機會，我就會把每個字都告訴你。**他**才是反對黨的那個人，不是我。」警衛們往前邁進。男人的聲音提高到成了尖叫。「你們沒聽到他說的！」他重複道：「電傳螢幕出了某種問題。**他**才是你們要的人。帶他走，別抓我！」

兩個結實的警衛蹲下來抓住他的手臂。但就在這一刻，他自己撲向牢房的地板，抓住支撐長凳的其中一支鐵製椅腳。他開始發出無言的嚎叫，就像一隻動物。警衛抓著他，要把他扭下來，但他用驚人的力氣緊抓不放。或許有二十秒鐘，他們猛拉著他。囚犯們靜靜地坐著，雙手交叉放在膝蓋上，筆直地盯著他們的前方。嚎叫停止了；除了繼續撐住以外，那男人不剩半口氣做任何別的事了。然後是另一種不同的哭喊。一個警衛的靴子踢了一腳，弄斷了他一隻手的幾根手指。他們拖著他站起來。

「一〇一室。」軍官說道。

男人被帶走了，步履不穩，腦袋往下沉，護著他被踢斷的手，所有的鬥志都離他而去。

一段漫長的時間過去了。如果骷髏臉男人被帶走的時候是午夜，現在就是早晨；如果那時是早

一段漫長的時間過去了。如果骷髏臉男人被帶走的時候是午夜，現在就是早晨；如果那時是早晨，現在就是下午。溫斯頓獨自一人，而且已經獨處好幾小時了。坐在狹窄長凳上這麼疼痛，以至於他經常起來走動，沒有被電傳螢幕責備。那塊麵包仍然躺在沒下巴男人扔下的位置。起初他得苦苦努力才不至於去看那塊麵包，但現在飢餓感已經被口渴給取代了。他的嘴巴黏黏的，有不好的味道。嗡嗡聲跟不變的白光引起一種昏昏然的感覺，他腦袋裡面覺得空蕩蕩的。他會站起來，因為他再也無法忍受骨頭裡的痛楚，然後又會幾乎馬上就坐下來，因為他暈得太厲害，不能確定自己站得住腳。每次他稍微控制住身體感覺，恐怖感就會回來。有時候，隨著一種逐漸消退的希望，他會想起歐布萊恩與剃刀。他可以想像剃刀可能藏在他的食物裡抵達——要是真有人送食物給他的話。他會比較含糊地想起茱莉亞。在某個地方，她受的苦或許比他還要糟糕得多。此刻她可能正痛苦地尖叫著。他心想：「如果我可以自己承受雙倍的痛苦來救茱莉亞，我會這樣做嗎？會，我會的。」但那只是個理智的決定，他這樣決定，只是因為他知道他應該這樣做。他沒有感覺到這一點。在這個地方，你不可能感覺到任何事，唯一的例外是疼痛與對疼痛的預期。此外，在你真正承受痛苦的時候，有可能為了任何理由期望自己的痛楚會增加嗎？但那個問題還是無法回答的。

靴子再度迫近。門打開來。歐布萊恩進來了。

溫斯頓跳了起來。這一幕的震撼讓他失去所有警戒心。這是多年來的第一次，他忘記了電傳螢幕在場。

「他們也抓到你了！」他喊道。

到一旁去。從他背後，冒出一個胸膛寬闊的警衛，他手中有一根長長的黑色警棍。

「你知道這一點，溫斯頓。」歐布萊恩說道：「別騙自己了。你確實知道——你一直都知道的。」對，他現在看出來了，他一直都知道的。但沒有時間去想這個了。他只看得到那警衛手中的警棍。警棍可能會落在任何地方；落在頭頂，落在耳朵尖端，落在上臂，落在手肘……手肘！他膝蓋一軟跪倒，幾乎癱瘓了，用他的另一隻手緊抓著被打的手肘。一切都爆炸成黃色的光。

難以想像，難以想像一擊可以導致這樣的疼痛！光線消失了，他可以看見另外兩個人俯視著他。警衛正在嘲笑他扭曲的樣子。無論如何，有個問題得到解答了。不管為了任何一種理由，絕對別許願要讓痛苦增加。對於痛楚，你能許的願望只有一個：希望它會停止。世界上沒有一件事像肉體的疼痛這麼糟。在痛楚之前沒有英雄，沒有英雄，他在地上扭動著，毫無用處地緊抓著廢掉的左臂時，一遍又一遍地想著這一點。

第二章

他躺在某樣東西上面，感覺上像是行軍床，只是離地面比較高，而且被人用某種方式固定住，好讓他動不了。落在他臉上的燈光似乎比平常還強些。歐布萊恩站在他旁邊，專注地俯視著他。在他的另一邊站了一個穿著白外套的人，手中握著一支皮下注射器。

就算在他眼睛張開以後，他也是慢慢才弄清楚周遭環境。他有種印象是，他是從某個很不一樣的世界，一種遠比這裡低得多的水下世界裡，游進了這個房間。他在那裡躺了多久，他不知道。從他們逮捕他那一刻開始，他就沒見過夜色或日光了。除此之外，他的記憶是不連續的。有過一些時候，意識——甚至是人在睡夢中的那種意識——就死定住不動了，在一段空白的時間間隔以後又再度開始。但那些時間間隔是好幾天、好幾週或者只有幾秒，就無從得知了。

隨著敲在手肘上的第一擊，夢魘開始了。後來他理解到，那時發生的一切就只是初步的例行訊問，所有囚犯都要接受。有一長串的罪行——間諜、破壞活動之類——每個人都理所當然地必須自白。自白是個形式，雖然酷刑是真的。他被打了多少次、毆打持續了多久，他記不起來。總是同時有五、六個穿黑制服的男人在對付他。有時候是拳頭，有時候是警棍，有時候是鐵棒，有時候是靴子。有些時候他在地板上翻滾，就像動物一樣不知羞恥為何物，往這裡或那裡扭動著身體，無窮無盡又毫無希望地努力想避開踢踹，結果只招來更多更多的踢踹，踢向他的肋骨、他的肚子、他的手肘、他的小腿、他的鼠蹊部、他的睪丸、他的脊椎尾骨。有些時候踢打一直不停地延續下去，到最後在他看來，最殘酷、邪惡、不可原諒的事情不是警衛繼續打他，而是他不能逼自己失去意識。有些時候他的勇氣這樣徹底背棄了他，讓他甚至在毆打開始以前就吶喊著求饒，光看到一個拳頭往後拉準備出手，就足以讓他滔滔不絕地招出真正的與想像的罪行。有些別的時候，他一開始抱著什麼都不招的決心，每個字都必須在他痛苦的喘息之間才能逼出來，有些時候則衰弱無力地設法妥協，他會對自己說：「我會招供的，但不是現在。我一定要撐住，撐到痛楚變得無法忍受為止。再踢三下，再踢兩下，然後我就會把他們要的告訴他們。」有時候他被打到幾乎不能站立，然後像一袋馬鈴薯一樣撲倒在一間牢房的石頭地上，被留在那裡好幾小時以恢復元氣，然後再拉出去毆打。也有些比較長的恢復期。他對那些時刻記憶模糊，因為這些時候主要是消耗在睡眠或恍惚狀態中。他記得一間有板條床的牢房，有某種架子從牆壁上突出來，有個錫做的臉盆，還有熱湯加麵包、偶爾有咖啡的三餐。他記得有個粗魯的理髮師來這裡刮他的下巴、剪他的頭髮，還有看來公事公辦、毫無同情之心的白外套男子過來量他的脈搏，測試他的反射動作，翻開他的眼皮，用粗糙的手指摸遍他身上，找尋有沒有斷裂的骨頭，然後打針到他手臂裡讓他睡著。

毆打變得沒那麼頻繁了，但主要目的變成了一種威脅，一種恐怖，如果他的答覆讓人不盡滿意，隨時都會被送回去。盤問他的人現在不是穿著黑色制服的暴徒，而是黨內的知識分子，動作迅速、眼鏡閃爍著反光的矮胖小男人們，他們接力訊問他，每一回合審問的時間延續了十或十二小時——

他是這麼想，卻不可能確知。其他訊問者確保了他一直處於輕微疼痛的狀態，但他們仰賴的主要不是痛楚。他們甩他耳光，擰他耳朵，扯他頭髮，叫他用單腳站立，不准他離開去尿尿，在他臉上打亮得扎眼的燈光，直到他眼睛裡盈滿淚水；但這種作為的目標就只是要羞辱他，並且毀掉他爭辯推論的力量。他們真正的武器是毫不留情的質問，一直不停地問下去，一小時又一小時，讓他出錯，挖陷阱給他跳，扭曲他說的一切，每一步都判定他說謊、自相矛盾，直到他開始啜泣，既是因為羞恥，也是因為神經緊繃到疲勞了。有時候他光是在一次訊問期間就會哭出來五、六次。大多數時候，他們對他尖聲辱罵，每次他猶疑不決，就威脅要把他再交給那些警衛；但有時候他們會突然改弦易轍，叫他同志，用英社主義與老大哥的名義來打動他，哀傷地問他，事到如今，他對黨殘餘的忠誠是否仍舊不夠，不能讓他希望打消自己犯的過錯。經過好幾小時的訊問，他的精神狀態支離破碎的時候，就連這種呼籲都可以讓他投降，為之痛哭流涕。到最後，那種嘮叨的聲音比警衛的靴子跟拳頭更徹底地讓他崩潰。他變成只是一張說話的嘴，一隻簽名的手，照做他們要求他的任何事。他唯一關心的事，就是找出他們到底要他招出什麼事，然後趁欺凌脅迫再度開始以前，迅速地招出來。他招出刺殺知名黨員的行動，分發煽動性的宣傳手冊，虧空公款，出賣軍事機密，還有每一種破壞行為。他招出他早在一九六八年就是拿東亞國政府薪水的間諜。他招出他是宗教信徒，資本主義的仰慕者，還是個性變態。他招出他謀殺了妻子，雖然他知道，質問他的人一定也知道，他太太還活著。他招出他多年來都跟勾斯坦有個人接觸，一直是某個地下組織的成員，該組織包括了幾乎他曾經認識的每一個人。招出每一件事、牽連每一個人還比較容易。除此之外，從某種意義上來說，這一切都是真的。他真的一直是黨的敵人，而且在黨的眼中，思想與行為之間並無區別。

也有另外一種回憶。這些回憶在他心中彼此互不相干卻顯得突出，就像一幅幅周圍一片漆黑的畫。

他在一間牢房裡，那裡可能是暗的也可能是亮的，因為他什麼都看不到，只看得到一雙眼睛。近在咫尺的是某種儀器，緩慢而規律地滴答作響。那雙眼睛變得更大、更明亮。突然間他從椅子上飄浮出來，潛入那雙眼睛，然後就被吞噬了。

他被綁在一張旁邊都是刻度盤的椅子上，處於亮得讓人目眩的燈光下。一個穿著白色外套的男人在讀那些刻度盤。外面有一陣沉重靴子踩踏的腳步聲。門鏗然打開。表情僵硬如蠟的軍官大步走進來，後面跟著兩個警衛。

「一〇一室。」軍官說道。

穿著白外套的男人沒有轉身。他也沒有看溫斯頓；他只是注視著刻度盤。

他迅速穿過一條巨大雄偉的走廊，寬達一公里，充滿了耀眼奪目的金色燈光，發出震天價響的笑聲，同時用最高音量吼出他的自白。他招供了一切，連他在酷刑折磨下成功地忍住沒說的事情都說了。他把他整個人生的歷史講給已經知悉這一切的觀眾聽。跟他在一起的是警衛們，其他的拷問者、穿白外套的男人們、歐布萊恩、茱莉亞、查林頓先生，他們全都一起沿著走廊迅速走來，而且都發出響亮的大笑。埋藏在未來的某件恐怖之事，不知怎麼的被跳過了，沒有發生。一切都好好的，再也沒有疼痛了，他人生中最後的一些細節都袒露出來，得到了理解，也得到了原諒。

他從板條床上猛然起身，心中有一半確信他聽到了歐布萊恩的聲音。在整個訊問過程中，他雖然從沒見到歐布萊恩，卻覺得他就在附近，只是看不到。是歐布萊恩在主導每件事。是他安排那些警衛對付溫斯頓，也是他阻止他們殺死溫斯頓。是他決定什麼時候該讓溫斯頓痛得尖叫，什麼時候該讓他得到喘息，什麼時候該給他吃，什麼時候該給他睡，什麼時候該把藥劑打進他手臂裡。是他問了那些問題，並且暗示了答案。他是折磨者，他是保護者，他是審問者，他也是朋友。而有一次——溫斯頓記不起來那到底是在藥劑導致的睡夢中，還是在一般的睡眠裡，或者甚至是在清醒的時刻——有個聲音在他耳畔喃喃說道：「別擔心，溫斯頓；你由我照管。我已經監看你七年了。現在轉捩點來了。我會拯救你，我會讓你變得完美。」他不確定那是不是歐布萊恩的聲音；但就是同樣的聲音對他說：「我們會在一個沒有黑暗的地方相逢。」那是七年前，在另一個夢境中。

他不記得他的訊問有任何結尾。會有一段黑暗時期，然後就是他現在置身的囚室或房間，逐漸在他身邊成形。他幾乎是平躺著，無法動彈。他的身體在每個關鍵點上都受到壓制；就連他的後腦勺都被某種方式夾住了。歐布萊恩嚴肅而頗為悲傷地俯視著他。從下方往上看，他的臉看起來粗糙又憔悴，眼睛底下有眼袋，從鼻子到下巴都有疲憊的皺紋。他比溫斯頓原本想的還要老些；他可能有四十八歲或五十歲了。在他的手底下是一個刻度盤，頂端有個控制桿，盤面周圍是一圈數字。

「我告訴過你，」歐布萊恩說：「如果我們再度見面，會是在這裡。」

「對。」溫斯頓說。

除了歐布萊恩的手微微一動以外，沒有任何預警，一波痛楚淹沒了他的身體。這是一種嚇人的疼痛，因為他無法看到發生了什麼事，而且他覺得受到某種致命傷害了。他不知道這回事是不是真正在發生，也不知道這種效果是不是電流造成的；但他的身體被扭曲到變形，關節慢慢地被扯開了。雖然痛楚把汗逼出他的額頭，最糟的卻是怕自己脊梁就要斷裂的那種恐懼。他咬著牙，辛苦地靠著鼻子呼吸，試著盡可能長久地保持靜默。

「你在害怕，」歐布萊恩觀察著他的臉，這麼說道：「怕再過一會兒就有哪裡要斷掉了。你尤其恐懼的是你的脊梁會斷。你心中有個鮮明的影像是脊椎猛然脫節，脊髓液從裡面滴出來。你在想的不就是這個嗎，溫斯頓？」

溫斯頓沒有回答。歐布萊恩把刻度盤上的控制桿往後拉。這一波痛楚幾乎像來時那樣迅速地退卻。

「那是四十度，」歐布萊恩說：「你可以看到這個刻度盤上的數字最高到一百。在我們的整個對話中，能不能請你記著，我有能力在任何時刻讓你痛苦，而且是痛到我選擇的任何程度？如果你對我說任何謊話，或是想用任何方式搪塞，甚至只是表現得不如你平常的智力水準，你就會痛得喊出來，馬上就會。你明白這一點嗎？」

「明白。」溫斯頓說。

歐布萊恩的態度變得沒那麼嚴厲。他若有所思地重新戴好他的眼鏡，然後來回踱了一、兩步。在他開口時，他的聲音很溫和又有耐性。他有醫生、老師、甚至是神父的氣質，急於解釋與說服，而不是懲罰。

「我在你身上下了很多功夫，溫斯頓，」他說：「因為你值得花這些功夫。你完全知道你是怎麼了。這一點你已經知道很多年了，雖然你曾經抗拒過這種認知。你心智失常了。你苦於殘缺不全的記憶。你無法記起真實事件，而你說服自己說，你記得其他從沒發生過的事件。幸運的是，這是可以治癒的。你從沒有把自己治好過，因為你沒有選擇這樣做。有些需要意志的小小努力，你還沒準備好要付諸實踐。就算是現在，我也很清楚，你還緊抓著你的疾病不放，以為這是種美德。現在我們會舉個例來看看。就現在來說，大洋國交戰的是哪個強權？」

「在我被捕的時候，大洋國在跟東亞國作戰。」

「跟東亞國。很好。那麼大洋國一直都在跟東亞國作戰，不是嗎？」

溫斯頓吸了一口氣。他張開嘴巴要說話，然後又沒有說。他的目光無法從那個刻度盤上移開。

「請說真話，溫斯頓。**你的**真話。告訴我你認為你記得什麼。」

「我記得直到我被捕前一週，我們根本就沒有在跟東亞國作戰。我們跟他們結盟。戰爭是要對抗歐亞國。那種狀況持續了四年。在那之前……」

歐布萊恩用一個手勢阻止了他。

「另一個例子，」他說：「幾年前你有個真的非常嚴重的錯覺。你相信有三個男人，三個名叫瓊斯、亞倫森與盧瑟佛的前黨員——在做出盡可能完整的自白以後，因為叛國與破壞罪行而被處決的人——並沒有犯下他們被指控的罪行。你相信你看到正確無誤的紀錄證據，證明他們的自白是假的。你對某一張特定照片有幻覺。你相信你曾經真的把照片握在手裡。那是一張類似這樣的照片。」

一長條報紙出現在歐布萊恩的手指之間。有大約五秒鐘，那張紙就在溫斯頓看得到的角度內。

那是一張照片，是什麼照片毋庸置疑。就是那張照片。那是另一張瓊斯、亞倫森、盧瑟佛在紐約參與黨活動的照片副本，他十一年前剛好看到，旋即又銷毀的那張。它在他眼前只出現了一下子，然後就再度消失在視線範圍外了。但他見過那張照片了，毫無疑問他看過！他做了一個絕望、痛苦的努力，扭動著想掙脫他的上半身。無論朝著哪個方向，哪怕是移動一公分都不可能。在那一刻，他甚至忘記了刻度盤。他想要的就只有再度把那張照片握在手指之間，或者至少看看它。

「它存在！」他喊道。

「不。」歐布萊恩說道。

他踏出步伐穿過房間。在對面的牆上有個記憶洞。歐布萊恩舉起了格子柵欄。在看不到的地方，那張脆弱的紙片乘著溫暖的氣流旋轉著飄走；它消失在一閃的烈焰之中。歐布萊恩從牆邊轉身走開。

「灰燼，」他說：「甚至無法分辨的灰燼。塵土。它不存在。它從來沒有存在過。」

「但它真的存在！它真的存在！它存在於記憶中。我記得它。你記得它。」

「我不記得。」歐布萊恩說。

溫斯頓的心為之一沉。那是雙重思想。他有種極端無助的感覺。如果它可以確定歐布萊恩在說謊，那似乎就沒關係了。但絕對有這種可能性，歐布萊恩真的忘記那張照片了。如果是這樣，那麼他也已經忘記他不承認記得這件事，也忘記了他遺忘的行為。一個人怎麼能確定這只是單純的詐騙呢？或許心靈的瘋狂錯亂真有可能會發生：是這個念頭擊敗了他。

歐布萊恩一邊思索著一邊俯視著他。他比平常更像個老師，不辭辛勞地教化一個頑劣卻很有希望的孩子。

「有個黨的口號是在處理對過去的控制，」他說：「麻煩你重複那句話。」

「『掌控過去的人就掌控未來；掌控現在的人就掌控過去。』」溫斯頓聽話地重複。

「『掌控現在的人就掌控過去。』」歐布萊恩一邊說一邊點頭，緩緩地表示同意。「溫斯頓，這是你的意見嗎，過去真的存在？」

無助感再度落在溫斯頓身上。他的眼睛飛快朝著刻度盤掃去。他非但不知道能讓他免受皮肉痛的答案是「是」或「否」，他甚至也不知道他相信哪一個答案才是真的。

歐布萊恩露出模糊的微笑。「溫斯頓，你不是形上學家。」他說：「直到此刻為止，你從沒考慮過存在是什麼意思。我會把話說得更精確些。過去是否實質存在於空間中？是否有某個地方，一個由堅實物體構成的世界，過去仍然在那裡發生著？」

「不。」

「那麼過去存在於何處，如果它真的存在的話？」

「在紀錄之中。過去被寫下來了。」

「在紀錄之中。還有……？」

「在心靈中。在人類記憶裡。」

「在記憶裡。這樣啊，非常好。我們，黨掌控了所有紀錄，我們也掌控了所有記憶。那麼我們就掌控了過去，不是嗎？」

「但你怎麼可能阻止人去記得事情?」溫斯頓一時之間又再度忘記刻度盤，喊了出來。「這是不由自主的。這在個人控制之外。你怎麼能夠控制記憶?你還沒控制我的!」

歐布萊恩的態度再度變得嚴厲起來。他把手放在刻度盤上。

「正相反。」他說道：「是你沒有控制住它。就是這個把你帶到這裡來。你在這裡，是因為你不夠謙卑，你的自我規訓失敗了。你不願屈服，那是保持神智健全要付出的代價。你寧可做個瘋子，做獨來獨往的少數派。只有受到規訓的心靈可以看到現實，溫斯頓。你相信現實是某個客觀的、外在的、獨立自存的東西。你也相信現實的本質是不證自明的。在你哄著自己去想你看到了某樣東西的時候，你假定別人都看到跟你一樣的東西。但我告訴你，溫斯頓，現實不是外在的。現實存在於人類心靈之中，不存在於任何別的地方。現實不在個別的心靈之中——個人的心靈可能犯錯，而且無論如何很快就會死滅：現實只存在於黨的心靈，集體而不朽的心靈之中。黨視為真相的任何事物，**就是**真相。除非透過黨的眼睛來看，否則你不可能看到現實。溫斯頓，那就是你必須重新學會的事實。這樣做需要自我毀滅的行動，需要意志的努力。你必須讓自己變得謙卑，然後才能變得神智健全。」

他暫停了一陣子，就好像要讓他說過的話有機會被吸收消化。

「你記得嗎，」他繼續說道：「你在日記裡寫下，『自由就是能夠說二加二等於四的自由』?」

「記得。」溫斯頓說。

歐布萊恩舉起他的左手，手背朝著溫斯頓，藏起了拇指，另外四隻手指伸展開來。

「我現在舉起了幾隻手指，溫斯頓？」

「四隻。」

「那如果黨說這不是四，而是五——那麼是幾隻？」

「四隻。」

這句話以一聲痛楚的喘息作結。刻度盤的指針跳到五十五。溫斯頓全身都迸出汗水。空氣猛然衝進他的肺部，然後隨著低沉的呻吟再度吐出，就算他緊咬牙關都擋不住那種呻吟。歐布萊恩注視著他，仍然伸直了四隻手指。他把控制桿拉回去。這回痛楚只是稍微減緩一點點。

「幾隻手指，溫斯頓？」

「四隻。」

指針跳到了六十。

「幾隻手指，溫斯頓？」

「四隻！四隻！我還能說什麼？四隻！」

指針一定再度攀升了，但他沒有去看。那張沉重、嚴肅的臉跟四隻手指填滿了他的視野。那些手指在他眼前豎立著，就像柱子一般巨大而模糊，似乎還在震動，卻是錯不了的四隻。

「幾隻手指，溫斯頓？」

「四隻！住手，住手！你怎麼還做得下去？四隻！四隻！」

「幾隻手指，溫斯頓？」

「五！五！五！」

「不，溫斯頓，這是沒有用的。你在撒謊。你仍舊認為是四隻。請說到底是幾隻？」

「四！五！四！你要幾隻就是幾隻。拜託住手，別讓我痛了！」

突然間他就已經坐起身了，同時歐布萊恩的手臂環著他的肩膀。他或許有幾秒鐘失去意識。他覺得非常冷，他無法克制地發抖，他的牙齒在打顫，眼淚從他臉頰上滑下。有一刻他像個嬰兒似地緊抓著歐布萊恩，因為那隻環住他肩膀的沉重手臂而感覺到一種古怪的安慰。他有種感覺，歐布萊恩是他的保護者，痛則是某種外來的東西，出於某個別的來源，是歐布萊恩把他從痛苦中拯救出來。

「你學得很慢，溫斯頓。」歐布萊恩輕柔地說道。

「我怎麼忍得住？」他哽咽著說道：「我怎麼能不去看我眼前的東西？二加二等於四。」

「有時候是，溫斯頓。有時候是等於五。有時候等於三。有時候二加二同時等於那三個數字。你必須更努力嘗試。要恢復精神健全不是那麼容易。」

他把溫斯頓放在床上躺好。他四肢所受的箝制再度束緊了，但這次痛楚衰退了，顫抖也停止了，在他身上只留下虛弱與寒冷。歐布萊恩朝著穿白外套的人撇了一下頭，在這整個過程中，那男人一直動都不動地站著。白外套男人彎下腰來，仔細望進溫斯頓眼底，感覺他的脈搏，把一隻耳朵貼到他胸前，敲敲這裡又敲敲那裡，然後對著歐布萊恩點了點頭。

「再來。」歐布萊恩說。

痛楚流進溫斯頓體內。指針一定到達七十，或者七十五。這次他閉上雙眼。他知道那些手指還在那裡，仍然是四隻。真正重要的只有設法活下去，直到那陣痙攣過去。他不再注意他有沒有喊出聲來了。痛楚再度減緩。他睜開眼睛。歐布萊恩把控制桿拉回去了。

「多少隻手指，溫斯頓。」

「四隻。我想是四隻。如果我能做得到，我會看到五隻。我試著要看到五隻。」

「你的願望是什麼：說服我說你看到五，或者真的看到五？」

「真的看到五。」

「再來。」歐布萊恩說。

或許指針達到八十——九十。溫斯頓只能偶爾記得為什麼會痛。在他緊緊鎖住的眼皮後面，似乎有一座手指形成的森林以某種舞步移動著，穿進穿出，消失在彼此之後又再度出現。他試著要數那些手指，而他不記得為什麼要這樣做。他只知道不可能去數，這在某種程度上是因為五跟四之間有某種神祕的同一性。痛楚再度止息。在他睜開眼睛的時候，只發現他仍舊看著同樣的東西。數不清的手指，就像移動中的樹木，仍舊往四面八方川流不息地通過，彼此一再交叉穿越。他再度閉上雙眼。

「我現在舉起幾隻手指，溫斯頓？」

「我不知道。我不知道。如果你再那樣做，你會殺死我。四，五，六——說真的，我不知道。」

「好多了。」歐布萊恩說。

一根針滑進溫斯頓的手臂。幾乎就在同一瞬間，一種幸福、撫慰人心的暖意就在他周身蔓延。

痛楚幾乎被忘記了一半。他睜開眼睛，感激地仰望著歐布萊恩。一看到那張沉重、滿是皺紋的臉，這麼醜陋又這麼聰慧，他的心似乎就為之翻攪。如果他能夠移動，他就會伸出一隻手，放在歐布萊恩的手臂上。他從來沒像這一刻那麼愛歐布萊恩，而且這不只是因為他讓痛苦停止。那種舊有的感覺已經回來了——追根究柢，歐布萊恩到底是友是敵並不重要。歐布萊恩是一個可以交談的對象。或許一個人想被愛的程度，夠不上想被理解的程度。歐布萊恩折磨他到瘋狂邊緣，而再過一點時間，他肯定會送溫斯頓去死。這樣也沒有差別。在某種比友誼更深切的意義上，他們是密友至交：在某個地方——雖然可能永遠不會真正訴諸言語——他們可以在那裡會面交談。歐布萊恩正俯視著他，臉上的表情暗示著他自己心中可能也有同樣的念頭。在他說出來的時候，是用一種輕鬆、日常對話般的語調。

「溫斯頓，你知道你在哪裡嗎？」他說。

「我不知道。我可以猜。在博愛部吧。」

「你知道你在這裡待了多久嗎？」

「我不知道。幾天，幾星期，幾個月——我想是幾個月。」

「那麼你認為我們為什麼把人帶到這個地方？」

「為了叫他們自白。」

「不，理由不是這個。再猜一次。」

「為了懲罰他們。」

「不是！」歐布萊恩大喊。他的聲音不尋常地改變了，他的臉突然間變得既嚴峻又激動。「不是！不只是要榨出你的自白，不只是為了懲罰你。我要告訴你我們為何把你帶來這裡嗎？是為了治癒你！為了讓你變得正常！溫斯頓，我們帶來這裡的人，沒有一個在離開我們掌心時還沒治癒，你會明白這一點嗎？我們對於你已經犯下的那些愚蠢罪行沒有興趣。黨對於公開的行為沒有興趣：我們在意的只有思想。我們不只是摧毀我們的敵人，我們改變他們。你了解我這麼說是什麼意思嗎？」

他彎腰俯視著溫斯頓。因為靠得近，他的臉看起來巨大無比，而且因為從下往上看的緣故，那張臉醜得可怕。更有甚者，那張臉上充滿了一種得意之情，一種瘋狂的強烈情緒。溫斯頓的心再度往下一沉。如果有可能這樣做，他就會往床鋪裡縮得更深。他覺得很篤定，歐布萊恩會因為一時衝動，再度扭動刻度盤。然而就在這一刻，歐布萊恩轉向旁邊。他來回踱了一、兩步。然後，他用沒那麼激動的情緒繼續說道：

「你要了解的第一件事，就是在這個地方沒有殉道這回事。你讀過以前的宗教迫害。在中世紀有宗教法庭。那是一場失敗。宗教法庭的立意在於根除異端，結果卻使異端長存不朽。因為每次有一個異端分子被宗教法庭綁在柱子上焚燒，就會有另外數千個興起。為什麼會這樣？因為宗教法庭公開殺死它的敵人，而且在他們尚未悔罪的時候就殺了他們：事實上，正因為他們不悔罪，法庭才殺了他們。人會死是因為他們不拋棄他們真正的信仰。很自然，所有榮耀都歸於犧牲者，所有恥辱都歸於燒死他們的宗教審判官。後來到了二十世紀，有所謂的極權主義者。有德國納粹分子與俄國的共產主義者。俄國人迫害異端殘酷的程度，更勝於宗教法庭的作為。而他們自以為從過往的錯誤中學習到教訓了；無論如何，他們知道一定不能製造出殉道烈士。他們讓受害者在公開審判中曝光以前，刻意安排讓他們毀滅自己的尊嚴。靠著酷刑折磨與孤立磨垮他們，直到他們變得可鄙、畏縮的可憐蟲，招出被塞到他們嘴裡的任何事情，辱罵自己，彼此指控、拉彼此墊背，抽抽噎噎地求饒。然而只過了幾年以後，同樣的事情又再度發生。死人變成了烈士，他們的墮落被遺忘。又發生了，為什麼會這樣？首先，是因為他們的自白顯然是硬逼出來的，並不真實。我們不會犯下那種錯誤。所有在這裡吐露的自白都是真的。我們讓這些自白成真。而且最重要的是，我們不容死者再起而對抗我們。你必須停止想像後人會為你平反，溫斯頓。後人永遠不會聽說過你。你會從歷史之流中徹底被撈起。我們會把你蒸發成氣體，把你倒進平流層。你什麼都不會剩下，在任何登記簿上都不會有個名字，任何活人腦中都不會有關於你的記憶。在過去還有未來，你都會被徹底消滅。你從來不存在。」

那為什麼還要費事折磨我？溫斯頓這麼想，一時之間覺得強烈不滿。歐布萊恩停下腳步，就好像溫斯頓大聲說出了他的念頭似的。他大而醜陋的臉靠近了些，雙眼稍微瞇了起來。

「你正在想。」他說道：「既然我們打算徹底毀了你，那麼不管你說什麼、做什麼，都不可能造成哪怕是最微小的差別——在這種狀況下，我們為什麼要先費事偵訊你？你在想的就是這個，不是嗎？」

「是。」溫斯頓說。

歐布萊恩露出淺淺的微笑。「溫斯頓，你是標準模式裡的瑕疵。你是必須被擦掉的汙漬。我不是剛剛才告訴你，我們跟過去的迫害者不一樣嗎？消極服從不能滿足我們，甚至就連最卑下的順從都不能。在你終於向我們投降的時候，非得是出於你自己的自由意志。我們不是因為異端抗拒我們而毀滅他們：只要他抗拒我們，我們就絕對不會毀滅他。我們改變他的信念，攫取他的內心世界，重新塑造他。我們把他身上所有的邪惡與幻想都燒盡；我們把他拉到我們這邊來，不只是表面上，而是真真切切的心與靈。我們在殺死他以前，先把他變成我們自己的一分子。我們無法忍受世界上竟然還有任何地方存在著錯誤的思想，不管那個思想有多麼私密又無力。就算在死亡的瞬間，我們也不容任何偏差。在舊時代，異端分子走向火刑柱的時候也還是個異端，公開宣揚他的異端思想，得意洋洋地沉浸在其中。就連俄國大清算的受害者，也還可以帶著鎖在他腦殼裡的叛逆思想，走上等待槍斃的那條路。但我們在轟掉那顆腦子以前，會先讓它十全十美。舊時代專制主義的律令是『汝不可』。極權主義的律令是『汝可』。我們的律令則是『汝是』。我們帶來這個地方的人，沒有一個挺身出來對抗我們。每個人都被滌淨了。就連那三個可悲的叛徒，你一度相信他們清白無罪——瓊斯、亞倫森與盧瑟佛——到最後都被我們擊潰了。我自己就參與了他們的審訊。看著他們慢慢精疲力竭，抽抽噎噎，低聲下氣，哭哭啼啼——而且到頭來這不是靠著痛楚或恐懼，只是靠著耐心。等到我們對他們下完功夫以後，他們就只剩下人形的空殼了。他們身上什麼也不剩，只留下對自己所作所為的哀傷，還有對老大哥的愛。看他們有多愛他，是很讓人感動的。他們央求早點槍斃他們，這樣他們就能夠在心靈仍然純淨無瑕的時候死去。」

他的聲音幾乎是變得很夢幻。這種得意，這種瘋狂的熱情，仍然掛在他臉上。他不是在假裝，溫斯頓心想，他不是個偽君子，他相信他說的每一個字。對他造成最大壓迫感的，是他意識到自己在知性上居於下風。他注視著那個沉重卻優雅的形體來來回回地漫步，在他的視野範圍內進進出出。歐布萊恩在所有的面向上都比他更巨大。沒有一個他曾經想過——或者能夠想到——的想法，不是歐布萊恩早就知道、早就檢驗過，也早已否定過的。他的心靈**包含**了溫斯頓的心靈。但在那種狀況下，歐布萊恩怎麼可能真的是瘋子？瘋的人必定是他，溫斯頓。歐布萊恩停下腳步，俯視著他。他的聲音再度變得嚴肅了。

「不管你對我們投降得多徹底，溫斯頓，你別以為你救得了自己。曾經誤入歧途的人，從沒有一個得到赦免。而且就算我們選擇讓你活到天年已至，你還是絕無可能從我們手中逃脫。你在這裡發生的事情是永久性的。事先明白這一點吧。我們會壓垮你，直到無路可回的那一點為止。就算你活上一千年，你也永遠不可能從即將發生的事情裡復原。你永遠不可能再恢復普通人類的感覺。你體內的一切都會死去。你永遠不會再有愛、友誼、享受生命歡愉、發笑、好奇、或者保持誠實正直的能力。你會變得空空洞洞。我們會把你壓榨到空無一物，然後用我們自己填滿你。」

他停頓了一下，然後對穿白外套的男人打了個信號。溫斯頓察覺到有某種沉重的儀器在他頭後面被推到定位。歐布萊恩在床邊坐下來，這樣讓他的臉幾乎就跟溫斯頓的臉處於同一高度。

「三千。」他隔著溫斯頓的腦袋，開口對穿白外套的男人說道。

兩個感覺上微微濕潤的軟墊，自動貼到溫斯頓的兩側太陽穴。他為之一縮。一陣痛楚來襲，一種新的痛法。歐布萊恩把一隻手放到他身上安撫他，幾乎顯得很仁慈。

「這回不會痛，」他說：「你要一直盯著我。」在這一刻，有一陣毀天滅地的爆炸——或者說，某種似乎像是一陣爆炸的東西，雖然他無法確定那裡是否有發出任何噪音。毫無疑問，有一陣讓人睜不開眼的閃光。溫斯頓不痛，只是倒在那裡。

雖然在那件事情發生的時候他已經是躺臥的姿勢，他還是有種古怪的感覺，覺得自己是被打倒在那個位置。一種嚇人而無痛的打擊，讓他整個人攤平了。而且他腦袋裡面也發生了某種事情。在他的眼睛重新聚焦的時候，他記起了他是誰，他在哪裡，也認出了凝視著他自己的那張臉；但在某個地方，有一大片的空白，就好像他的大腦被拿掉了一塊。

「這維持不久的，」歐布萊恩說：「注視著我的眼睛。大洋國正在跟哪個國家交戰？」

溫斯頓思考著。他知道大洋國是什麼意思，也知道他自己是大洋國國民。他也記得歐亞國與東亞國；但誰在跟誰打仗，他不知道。事實上，他還沒察覺到有任何戰爭存在。

「我不記得。」

「歐亞國在跟東亞國打仗。你現在記得了嗎？」

「記得。」

「大洋國一直都在跟東亞國打仗。從你人生的開端，從黨的開端，從歷史的開端，戰爭一直連續不斷，打的總是同一場戰爭。你記得這個嗎？」

「記得。」

「十一年前，你創造了一個傳說故事，講的是三個已經因為叛國罪被處死的男人。你假裝你曾經看過一張紙片，證明了他們的無辜。從來沒有這樣的紙片存在過。你發明了這件事，後來你變得深信不移。你現在記得你第一次發明這說法的那一刻。你記得這個嗎？」

「記得。」

「就在剛才，我對著你舉起我的手指。你看到五隻手指。你記得這個嗎？」

「記得。」

歐布萊恩舉起左手的手指，把拇指藏了起來。

「那裡有五根手指。你看到五根手指了嗎？」

「看到了。」

而且他確實看到了，在那一瞬間，在他的心像改變以前。他看到了五根手指，沒有任何畸形之處。然後一切又再度正常了，舊有的恐懼、憎恨與迷亂又排山倒海地回來了。但曾經有過片刻的清楚篤定，他不知道有多長，或許有三十秒，這時歐布萊恩的每一個新暗示都填滿了一塊空白處，變成了徹底的真理，而且在這時候，如果有需要，二加二可以輕易地等於三，就像二加二等於五一樣。但這片刻在歐布萊恩放下手以前就消逝了；但就算他無法重新捕捉到那一刻，他卻能記住，就好像一個人可以記得自己人生某個時期的鮮明經驗，雖然那時他其實是一個不同的人。

「你現在看出來了。」歐布萊恩說：「無論如何這是有可能的。」

「對。」溫斯頓說道。

歐布萊恩一副心滿意足的樣子，站了起來。在他左側，溫斯頓看到穿白袍的男人用注射針戳了一個針劑用瓶，然後把注射針的活塞往後拉。歐布萊恩帶著微笑轉向溫斯頓。他用幾乎跟過去一模一樣的舉止，重新把眼鏡在他鼻梁上戴好。

「你記得你在日記裡寫道，」他說：「不管我是朋友還是敵人都不重要，因為我至少是理解你的人，而且是可以交談的對象？你是對的。我很享受跟你交談。你的心靈對我很有吸引力。這個心靈就像我自己的，只是你剛好瘋了。在我們結束這一回合以前，如果你想，你可以問我幾個問題。」

「任何我想問的問題？」

「任何問題都行。」他看到溫斯頓的眼睛放在刻度盤上。「機器關上了。你的第一個問題是什麼？」

「你怎麼對待茱莉亞？」溫斯頓說。

歐布萊恩再度微笑。「溫斯頓，她背叛了你。立刻背叛——毫無保留。我很少看到有人馬上就投奔到我們這邊。如果你見到她，你會很難認得出她。她所有的叛逆之心，她的欺瞞，她的愚蠢，她骯髒的心思——一切都從她身上被燒盡了。這是個完美的轉化，可以寫進教科書的案例。」

「你折磨她了？」

歐布萊恩沒回答這一點。「下個問題。」他說。

「老大哥存在嗎？」

「他當然存在。黨存在。老大哥就是黨的具現。」

「他是以跟我一樣的方式存在嗎？」

「你不存在。」歐布萊恩說。

無助感再一次襲向他。他知道——或者說他可以想像——證明他自己不存在的種種論證；但那些都是胡話，只是文字遊戲。「你不存在」這種陳述，不是包含了一種邏輯上的荒謬性嗎？可是這樣說有什麼用？在他想到歐布萊恩能用什麼樣無可反駁的瘋狂論證來駁倒他，他的心靈就枯萎了。

「我想我是存在的。」他疲憊地說道。「我意識得到我自己的身分。我出生了，而且我會死去。我有手臂跟腿。我在空間中占據了特定的一點。沒有其他實物同時占據同一點。在這種意義上，老大哥存在嗎？」

「這不重要。他存在。」

「老大哥會死嗎？」

「當然不會。他怎麼可能死？下個問題。」

「兄弟會存在嗎？」

「溫斯頓，那種事你永遠不會知道。如果在我們對你下完功夫以後，我們選擇放你自由，如果你活到九十歲，你還是不會得知那個問題的答案是『是』或『否』。只要你活著，這個問題就會是你心中不解的謎題。」

溫斯頓靜默地躺著。他的胸膛起伏得稍微快了一點。他還是沒有問他心裡最先想到的問題。他必須問，然而他的舌頭好像不願吐出那個問題。歐布萊恩臉上有一絲被逗樂的表情。就連他的眼鏡似乎都帶有一種諷刺的微光。他知道，溫斯頓突然這麼想，他知道我要問什麼問題！一想到這點，他的話就脫口而出：

「一〇一室裡面有什麼？」

歐布萊恩臉上的表情沒有變。他冷淡地回答：

「溫斯頓，你知道一〇一室裡面有什麼。每個人都知道一〇一室裡有什麼。」

他對著白外套男人揚起一隻手指。顯然這一回合審問結束了。一根針戳進溫斯頓的手臂。他幾乎立刻陷入深沉的睡眠。

第三章

「你的重建有三個階段，」歐布萊恩說：「有學習階段，理解階段，還有接受階段。現在是你進入第三階段的時候了。」

一如往常，溫斯頓仰躺著。但最近他的束縛變得寬鬆些了。他們還是把他綁在床上，但他的膝蓋可以稍微移動一點，也可以把他的頭從一邊轉向另一邊，還能舉起肘部以下的手臂。刻度盤也變得沒那麼恐怖了。如果他腦筋轉得夠快，他就可以避免它加諸的劇痛：主要是在他表現愚蠢的時候，歐布萊恩才會扳動控制桿。有時候他們過了整整一回合卻沒用到刻度盤。他記不得有多少回審問了。整個過程似乎是延伸了一段長而不確定的時間——可能有好幾星期——而審問之間的間隔有時候可能有好幾天，有時候則只有一、兩小時。

「在你躺在那裡的時候，」歐布萊恩說：「你常常納悶——你甚至問過我——為什麼博愛部竟要花這麼多時間、這麼費事地對付你。而在你還是自由身的時候，基本上一模一樣的問題也讓你困惑。你可以理解你生活的社會運作的方式，但卻不能理解底下暗藏的動機。你記得嗎，你在你日記裡寫道：『我明白是**怎麼回事**：我不明白的是**為什麼**？』就是在你想著『為什麼』的時候，你懷疑起自己是否神智正常。你讀過**那本書**，勾斯坦的書，或者至少讀過某些部分。那本書有告訴你任何你還不知道的事情嗎？」

「你讀過那本書？」溫斯頓說。

「我寫的。也就是說，我跟人一起合著。你知道，沒有一本書是由單獨一個人製造出來的。」

「那書裡說的事情是真的嗎？」

「描述的部分是真的。它所列舉的行動計畫則是胡扯。知識的秘密累積——啟蒙思想的逐漸散播——到最後是普羅階級的反叛——黨的覆滅。你自己就預見了那本書會說什麼。這一切都是胡扯。普羅階級永遠不會反叛，再過一千年或一百萬年都不會。他們反抗不了。我用不著告訴你理由：你已經知道了。如果你曾經對暴力起義懷有任何夢想，你得拋棄這些夢。沒有辦法可以推翻黨。黨的統治是永遠的。用這個當成你的思想起點吧。」

他走近床邊。「永遠的！」他重複道。「現在呢，讓我們回到『怎麼回事』跟『為什麼』的問題上。你對於黨**怎麼樣**保有自己的權力，知道得夠清楚了。現在告訴我**為什麼**我們緊抓著權力。我們的動機是什麼？為什麼我們會想要權力？」溫斯頓還保持沉默，他又補上一句：「來吧，說出來。」

雖然如此，溫斯頓還是有一會兒沒開口。一股疲憊感淹沒了他。一股隱約、瘋狂的熱忱微光，又回到歐布萊恩臉上。他事先就知道歐布萊恩會說什麼。黨不是為了自己的目的而尋求權力，只是為了多數人好。黨尋求權力，是因為處於群眾之中的人是意志薄弱、怯懦的生物，無法忍受自由或面對真相，必須受到統治，也必須有比他們更強的人有系統地欺騙他們。人類在自由與快樂之間做選擇，而對絕大多數的人類來說，快樂比較好些。黨是弱者永恆的守護者，一個充滿奉獻精神的黨派，做的是可能導致善的惡事，為了他人的快樂而犧牲自己的。可怕的是，溫斯頓心想，可怕的是在歐布萊恩說這種話的時候，他會相信這些話。你可以從他臉上看出這點。歐布萊恩無所不知。這世界其實是什麼樣，眾多人類生活在什麼樣的墮落狀態，黨靠什麼樣的謊言與蠻橫行為讓他們維持現狀，他比溫斯頓更清楚一千倍。他全部都理解，全部都衡量過，結果沒有差別：終極目的證成了一切的合理性。溫斯頓心想，你能做什麼來對抗比你自己更聰明的狂人？他會好好聆聽你的論證，然後就只是繼續堅持他的瘋狂？

「你們統治我們是為我們好。」他聲音微弱地說道：「你們相信人類不適合管理自己，所以……」

他震了一下，幾乎喊出聲來。一股劇痛猛然穿過他的身體。歐布萊恩把刻度盤的控制桿推到了三十五。

「這樣很蠢，溫斯頓，很愚蠢！」他說。「你應該很清楚，不要說這種話。」

他把控制桿拉回去，然後繼續說道：

「現在我會告訴你我這個問題的答案。是這樣的。黨尋求權力，完全是為了它自己。我們對其他人的好處不感興趣；我們只對權力感興趣。不是為了財富、奢華、長壽或快樂：只是為了權力，純粹的權力。純粹的權力是什麼意思，你很快就會了解了。我們跟過去所有的寡頭政權都不一樣，差別在於我們知道我們在做什麼。其他所有寡頭政權，就連跟我們很相像的那些，都是懦夫跟偽君子。德國納粹與俄國共產主義者，在方法上跟我們非常相近，但他們從沒有勇氣承認他們的動機。他們假裝，或許甚至真的相信，他們很不情願地攫取了權力，而且只占有一段有限的時間，天堂就在不遠處，人類在那裡都會是自由平等的。我們不是那樣。我們知道，從來就沒有人刻意為了日後放棄權力而先攫取權力。權力不是手段，而是目的。一個人建立獨裁政體不是為了保衛革命；一個人掀起革命，是為了建立獨裁政體。迫害的目的就是迫害。酷刑折磨的目的就是酷刑折磨。權力的目的就是權力。現在你開始理解我了嗎？」

就像過去一樣，溫斯頓被歐布萊恩臉上那種疲倦給打動了。那是一張很強壯、滿臉橫肉又顯得野蠻殘酷的臉，充滿才智，還有一種經過控制的熱情，在這種熱情面前，他覺得自己很無助；但那張臉疲憊了。雙眼底下有眼袋，皮膚從顴骨上垂下。歐布萊恩彎腰俯在他身上，刻意把那張憔悴的臉靠得更近。

「你正在想。」他說：「我的臉又蒼老又疲倦。你正在想我談到了權力，然而我甚至不能避免我自身軀體的衰老腐朽。溫斯頓，你能了解嗎，個人只是一個細胞？細胞的疲憊就是生物體的茁壯。你剪指甲的時候會死嗎？」

他從床邊轉身離開，再度開始來回踱步，一隻手插在他口袋裡。

「我們是權力的祭司。」他說：「神就是權力。但現在就跟你有關的部分來說，權力只是個字眼。現在正是時候，你對權力是什麼意思該有些概念了。你必須理解的第一件事情是，權力是集體性的。個人只有在停止做一個人的時候才擁有權力。你知道黨的那個口號：『自由即奴役。』你難道沒想過，這句話是可以逆轉的嗎？奴役即自由。獨自一人——自由的狀態下——人類總是被打敗。這是必然的，因為每個人類都注定會死，這是所有失敗中最大的失敗。但如果他可以做到完全、徹底的降服，如果他可以逃離他的身分，如果他可以把自己融合到黨之中，以至於他就是黨，那麼他就是全能而永生不死的。

你要了解的第二件事情，就是權力是控制人類的權力。控制身體——但最重要的是控制心靈。控制物質的權力——就像你會用的稱呼，外在現實——並不重要。我們對物質的控制已經是絕對性的了。」

有一陣子溫斯頓忽略了那個刻度盤。他激烈地努力了一陣，要把自己抬高到坐姿，卻只成功地讓自己的身體扭曲到發痛。

「但你怎麼能夠控制物質？」他迸出話來。「你甚至控制不了氣候或是重力法則。而且還有疾病、疼痛、死亡……」

歐布萊恩手一擺，讓他噤聲了。「我們控制了物質，是因為我們控制了心靈。現實就在腦殼裡。你會漸漸學到的，溫斯頓。沒有一件事情是我們做不到的。隱形、飄浮——任何事情。如果我希望如此，我就可以像個肥皂泡一樣從這個地板上浮起。我沒這個願望，因為黨沒有這個願望。你必須拋棄那些關於自然法則的十九世紀想法。我們制訂自然法則。」

「可是你們沒有！你們甚至不是這座星球的主宰。歐亞國跟東亞國呢？你們還沒征服他們。」

「這不重要。在我們覺得合適的時候，我們就會征服他們。而且要是我們沒有，那又有什麼差別？我們可以把他們關在外頭，視為不存在。大洋國就是世界。」

「但是世界本身只是一粒塵埃。而且人很渺小——很無助！人類存在有多久了？有百萬年地球都無人居住。」

「胡扯。地球就跟我們一樣老，沒有更老些。它怎麼可能更古老？除了透過人類意識以外，什麼都不存在。」

「但是岩石裡充滿了絕種動物的骨頭——猛獁象、乳齒象跟巨大的爬蟲類，遠在有人類以前就活過了。」

「溫斯頓，你真有看過那些骨頭嗎？當然沒有。十九世紀生物學家發明了它們。在人類以前什麼都沒有。在人類以後——如果他可能有盡頭——也什麼都不會有。在人類以外，空無一物。」

「可是整個宇宙都在我們之外。看看那些星辰！其中有一些在一百萬光年遠。它們是永遠摸不著的。」

「星辰是什麼？」歐布萊恩無動於衷地說。「星辰是幾百公里外的點點火焰。如果我們想，我們就可以碰到它們。或者我們可以把星辰擦掉。地球就是宇宙的中心。太陽與星星圍著它轉。」

溫斯頓又抽搐了一下。這回他什麼都沒說。歐布萊恩繼續往下說，就好像在回應一個說出口的反對意見：

「當然，在有某些特定目的時，這不是真的。我們在海上航行的時候，或者我們預測日月蝕的時候，我們通常會覺得假定地球繞日、星辰遠在億萬公里之外很方便。但那又怎麼樣？你認為炮製出一個天文學雙重系統超乎我們的能力嗎？根據我們的需求，星辰可以距離近或遠。你認為我們的數學家無法勝任這種事嗎？你忘了雙重思想嗎？」

溫斯頓縮回床上。不管他說什麼，迅速的回答就像棍棒一樣打垮了他。然而他知道，他**知道**，他是對的一方。在你的心靈之外什麼都不存在，這種信念——肯定有某種辦法可以證明這是錯的吧？不是很久以前就有人揭露出這是個謬論嗎？這謬論甚至還有個名稱，但他已經忘記了。歐布萊恩俯視他的同時，嘴角抽動著露出一絲隱約的微笑。

「我告訴過你，溫斯頓，」他說道：「形上學不是你的強項。你企圖要想出來的字眼是獨我論。但你錯了。這不是獨我論。如果你想，就用集體獨我論這個詞吧。然而這是不同的東西：事實上，是相反的東西。」他換了個口氣補充道：「這些話全都離題了，真正的權力，我們必須為之日夜奮鬥的權力，不是控制物體的權力，而是控制人的權力。」他頓了一下，有一會兒又重新擺出學校老師盤問一位可造之材的派頭：「溫斯頓，一個人要怎麼確立他有權力控制另一個人？」

溫斯頓思考著。「讓他受苦。」他說。

「正是。藉著讓他受苦。順從還不夠。除非他在受苦，要不然你怎麼能確定他是在遵從你的意志，而不是他自己的？權力就在於施加痛楚與羞辱。權力就在於把人類的心智撕成碎片，然後再度拼合成你自己選擇的新形狀。那麼你開始看出來了嗎，我們在創造的是哪種世界？是老派改革家想像中那種愚蠢快樂主義烏托邦的精確對立面。一個恐懼、背叛與折磨的世界，一個踐踏與被踐踏的世界，一個在變得更精緻的同時會變得**更加**殘酷，而非更不殘酷的世界。我們這個世界裡的進步，會是朝向帶來更多痛苦的進步。舊有文明聲稱他們是奠基於愛或正義。我們的世界是奠基於憎恨之上。在我們的世界裡，除了恐懼、憤怒、得意與自貶以外，別無情緒。其餘一切，我們都會消滅——全部消滅。我們已經瓦解了從革命前存活下來的思考習慣。我們已經切斷孩子與父母之間的連結，切斷人與人的連結，也切斷了男人與女人的連結。再也沒有人敢信任妻子、孩子或朋友了。但在未來，不會再有妻子和朋友。孩子一出生就會從他們的母親身邊被帶走，就像一個人把蛋從母雞身邊拿開。性本能會被連根拔除。繁殖會是個一年一度的正式活動，就像替一張配給卡申請展期。我們會廢除高潮。我們的神經科學家現在正在研究這個。不會再有忠誠，對黨的忠誠除外。不會再有愛，對老大哥的愛除外。不會再有笑聲，擊敗敵人的勝利笑聲除外。不會有藝術，不會有文學，也不會有科學。在我們無所不能的狀況下，我們不會再需要科學了。美與醜之間不再有區別。沒有好奇心，沒有享受生命過程的愉悅。所有可以媲美的樂趣都會被毀滅。但是，永遠——溫斯頓，別忘了這一點——永遠會有對權力的陶醉，會持續不斷地增加，也會不斷地變得更加幽微。在每個時刻，總是會有對勝利的興奮，踐踏無助敵手的刺激感受。如果你想要一幅未來的圖像，就想像一隻靴子踩在一個人類臉上——直到永遠。」

他頓了一下，就好像期待溫斯頓開口。溫斯頓再度試著縮進床鋪裡。他什麼都說不出來。他的心似乎凍結了。歐布萊恩繼續說道：

「還要記得，這是永遠的。那張臉永遠會在那裡等著被踐踏。異端分子，社會公敵，永遠都會在那裡，這樣他就能被打敗，然後再被羞辱一次。自從你落入我們手中以後，你經歷過的一切——那一切都會繼續，而且變得更糟。刺探偵伺、背叛、逮捕、酷刑、處決、失蹤，永遠不會止息。這既是個耀武揚威的世界，同樣也會是一個恐怖的世界。黨越是強而有力，就越不寬容：反抗越微弱，專制統治就越緊繃。勾斯坦跟他的異端邪說會永遠活下去。每一天，在每一刻，他們都會被打敗、失去信用、受到嘲弄、被人吐口水，然而卻永遠都會存活下來。這七年來我對你演的這齣戲，會一代又一代地不斷演下去，形式總是會變得更細膩。我們總是會讓異端分子在此任由我們宰割，痛得尖叫、崩潰、讓人不屑一顧——而到最後徹底悔改，免於自己的危害，出於自己的意志爬到我們腳下。這是我們在準備的世界，溫斯頓。一個勝利再勝利、耀武揚威再耀武揚威的世界：一種無止境的壓迫、壓迫、再壓迫，壓著權力的神經。我看得出來，你開始了解到那個世界會像什麼樣子。但是到最後，你對那個世界不只是了解而已。你會接受它，歡迎它，變成它的一部分。」

溫斯頓已經讓自己恢復到可以開口了。「你做不到！」他虛弱地說道。

「溫斯頓，你那句話是什麼意思？」

「你不可能創造出你剛才描述出的那種世界。這是個夢。這是不可能的。」

「為什麼？」

「不可能把一個文明奠基在恐懼、憎恨與殘酷之上。這樣絕對不會持久的。」

「為什麼不會？」

「這種文明不會有活力。它會解體。它會自殺。」

「胡扯。你有種印象是，憎恨比愛更讓人精疲力竭。為什麼就該如此？而且就算是這樣好了，那又有什麼差別？假定我們選擇讓自己更快精疲力盡。假定我們加快了人類生命的步調，到最後人類三十歲就老態龍鍾了。這樣又有什麼差別？你不能理解嗎，個人的死亡不是死亡？黨是不朽的。」

一如往常，那個聲音把溫斯頓打入無助的狀態。而且他還心懷恐懼，如果他繼續堅持他不同意，歐布萊恩會再度扭動那個刻度盤。然而他無法保持沉默。歐布萊恩的話讓他產生了難以言傳的恐怖感，除此之外，他沒有論證，沒有任何事物可以支持他，他無力地回應了這個攻擊。

「我不知道——我不在乎。你會因為某種原因而失敗。有某種東西擊敗你。生命會擊敗你。」

「溫斯頓，我們控制生命，在所有層面上控制它。你在想像有某個叫做人性的東西，會因為我們的作為而義憤填膺，會轉而對抗我們。但我們創造人性。人有無限的可塑性。或者說，你也許已經回歸你的老觀念，認為普羅階級或奴隸會奮起，推翻我們。把這個念頭推出你的腦海吧。他們是無助的，就像動物一樣。人性就是黨。其餘事物都在範圍之外——全不相干。」

「我不在乎。到最後他們會打敗你們。遲早他們會看出你們實際上是什麼樣，然後他們就會把你們撕成碎片。」

「你有看到這種事情正在發生的證據嗎？或者有任何理由說明為什麼應該如此？」

「沒有。我相信是這樣。我**知道**你們會失敗。宇宙中有某種東西——我不知道，某種精神，某種原則——是你永遠不會征服的。」

「溫斯頓，你相信神嗎？」

「不。」

「那這是什麼，這個會打敗我們的原則？」

「我不知道。人類的精神。」

「那你把自己視為一個人嗎？」

「是。」

「如果你是個人，溫斯頓，你就是最後一個。你的種類絕滅了；我們是繼承人。你明白你是**孤**

獨的嗎？你在歷史之外，你是不存在的。」他的舉止變了，他說得更加刺耳：「而且因為我們的謊言與殘酷，你自認為在道德上比我們更優越？」

「對，我自認為比較優越。」

歐布萊恩沒有說話。兩個別的聲音在講話。過了一會兒，溫斯頓認出其中一個聲音是他自己的。這是他跟歐布萊恩曾有的對話錄音，在他加入兄弟會的那個晚上錄的。他聽到自己答應要說謊、偷竊、偽造、謀殺、鼓勵嗑藥與賣淫，要散播性病，還要把硫酸潑到小孩臉上。歐布萊恩做出一個不耐煩的手勢，就好像在說這種證明幾乎不值得做。然後他轉動了一個開關，聲音就停了。

「從那張床上起來。」他說道。

束縛已經自動鬆開了。溫斯頓把身體放低到地板上，然後搖晃不穩地站起來。

「你是最後的人，」歐布萊恩說：「你是人類精神的守護者。你該看看你自己實際是什麼樣。脫掉你的衣服。」

溫斯頓解開了把他那件工作服綁在一起的短短繩子。拉鍊頭早就已經被扭掉了。他記不起來從他被捕以後，到底有沒有過一次把衣服脫下來。在工作服底下，他的身體上圍著一圈髒汙的黃色碎布，只能勉強看出是內衣的殘餘部分。在他讓那些衣物滑脫到地板上的時候，他看到有個三面鏡在房間另一端。他走近鏡子，然後猝然停下腳步。他不由自主地喊出聲來。

「繼續走。」歐布萊恩說：「站在三面鏡的兩側中間。你應該也要看看側面。」

他停下腳步，是因為他嚇壞了。一個彎腰駝背、臉色灰敗、骷髏般的東西正朝著他迎面而來。

它的實際外表就很嚇人，而不只是因為他知道事實上那就是他自己。那個生物的臉似乎是凸出來的，因為它的外表是彎著的。一張悽苦、長期被囚禁的臉孔，再加上直禿到頭皮的高額頭，一個彎彎曲曲的鼻子，還有看起來飽受打擊的顴骨，而他顴骨上方的雙眼看起來凶猛又處處提防。臉頰上有皺紋，嘴巴看起來縮小了。這肯定是他自己的臉，但在他看來，這張臉的改變多過他自己內在的改變。那張臉上流露的情緒會跟他感覺到的不一樣。他已經半禿了。在第一時間裡，他還以為他的頭髮也變灰了，但變灰的只是頭皮而已。除了他的雙手跟臉上的一個圓圈以外，他的身體全都灰撲撲的，沾上了長久累積、根深柢固的泥土。在泥土底下，到處都是傷口的紅色疤痕，靠近腳踝處的靜脈潰瘍成了發炎的腫塊，皮膚雪花似地從上面剝落。但真正嚇人的事情是他的身體消瘦的程度。肋骨包起的軀幹，窄得有如骷髏骨架：腿萎縮到膝蓋比大腿還粗。他現在看出歐布萊恩說要看側面是什麼意思了。脊椎的彎曲弧度讓人震驚。單薄的肩膀往前駝得厲害，甚至讓胸膛出現一個凹陷，瘦弱的脖子似乎因為頭骨的重量而彎到對折了。如果要他猜，他會說這是一個六十歲男人的身體，罹患了某種惡疾。

「你有時候會想，」歐布萊恩說：「我的臉孔——一個內黨黨員的臉——看起來蒼老疲累。你對你自己的臉有什麼想法？」

他抓住溫斯頓的肩膀，把他轉過來，以便面對他。

「看看你處於什麼狀態！」他說：「看看你全身骯髒的塵垢。看看你腳趾之間夾帶的泥土。看看你腿上留膿的噁心發炎傷口。你知道你臭得跟山羊沒兩樣嗎？可能你已經注意不到了。看看你多憔悴消瘦。你看到了嗎？我用拇指跟食指可以圈住你的二頭肌。我可以把你的脖子當成紅蘿蔔一樣地折斷。你知道從你落入我們手中以後，你已經掉了二十五公斤嗎？就連你的頭髮都大把大把脫落了。看！」他從溫斯頓頭上一扯，拔走一撮頭髮。「張開你的嘴巴。剩下九，十，十一顆牙齒。在你來到我們這裡的時候，你有多少顆？而且你剩下的這寥寥幾顆還從你腦袋裡掉出來。你看這裡！」

他用他強勁的拇指與食指，抓住溫斯頓還剩下的其中一顆門牙。一陣劇痛刺穿溫斯頓的下巴。歐布萊恩把鬆脫的牙齒連根拔掉了。他把那顆牙扔過整個牢房。

「你在腐爛，」他說：「你正在瓦解。你是什麼？一袋穢物。現在轉身，再看看那面鏡子。你看到面對你的那個東西了嗎？那就是最後的人。如果你是人類，那就是人性。現在再把你的衣服穿回去。」

溫斯頓開始用緩慢而僵硬的動作替自己著裝。直到此刻之前，他似乎還沒注意到他自己有多消瘦虛弱。他心中只有一個念頭微微翻攪著：他必定在這個地方待得比他想像的還久。然後，在他定定注視他身邊那團可悲的破布時，對他殘破軀殼的憐憫之情突然壓倒了他。他還沒搞清楚自己在做什麼，就已經癱坐到一張擺在床邊的小凳子上痛哭流涕了。他察覺到他的醜陋，他毫不優雅，裝在骯髒內衣裡的一把骨頭，坐在刺眼白光下哭泣：但他無法自制。歐布萊恩把一隻手放到他肩膀上，幾乎顯得仁慈。

「這不會持久的，」他說：「只要你做出選擇，你就能夠逃避這個。一切都靠你自己了。」

「是你做的！」溫斯頓啜泣著說道：「是你把我貶抑到這個地步的。」

「不，溫斯頓，是你把自己貶抑到這地步。這就是你決心對抗黨的時候接受的狀況。這全都包含在第一個行動裡。已經發生的事情裡，沒有一件事情是你沒預見到的。」

他頓了一下，然後繼續說道：

「溫斯頓，我們已經擊敗你。我們已經讓你崩潰。你已經看過你的身體是什麼樣了。你的心靈也處於相同的狀態。我不認為你還剩下多少傲氣。你已經被踢打、鞭笞、侮辱過，你已經痛得尖叫過，你已經在沾著自己鮮血與嘔吐物的地板上打滾過。你曾經嗚咽著求饒過，你已經背叛了每一個人和每一件事。你想得到還有哪一種墮落的行為，還沒發生在你身上嗎？」

溫斯頓停止啜泣了，雖然眼淚仍然從他眼中冒出。他抬頭看著歐布萊恩。

「我還沒有背叛茱莉亞。」他說道。

歐布萊恩若有所思地俯視著他。「還沒。」他說：「還沒；這完全是真的。你還沒有背叛茱莉亞。」

對歐布萊恩的獨特敬意——似乎沒有任何一件事能夠摧毀這一點——再度從溫斯頓心中泉湧而出。多麼聰慧，他心想，多麼聰慧啊！歐布萊恩沒有一次不懂他聽到的話。換作是世界上的其他任何人，就會立刻回答說他已經背叛了茱莉亞。因為在酷刑折磨之下，還有什麼是他們還沒從他身上榨出來的？他已經告訴他們他對她所知的一切，她的習慣，她的性格，她過去的人生；他已經用最巨細靡遺的方式，招出了他們會面時發生的每件事，他對她還有她對他說過的所有話語，他們的黑市餐點，他們的通姦行為，他們對抗黨的含糊計畫——招出了一切。然而就他所想的字義來說，他還沒有背叛她。他沒有停止愛她；他對她的感情還是一樣。用不著解釋，歐布萊恩已經看出他是什麼意思。

「告訴我，」他說：「你們會多快槍斃我？」

「可能還要很長的時間，」歐布萊恩說：「你是個困難的案子。但別放棄希望。每個人遲早都會被治癒。到最後我們會槍斃你的。」

第四章

他好多了。如果還適合用「天」來計算時間，他每天都變得更胖、更壯。

白光與嗡嗡聲還是跟以往一樣，但牢房比他以前待過的稍微舒服一點。在木板床上有枕頭跟床墊，還有一把可以坐的凳子。他們給他洗了個澡，而且還讓他可以相當頻繁地用一個錫製臉盆清洗自己的身體。他們甚至給他溫水作為梳洗之用。他們還給他新的內衣，以及一套乾淨的工作服。他們在他的靜脈潰瘍上抹陣痛舒緩藥膏。他們把他剩下的牙齒拔出來，然後給他一套新的假牙。

一定已經過了幾週或幾個月。現在，如果他還有興趣這麼做，就有可能計算過去多少時間了，因為看來他會在固定時間得到餐點。他的判斷是，他在二十四小時內吃到三餐；有時候他隱約有些納悶，他是在晚上還是白天吃到三餐。食物好得讓人驚訝，每隔兩頓飯就有一頓吃得到肉。有一次甚至還有一包香菸。他沒有火柴，不過負責送餐卻不曾開口說話的警衛會借火給他。他第一次試著抽的時候，菸味讓他不舒服，但他還是堅持下去，而且用很長的時間慢慢把那包菸抽完，每頓飯後抽半根。他們給他一個白色石板，在一角還綁著一小段鉛筆。起初他沒去利用它。就算在他醒著的時候，他還是整個人昏昏欲睡。從這一餐到下一餐的間隔裡，他通常都躺著，幾乎毫不動彈，有時候睡著了，有時候會醒著陷入迷迷糊糊的白日夢，這時要睜開眼睛太費事了。他早就習慣在直射臉部的強光下睡覺。這樣似乎沒有任何差別，只是一個人的夢境會比較融貫一致而已。在這段時間裡，他夢到過一大堆事情，而這些夢總是快樂的。他在黃金鄉，或者他坐在巨大壯觀、有陽光照耀的廢墟裡，旁邊是他母親、茱莉亞還有歐布萊恩——沒有特別做什麼，就只是坐在陽光下，談著平和的事情。在他醒著的時候，他想到的念頭也大多數跟他的夢境有關。現在痛覺刺激去除了，他似乎也失去花腦筋思考的知性能力了。他並不覺得無聊，他沒有與人交談或消遣的慾望。只要獨自一人，沒有被打或者被質問，有足夠的食物吃，全身乾乾淨淨，就讓人徹底滿足了。

他漸漸減少睡眠的時間，但他還是沒有下床的衝動。他只想靜靜躺著，感覺他體內積聚起來的力量。他會用手指摸摸自己身上的這裡或那裡，試著要確定他的肌肉比較鼓脹、皮膚變得比較緊繃，並不是個幻覺。到最後，這個念頭確信無疑了：他長胖了，他的大腿現在肯定比他的膝蓋粗了。在那之後，他開始固定運動，雖然起初有點勉強。過了一小段時間以後，他就可以連走三公里，這是靠著在牢房裡踱步算出來的，而他弓著的肩膀也變得挺直些了。他試過做更精細複雜的運動，卻震驚又屈辱地發現有些事情他辦不到。他的動作不能比走路更快，他無法舉起他的凳子，維持在一個手臂的距離外，他無法單腳站著卻不跌倒。他蹲坐在腳後跟上，卻發現大腿跟小腿痛得要命，他只能起身維持站姿。他趴著躺平，試著用手撐起他的重量。這樣完全沒希望，他連把自己抬起一公分都做不到。但是再多過幾天以後——又多幾次吃飯時間——就連那樣的壯舉都辦到了。後來他可以連續做六次。他開始漸漸真心對自己的身體感到驕傲，還抱著一個時有時無的信念：他的臉也會長回正常的樣子。只有在他偶然把手放到他的禿頂時，他才記起那張從鏡子裡回望他，長滿皺紋、被毀掉了的臉。

他的心思變得比較活躍了。他在木板床上坐下，他的背貼著牆壁，石板擺在他膝蓋上，然後慎重地著手進行重新教育自己的任務。

他曾經投降過，這可以同意。就像他現在看出的一樣，實際上在他做決定以前，他就已經準備好投降了。從他進了博愛部的那一刻起——而且沒錯，就算在他跟茱莉亞無助地站在那裡，冰冷如鋼鐵的聲音從電傳螢幕裡傳出，告訴他們該做什麼的那幾分鐘裡——他已經理解到，他下定決心要對抗黨的權力，這種嘗試有多麼輕浮淺薄。他現在知道了，七年來思想警察一直監視著他，像是看放大鏡下面的一隻甲蟲。沒有一個身體動作、沒有一句講出聲的話語，是他們沒注意到的，也沒有一個思緒是他們無法推斷的。就連他日記封面上那點泛白的灰塵，他們都小心翼翼地擺回去了。他們曾經播放錄下的聲軌給他聽，讓他看照片。其中一些照片照的是茱莉亞和他自己。對，甚至……他不能再對抗黨了。除此之外，黨是對的。一定是這樣；不朽、集體的腦，怎麼可能是錯的呢？你能從哪個外在標準來檢驗它的判斷？怎麼樣算神智正常由統計決定。問題只在於學習怎麼像他們一樣思考。只在於這個……！

自由即奴役

他手中的鉛筆感覺很粗又很難用。他開始寫下他腦袋裡冒出的念頭。他先用笨拙的大寫字體寫下：

然後幾乎毫無停頓，他就在下面寫下：

二加二等於五

但接著出現一種停滯。他的心思，就像是要避開某種東西一樣，似乎無法專注。他知道，他明白下一個要出現的是什麼，但現在他沒辦法回憶起來。在他真正回想起來的時候，只能靠有意識的推理推出必然的答案：這答案並不是自動出現的。他寫下：

神就是權力

他接受一切。過去是可以改變的。過去從來沒有改變過。大洋國在跟東亞國作戰。大洋國一直都在跟東亞國作戰。瓊斯、亞倫森與盧瑟佛罪有應得。他從沒見過證明他們罪名不實的照片。那照片從未存在，是他發明的。他記得相反的事情，不過那是假的記憶，是自欺欺人的產物。這一切有多麼容易啊！只要投降，其他一切就會接踵而至。這就像是逆流游泳，不管你掙扎得多辛苦，這股水流都把你往後掃，接著突然間你決定轉身順著水流游，而不是對抗它。什麼都沒有變，只有你的態度除外：無論如何，預先注定的事情無論如何發生了。他幾乎不知道他曾經反叛過。一切都很容易，除了……！

任何事情都可能為真。所謂的自然法則是胡扯。重力法則也是胡扯。「如果我希望如此。」歐布萊恩說過：「我就可以像肥皂泡一樣從地板上浮起。」溫斯頓把這點想清楚了。「如果他**認為**他能從地板上浮起來，而我如果也同時**認為**我看到他這樣做，那麼這件事就發生了。」突然間，像是一大塊破水浮出的沉船殘骸，他心中冒出這個念頭：「這其實沒有發生過。是我們想像出來的。這是個幻覺。」他立刻把這個念頭壓下去了。謬誤很明顯。這想法預先假定在自己之外，有某處有個「真實」世界，「真實」事件在那裡發生。但怎麼可能有這樣的世界？除了透過我們自己的心靈以外，我們哪有對任何事物的知識？一切事件都在心靈之中。在所有心靈中發生的任何事件，就真正發生了。

他毫無困難地打發掉這個謬誤，他並沒有屈服於這個謬誤的危險。然而他理解到，他本來絕對不該有這個念頭。心靈應該在一個危險念頭出現的時候，就長出一個盲點。這個程序應該是自動自發、出於本能的。**犯罪阻卻**，新語裡是這樣稱呼的。

他著手讓自己練習犯罪阻卻。他在自己面前擺出種種命題——「黨說地球是平的」，「黨說冰比水還重」——然後訓練他自己不要看到或理解到抵觸這些說法的論證。這樣並不容易。這需要很強的理性思考與即興發揮能力。舉例來說，在算術問題出現的時候，「二加二等於五」這樣的陳述就超過他的知性理解範圍了。這也需要某種心靈的運動能力——有能力在這一刻運用最細膩的邏輯，到下一刻卻意識不到最粗淺的邏輯錯誤。愚蠢跟聰慧一樣必要，也一樣難以達到。

在此同時，他心靈中的某一部分納悶地想，他們會多快槍斃他。「一切都看你自己。」歐布萊恩曾經說過；但他知道，他無法靠任何有意識的行為把死期拉近些。那可能就在十分鐘後，或者在十年後。可能把他單獨監禁好幾年，可能會把他送去勞改營，他們可能會釋放他一陣子，有時候他們就會這樣做。完全有可能，就在他被槍斃前，他被捕並且被偵訊的整齣戲會從頭再重演一遍。有一件確定的事情是，死亡絕對不會在預期中的時刻來臨。根據傳統——沒人明講的傳統：不知怎麼的你就是知道，雖然你從來沒聽人說過——他們會從背後射殺你；永遠都是在後腦勺，沒有預警，就在你沿著一條走廊前行，從一間牢房走到另一間牢房的路上。

有一天——但「一天」並不是正確的措辭；這也很可能是在半夜：有一次——他落入一種奇特而幸福的白日夢裡。他沿著走廊往前走，等著子彈打來。他知道再過一會兒子彈就來了。一切都塵埃落定，問題解決，歧異獲得和解。再也沒有懷疑、沒有爭論、沒有痛苦、沒有恐懼。他的身體健康又強壯。他的步伐輕鬆，動作愉快，還有一種走在陽光下的感覺。他不再置身於博愛部狹窄的白色走廊，而是在有陽光照耀的巨大通道上，有一公里寬；他似乎是沿著這條通道，走在一個藥物導致的譫妄幻覺裡。他在黃金鄉，順著步道穿越野兔啃咬過的古老牧草地。他可以感覺到他腳下短而有彈性的草皮，還有他臉上溫和的陽光。在田野的邊緣長著榆樹，微微地顫動著，而且在樹後面的某個地方有一道溪流，鰷魚在柳樹下積聚的池塘裡游動。

忽然之間，他一陣驚恐，全身一抖。他脊梁上迸出汗水。他聽到自己大聲喊道：

「茱莉亞！茱莉亞！茱莉亞，我的愛，茱莉亞！」

有一刻，他有種壓倒性的幻覺，覺得她就在這裡。她似乎不只是跟他在一起，還是在他體內。這就好像她滲入了他的皮膚肌理中。在那一刻，他愛她遠超過他們自由自在共處的時候。他也知道她仍然在某處活著，需要他的幫助。

他往後躺回床上，試著讓自己冷靜下來。他做了什麼？因為那片刻的軟弱，他替自己多加上幾年的苦役？

再過一會兒，他會聽到外面有靴子踩踏的聲音。他們不可能不懲罰這種爆發。假使他們先前還不知道，他們現在會知道他打破了與他們之間的協議。他順從黨，但他仍然恨著黨。在過去的日子裡，他把異端之心藏在恭順的表面之下。現在他又撤退了一步：他的心智投降了，但他還希望保有內在心靈不受侵犯。他知道他是錯誤的一方，但他寧願錯。他們會明白的——歐布萊恩會明白。這一切全都在一聲愚蠢的吶喊裡坦白供認了。

他必須要再從頭來一遍了。這會花上好幾年。他用手撫摸著他的整張臉，試著讓自己熟悉這個新的形狀。臉頰上有幾道深深的皺紋，顴骨摸起來很尖銳，鼻子則是扁平的。此外，從上次在鏡子裡見過自己以後，他已經得到一整副新的牙齒。要是你不知道你的臉看起來什麼樣，你就不容易保持難以揣度的樣子。無論如何，光是控制五官還不夠。他第一次認知到，如果你想保有一個秘密，你就必須連對自己都藏著。你必須隨時都知道它在那裡，但直到它變得必要以前，你都絕對不能讓它以任何能夠名狀的形態，浮現在你的意識裡。從現在開始，他不只必須有正確的想法；他還必須有正確的感覺，做正確的夢。而且在此同時，他必須把他的憎恨鎖在他體內，就像是一球物質，是他自己的一部分，然而跟他的其餘部位沒有關聯，像一種囊胞。

有一天，他們會決定槍斃他。你無法分辨這件事什麼時候會發生，但是前幾秒鐘，應該有可能猜到。那總是從背後下手，在沿著一條走廊往前走的時候。十秒鐘就夠了。到那時候，他體內的世界就可以倒出來了。然後在突然之間，沒有說一句話，他的腳步沒有任何猶豫，他臉上任何線條都沒有改變——突然間偽裝就卸下了，砰！他的憎恨就會砲火齊發。憎恨會填滿它，就像是巨大的怒焰。幾乎就在同樣那一刻，砰！子彈也會射出來，為時太晚，或者太早。他們會在能夠把他的大腦據為己有以前，就把它炸成碎片。異端思想不會受到懲罰，不會悔改，永遠在他們鞭長莫及的地方。他們會在他們的完美之中轟出一個洞。死時仍然憎恨著他們，這就是自由。

他閉上他的眼睛。這樣比接受一個智識訓練還難。問題在於要讓自己墮落，要羞辱自己。他必須直墮入最骯髒的汙穢核心。最恐怖、最令人噁心的是什麼？他想起了老大哥。那張巨大無比的臉（因為一直在海報上看到，他總是把那張臉想成有一公尺寬），上面有濃密的黑色鬍鬚，那雙眼睛跟著你來來去去，似乎自動地飄進他心裡。他對老大哥真正的感受是什麼？

通道上有靴子沉重的踩踏聲。鐵門鏗然一響打開來。歐布萊恩走進牢房。他背後是表情如同蠟像的軍官，還有穿著黑色制服的警衛。

「站起來，」歐布萊恩說：「過來這裡。」

溫斯頓站在他對面。歐布萊恩用他強壯的雙手握住溫斯頓的肩膀，然後仔細地看著他。

「你想著要欺騙我，」他說：「那樣很愚蠢。站直一點。看著我的臉。」

他頓了一下，然後繼續用比較柔和的語調說：

「你在進步。知性上來說，你沒什麼錯。只是情緒上你沒有進步。告訴我，溫斯頓——還有你記好，不要說謊：你知道我總是能夠察覺到謊言——告訴我，你對老大哥真正的感覺是什麼？」

「我恨他。」

「你恨他。很好。那麼時候到了，你該進行最後一個步驟。你必須愛老大哥。遵從他還不夠：你必須愛他。」

他放開溫斯頓，稍微朝警衛那邊推了一把。

「一〇一室。」他說道。

第五章

就他知道，或者說是似乎知道的範圍，他被囚禁的每個階段，都是在沒有窗戶的建築物裡。氣壓可能有細微的差異。有警衛打過他的牢房是在地下樓層。他被歐布萊恩偵訊的房間是在靠近屋頂的高處。這個地方位於地下好幾公尺，在盡可能深的地方。

這裡比他待過的大多數牢房都來得大。但他幾乎沒注意到他周圍的環境。他注意到的就只有他的正前方有兩張小桌子，每張桌子上面都蓋著綠色的桌面呢。其中一個距離他只有一、兩公尺，另一個比較遠，位置靠近門口。他被綁在一張椅子上，坐得筆直，束縛緊到他什麼地方都不能動，連他的頭都動不了。某種墊子從後面扣著他的頭，迫使他直視著正前方。有一會兒只有他一個人，然後門就打開來，歐布萊恩進來了。

「你問過我一次。」歐布萊恩說：「一〇一室裡有什麼。我告訴過你，你已經知道答案了。每個人都知道。一〇一室裡的東西，是世界上最糟糕的東西。」

門再度打開。一個警衛走了進來，拿著某樣用鐵絲做成的東西，某種盒子或籃子。他把那個東西擺在比較遠的桌子上。因為歐布萊恩站的位置，溫斯頓無法看到那是什麼。

「世界上最糟糕的東西。」歐布萊恩說：「對每個人來說都不一樣。可能是活埋，或者被燒死、被溺死、被刺穿、或者另外五十種死法。還有些狀況下是某種非常瑣碎的小事，甚至不致命。」

他稍微移向某一邊，好讓溫斯頓比較清楚地看到桌上的東西。那是個長形鐵籠，頂端有個可以提著的把手。固定在鐵籠前方的是某個看起來像擊劍臉部護具的東西，凹面朝外。雖然那東西距離他有三、四公尺，他卻可以看到這個籠子的縱長被均分成兩部分，每個部分都有某種生物在裡面。那些生物是老鼠。

「在你的狀況下。」歐布萊恩說：「世界上最糟糕的東西恰好是老鼠。」一種來自預感的戰慄，一種他不確定是什麼的恐懼，就在溫斯頓第一眼瞥見那籠子的時候傳遍溫斯頓全身。但在這一刻，籠子前方那個面具式附件的意義突然間滲入他心裡。他的五臟六腑似乎都化成水了。

「你不會做那種事！」他用高亢的破音喊道。「你不可以，你不能！這是不可能的！」

「你記得嗎。」歐布萊恩說：「你夢中經常出現的那個恐慌時刻？你面前有一堵黑暗之牆，你耳中有一陣怒吼般的聲音。在牆壁另一頭有某種恐怖的東西。你知道你很清楚那是什麼，但你不敢把它拉進光天化日之下。是老鼠在牆壁的另一邊。」

「歐布萊恩！」溫斯頓努力控制他的聲音，說道：「你知道這樣沒有必要。你想叫我做什麼？」

歐布萊恩沒有正面回答。在他說話時，用的是他有時會擺出的學校老師派頭。他若有所思地盯著遠方，就好像他在對溫斯頓背後某處的一群觀眾說話。

「就其本身而言。」他說：「疼痛並不總是足夠。有些場合，一個人類會挺身對抗疼痛，甚至抗拒至死方休。但對每個人來說，都有某樣東西是無可忍受的——某種無法正視的東西。這無關於勇敢與懦弱。如果你從高處墜落，緊抓住一條繩索並不懦弱。如果你從深水中往上升，讓你的肺部充滿空氣並不懦弱。這只是無法被摧毀的本能。在老鼠的例子裡也一樣。對你來說，老鼠是無可忍受的。牠們這種形態的壓力是你無法承受的，就算你希望你受得了也一樣。你會照著要求做你該做的事。」

「但那是什麼，那是什麼？如果我不知道那是什麼，我怎麼能做到？」

歐布萊恩提起籠子，拿到比較近的桌子上來。他小心翼翼地把籠子放到桌面呢布上。溫斯頓可以聽見他耳朵裡血液奔流的聲音。他有種感覺，自己全然孤獨地坐著。他在一個巨大空曠的平原中央，一個泡在陽光下的平坦沙漠上，在這片沙漠上所有傳到他這裡的聲音都來自無比遙遠的距離。然而裝著老鼠的籠子在離他不到兩公尺遠的地方。牠們都是極其碩大的老鼠。牠們正處於鼠吻長得圓鈍凶猛的階段，而且皮毛是棕色，不是灰色。

「老鼠，」歐布萊恩開口了，他仍然在對一群隱形觀眾說話：「雖然是一種嚙齒類，卻是肉食性的。你知道這點。你聽說過在這個城鎮比較貧困的區域發生過的事情。在某些街道，女人家不敢把她的寶寶獨自留在房子裡，就連五分鐘都不行。老鼠肯定會攻擊孩子。在相當短的時間內，牠們就會把孩子撕扯到見骨。牠們也會攻擊病人或瀕死之人。牠們展現出驚人的智慧，知道什麼時候人類處於無助的狀態。」

籠子裡爆出一陣尖銳叫聲。那聲音似乎是從很遠的地方傳到溫斯頓這裡。老鼠們在打架；牠們嘗試要透過隔間咬上彼此。他也聽到一個深沉的絕望呻吟。那呻吟，似乎也是來自他自己之外的地方。

歐布萊恩提起籠子，然後在這麼做的同時，壓了一下裡面的某樣東西。尖銳的喀答一聲。溫斯頓瘋狂地努力想要把自己從椅子上扯下來。這樣做毫無希望；他的每個部位，甚至是他的頭，都動彈不得地被扣住了。歐布萊恩把籠子移近了一些。現在籠子距離溫斯頓的臉不到一公尺了。

「我壓下第一個操縱桿了，」歐布萊恩說：「你明白這個籠子的建造方式。面罩會貼在你頭上，不留任何出口。在我壓下另一根控制桿的時候，籠子的門會滑開。這些饑餓的畜牲會像子彈一樣地衝出來。你有沒有看過一隻老鼠躍過空中的樣子？牠們會跳到你臉上，然後直接咬上去。有時候牠們會先攻擊眼睛。有時候牠們會鑽破臉頰，然後吞掉舌頭。」

籠子變近了；它正在逼近。溫斯頓聽到一連串刺耳的叫喊，似乎是出現在他頭頂上方的半空中。但他拚命地抗拒他的恐慌。想啊想的，就算只剩下幾分之一秒鐘的時間了——思考是唯一的希望了。突然間，那些畜牲帶著霉味的惡臭就衝進他鼻孔裡。他體內有一股欲嘔的強烈抽搐，而且他幾乎失去意識。一切都變得一片黑暗。有一刻他瘋了，成了一隻尖叫的動物。然而他緊抓住一個想法，從黑暗中醒來。那是拯救他自己唯一的辦法了。他必須讓另一個人插進來，另一個人類的**身體**，夾在他自己跟老鼠之間。

面罩的周邊現在大到可以擋住其他任何東西的影像。鐵絲門距離他的臉有兩個手掌寬度。老鼠們知道現在會發生什麼事。鼠群中的某一隻上下跳躍著，另一隻，陰溝中皮膚乾澀的祖父輩老鼠，牠站了起來，粉紅色的雙手靠著鐵欄，拚命地嗅著空氣。溫斯頓可以看到鬍鬚跟黃色的牙齒。一片黑暗的恐慌再度攫住他。他看不見、孤立無助、腦袋一片空白。

「在帝制時期的中國，這是個很常見的懲罰。」歐布萊恩說教的口氣一如往常。

面罩扣在他臉上了。鐵絲擦著他的臉頰。然後——不，這不是寬慰，只是希望，一點微小的希望碎片。太遲了，或許太遲了。但是他突然間理解到在整個世界裡，他就只能把他的懲罰轉移給**一個人**——讓他可以塞到他與老鼠之間的一具身體。而他瘋狂地大喊，一次又一次。

「讓茱莉亞來！讓茱莉亞來！別對我這樣做！茱莉亞！我不在乎你怎麼對她。把她的臉扯下來，把她撕扯到見骨。別這樣對付我！對付茱莉亞！別對付我！」

他往後倒，倒進巨大無比的深淵，遠離了老鼠。他仍然綁在椅子上，但他已經跌穿了地板，穿過這棟建築物的牆壁，穿過土地，穿過海洋，穿過大氣，進入了外太空，進入了群星之間的深溝——一直遠離、遠離、遠離群鼠。他在好幾光年距離外，但歐布萊恩仍然站在他旁邊。他臉頰上還留著鐵絲貼著的冰冷觸感。但透過包圍他的黑暗，他聽到另外一聲金屬的喀答響聲，也知道籠子的門是喀搭一聲關上了，而不是打開來。

第六章

栗樹咖啡館幾乎是空的。一道陽光斜斜穿過一扇窗戶，落在布滿塵埃的桌面上。電傳螢幕裡流瀉出音色尖細的樂音。

溫斯頓坐在他平常坐的角落裡，凝視著一只空玻璃杯。他不時抬頭一瞥從對面牆上瞄著他的那張巨大臉孔。**老大哥在注視著你**，圖說寫道。一位侍者自動過來，替他的杯子斟滿了勝利琴酒，同時透過瓶塞上的滴管，把另一個瓶子裡的液體甩了幾滴進去。那是丁香口味的糖精，這家咖啡館的招牌特調。

溫斯頓仔細聽著電傳螢幕。現在螢幕裡傳出的只有音樂，但有可能隨時會有來自和平部的特別公告。來自非洲前線的新聞讓人不安到極點，他今天一整天都斷斷續續地擔憂。一支歐亞國軍隊（大洋國在跟歐亞國作戰：大洋國一直都在跟歐亞國作戰）以嚇人的速度往南方移動。中午的公告沒提到任何明確的區域，但有可能剛果河口已經成了戰場。布拉薩維爾跟利奧波德維爾都狀況危急。你不用看地圖，就可以看出那是什麼意思。問題不只在於失去非洲中部：在整場戰爭中，有史以來第一次，大洋國自己的疆域受到威脅了。

一種強烈的情緒——不盡然是恐懼，而是一種沒有明顯特徵的興奮感——在他心中復燃，然後又再度消弭。他停下來不想戰爭。這些日子裡，他從來無法一次專注於一個主題超過片刻。他拿起他的玻璃杯，一大口喝乾。就像一直以來一樣，他的琴酒讓他顫抖，甚至微微反胃。這玩意恐怖極了。丁香與糖精，這些東西本身就有一種它們特有的、病態的噁心味道，沒辦法掩飾掉酒裡平淡油膩的味道；最糟糕的是琴酒的氣味，在他身上日夜累積，在他心裡糾結難分地跟那些事物的味道混在一起……

他從不提起他們的名字，就算在他的思緒裡亦然，而他甚至有可能絕對不喚起他們的影像。他們是他朦朧意識到的某種東西，在靠近他臉龐的地方徘徊，一種緊緊依附著他鼻孔的味道。琴酒在他體內往上湧的時候，他從紫色的嘴唇之間打了個嗝。在他們釋放他之後，他變胖了，而且也恢復舊有的氣色——說實在的，還不只是恢復舊貌而已。他的五官變得粗厚，鼻子跟顴骨上的皮膚粗糙得發紅，甚至連禿掉的頭皮都有一種太深的粉紅色。有個侍者再度自動出現，帶來了西洋棋盤跟當期的《泰晤士報》，直接翻到棋譜問題的那一頁。然後，他看到溫斯頓的酒杯空了，就帶著琴酒瓶來斟滿杯子。沒有必要吩咐。他們知道他的習慣。西洋棋盤總是在等著他，靠角落的桌子永遠都為他保留；甚至就連這個地方客滿的時候，他都一個人獨占這桌，因為沒有人想被看到坐在距離他太近的地方。每隔一段長短不定的時間，他們會給他一張髒髒的紙條，他們說那是帳單，但他的印象是他們總少收他的錢。如果是相反的狀況也沒有差別。他現在總是有大把的錢。他甚至還有個工作，一個閒差，薪水比他有過的舊工作還高得多。

電傳螢幕傳來的音樂停了，由一個人聲代替。溫斯頓抬頭聆聽。然而沒有來自前線的公告。只是一則來自富庶部的簡短通知。看來在前一季，第十次三年計畫的鞋帶生產量比原定額度還高百分之九十八。

他仔細查看那個棋譜問題，把棋子擺好。這是個很難處理的收尾，牽涉到兩個騎士。「下白棋子，在兩步之內將死。」溫斯頓抬頭看著老大哥的肖像。白棋子永遠贏棋，他秉持一種含糊而沒有根據的神祕主義，這麼想道。永遠如此，沒有例外，事情就是這樣安排的。從世界開始以來，在棋譜問題裡，黑棋從沒有贏過。這不就象徵著善永恆不變地戰勝惡？那張巨大的臉凝神回望著他，充滿了冷靜的力量。白棋永遠贏棋。

電傳螢幕傳來的聲音頓了一下，然後用一種不太一樣、更加嚴肅的語氣補上一句話：「你們得到警告，要在十五點三十分準備聆聽一項重要消息宣布。十五時三十分！這是有最高重要性的新聞。小心不要錯過。十五點三十分！」叮噹作響的音樂再度響起。

溫斯頓的心臟顫動著。這是來自前線的公告；直覺告訴他，要來的是壞消息。這一天，伴隨著一陣陣小小的興奮，在非洲大潰敗的念頭一直在他心頭來來去去。他似乎真的看到歐亞國軍隊群集越過從未被打破的疆界，湧入非洲尖端，就像一大隊螞蟻。為什麼不可能用某種方式，從側翼包圍他們？西非海岸線在他心頭鮮明地顯現出來。他拿起白騎士，在棋盤上移動。**那裡**是恰當的位置。就算在他看著黑壓壓的人群往南疾馳的時候，他還看到另一支武力，神祕地集結起來，突然間釘在他們的後方，從陸地與空中切斷他們的通訊。他覺得透過意志，他就可以把另一支武力帶進現實中。但必須迅速行動。如果他們可以掌握整個非洲，如果他們在開普敦有了空軍與潛水艇基地，就會把大洋國切成兩半。這樣可能意味著任何事情：敗北、崩潰、世界重新劃分，黨的毀滅！他深吸一口氣。一種不尋常的感受混合——但確切來說，這不是個混合體；更貼切的說是連續好幾層的感受，置身其中的人說不出哪一層是最底層——在他體內掙扎著。

這一陣痙攣過去了。他把白騎士歸位，但現在他沒辦法定下心來認真研究棋譜問題。他的思緒再度四處漫遊。他幾乎無意識地用手指在桌面上的塵埃裡寫道：

二加二等於五。

「他們不可能鑽進你心裡。」她這樣說過。但他們是可以鑽進你心裡。「你在這裡發生的事情是**永久性的**。」歐布萊恩這樣說過。這是真話。有些事情——你自己的作為——做過以後，你永遠不可能恢復過來。你胸膛裡有某個東西被殺死了：燃燒殆盡，被灼燒到麻木無感。

他見過她；他甚至還跟她說過話。其中沒有任何危險。他好像直覺地知道，他們現在幾乎對他的作為毫無興趣。如果他或她有意願，他可以安排再見她第二次。實際上他們是偶然遇見的。那是在公園裡，在一個氣候糟糕、冷得刺骨的三月天，那時候土地硬得像鐵，所有的草似乎都枯死了，哪裡都看不到一個花苞，只有幾朵把自己推出地面的番紅花，結果被風吹得四分五裂。他雙手凍僵了，眼睛淚汪汪的，正匆匆忙忙地走著，就在這時看到她距離他不到十公尺。他立刻發現，她有了某種難以形容的改變。他們幾乎沒打一個招呼就擦身而過了，然後他轉身跟著她，態度不是非常熱切。他知道沒有危險了，沒有人會對他產生任何興趣。她沒說話。她左彎右拐地穿過草地，就好像設法要甩掉他似的，然後似乎放棄了，就讓他走在她身邊。這時候他們走進了一叢參差不齊、沒長樹葉的矮灌木叢，無論是拿來藏身或擋風都不管用。他們停下腳步。天氣冷得可惡。風呼呼吹過短短的樹枝，刮壞了零星幾朵看起來髒兮兮的番紅花。他伸出手臂環住她的腰。

沒有電傳螢幕，不過那裡一定有隱藏式麥克風：此外，他們可能被人看到。這不重要了，什麼都不重要。如果他們想，他們可以躺在地上幹**那檔事**。一想到這個念頭，他的肉身就在恐怖中僵住了。她對他扣住的手臂沒有任何反應；她甚至沒有試著掙脫。他現在知道她哪裡改變了。她的臉色變得灰敗了些，還有一條長長的疤橫過她的前額與太陽穴，一部分藏在頭髮裡；但改變的不是那個。而是她的腰變粗了，而且讓人訝異地變得僵硬。他記得有一次在一顆火箭炮爆炸以後，他幫忙把一具屍首拖出某個廢墟，那時讓他震懾的不只是那玩意難以置信的沉重，還有它搬運起來有多麼僵硬、多麼難以處理，這樣似乎讓它比較像顆石頭，而不是血肉之軀。她的身體感覺起來就像那樣。他突然想到，她皮膚的肌理會跟過去很不一樣。

他沒試著去吻她，他們也沒說話。在他們往回走穿過草皮的時候，她第一次直視著他。那只是瞬間的一瞥，充滿了輕蔑與厭惡。他納悶地想，那種厭惡是否完全來自過去，還是被他發福的臉跟被風壓擠出來的淚水給激發出來的。他們在兩張鐵製椅子上坐下，肩並著肩，但並沒有挨得太近。他看到她打算開口了。她刻意讓她做工粗陋的鞋子移動了幾公分，踩爛了一根細枝。他注意到，她的腳板似乎變寬了。

「我背叛了你。」她毫無修飾地說道。

「我背叛了妳。」他說。

她又迅速而厭惡地看了他一眼。

「有時候，」她說：「他們用某種……某種你無法忍受，甚至想都不能想的東西威脅你。然後你說：『別這樣對我，拿這去對付別人，這樣那樣做。』而在事後，你或許可以假裝這只是個詭計，你這麼說只是要叫他們住手，並不是真心那麼想。但那不是真的。在事情發生當時，你當真是那麼想。你認為沒別的辦法可以救你自己了，而且你有很強的心理準備，要那樣拯救自己。你**想要**讓這種事發生在別人身上。你根本不在乎他們受什麼苦。你在乎的就只有你自己。」

「你在乎的就只有你自己。」他跟著重複。

「在那之後，你對另一個人的感覺再也不一樣了。」

「是不一樣。」他說：「你的感覺不一樣了。」

他們似乎沒有別的話可說了。風把他們單薄的工作服吹得貼緊身體。沉默地坐在那裡，幾乎是馬上就顯得尷尬了：此外，坐著不動實在太冷了。她說了些要去趕地鐵之類的話，然後起身要走。

「我們一定要再見面。」他說。

「對，」她說：「我們一定要再見面。」

他猶豫不決地跟在一小段距離外，落後她半步。他們沒再說話。她沒有真的試著甩掉他，但走路的速度剛好可以避免讓他跟在她旁邊。他已經下定決心，他要陪著她到地鐵站，但突然間在冷風中亦步亦趨的過程似乎顯得毫無意義，讓人難以忍受。他感受到一股壓倒性的慾望，與其說是要遠離茱莉亞，還不如說是為了回到栗樹咖啡館，那個地方從來沒像此刻這樣吸引人。他懷念地想起他那張角落桌子的影像，上面擺著報紙、西洋棋盤跟永遠源源不絕的琴酒。最重要的是，那裡會是溫暖的。下一刻，不完全是出於偶然，他讓自己跟她被一小群人隔離開來。他做了一次半認真的努力要趕上她，然後又慢了下來，轉過身去，朝著反方向走開。在他走了五十公尺以後，他轉身回顧。街道並不擁擠，但他已經無法辨識出她了。在十幾個匆促行走的身影裡，任何一個都可能是她。或許她變胖、變得僵硬的身體，再也無法從背影裡認出了。

「在事情發生當時，」她說過：「你當真是那麼想。」他當真是那麼想。他不只是那麼說了，他還指望如此。他曾經指望是她，而不是他被送去給……

電傳螢幕裡傳出的音樂中有某種變化。一個刺耳而帶著嘲弄的音符，一個懦弱的音符，加入了音樂中。然後——或許發生的不是這樣，或許這只是一個回憶，偽裝成聲音出現了——有個聲音唱道：

在開枝散葉的栗樹蔭下
我出賣你，你出賣我……

他熱淚盈眶。一個經過的侍者注意到他的酒杯空了，帶著琴酒瓶復返。

他拿起他的酒杯嗅一嗅。他每喝一口，那玩意就變得更加恐怖難喝，而不是更好喝些。但這玩意成了他沉浸於其中的基本元素了。這是他的生命、他的死亡與他的復活。每天晚上是琴酒讓他陷入昏迷，每天早上也是琴酒讓他復甦。在他醒來的時候——鮮少早於十一點——眼皮黏在一起，嘴巴像火燒，背部似乎斷了，要不是有徹夜擺在床邊的酒瓶跟茶杯，根本不可能從躺平的狀態下起身。整個中午他表情呆滯地坐著，酒瓶在伸手可及之處，聆聽著電傳螢幕的聲音。從十五時到關店時間，他是栗樹咖啡館的固定客人。再也沒有人在意他做什麼了，沒有哨音叫醒他，沒有電傳螢幕責備他。偶爾，或許兩星期一次，他會去真理部某一間布滿灰塵、看似被人遺忘的辦公室，做一點點工作——或者是被稱為工作的事情。他被聘入某個次級委員會下的次級委員會；為了解決第十一版《新語字典》編輯作業的種種小困難，產生了無數委員會，這些委員會又再衍生出更小的委員會。他們參與的是製作某種稱為過渡期報告的東西，但他們在報告的是什麼東西，他從沒有清楚地發現過。這跟逗點應該放在括號裡面還是外面的問題，有某種關係。委員會裡還有另外四個人，他們全都是像他一樣的人。有些日子裡他們會聚集起來，然後迅速地再度四散，坦白地向彼此承認其實沒什麼事情好做。但還有些別的日子，他們幾乎是熱忱滿滿地坐下來工作，大費周章地假裝記下他們的會議紀錄，還起草從來沒有完成的冗長備忘錄——那時對於他們應該爭論什麼的爭論變得異常複雜難懂，針對定義進行細微的來往爭執、大幅度的離題、吵架——甚至威脅要訴諸更高權威。然後在突然之間，他們身上的活力會消失，他們會坐在桌子旁邊用死氣沉沉的眼睛看著彼此，就像鬼魂在雞啼時刻消失。

電傳螢幕沉默了片刻。溫斯頓再度抬起頭。公告！但不是的，他們只是換了音樂。他閉上眼睛就可以看到非洲地圖。軍隊的移動是一張曲線圖：一條黑色箭頭垂直往南，一條白色箭頭水平往東去，跨過第一條線的尾端。就好像為了再確認，他抬頭看著肖像上那張沉著冷靜的臉。可以想像第二個箭頭甚至不存在嗎？他的興趣再度衰退了。他喝下另一口琴酒，拿起白騎士，試探性地走了一步。將軍。不過顯然這不是正確的棋步，因為……

一個記憶不請自來，在他心頭浮起。他看到一個燭光照耀的房間，那裡有一張罩著白床單的大床，他自己是九歲或十歲的男孩，坐在地板上搖著一個骰子盒，興奮地大笑。他母親坐在他對面，也在大笑。

這一定是在她失蹤前一個月。那是個和解的時刻，他腹中咬嚙著的饑餓被忘記了，他早年對她的愛暫時復甦。他清楚記得那一天，一個暴雨傾盆、徹底濕透的日子，從窗戶的玻璃上流下的雨水有如溪流，室內的燈光太昏暗，無法用來讀書。兩個孩子在黑暗、擁擠臥室裡的無聊，變得難以忍受。溫斯頓哼哼唧唧、哭哭啼啼，徒勞無功地要求食物，在房間裡煩躁地把每樣東西都扯離原位，還踢著護牆板，直到鄰居敲牆壁抗議，同時較小的孩子還斷斷續續地哭嚎。到最後他媽媽說：「現在乖一點，我會買個玩具給你。一個可愛的玩具——你會喜歡的。」然後她在大雨中出門，到附近一家還偶爾開門的小雜貨店去，然後回來的時候帶著一個裡面裝著蛇梯棋的紙盒。他還能記起潮濕紙盒的味道。那外包裝很粗陋。棋盤破了，小小的木製骰子切割得很糟，切面幾乎無法好好放在地上。溫斯頓臭著臉看著那玩意，全無興趣。但接著他母親點燃一段蠟燭，他們坐在地板上玩起來。隨著那塑膠片充滿希望地沿著梯子往上爬，然後再度滑溜溜地沿著蛇往下爬，幾乎回到起點，他很快就變得興奮極了，又叫又笑。他們玩了八局，每個人贏了四局。他的小妹妹年紀太小，無法理解這遊戲在玩什麼，靠在一個靠枕上坐起身，因為其他人在笑便也跟著笑。那一整個下午他們都快快樂樂地在一起，就像他童年早期一樣。

他把這幅畫面推出他腦海。這是個假記憶。他偶爾會被假的記憶困擾。只要一個人知道那些記憶的本質是什麼，它們就不再重要了。某些事情發生過，其他的事情則未曾發生。他轉回棋盤上，再度拿起白騎士。幾乎就在同一瞬間，棋子喀答一聲又掉回棋盤上。他為之一震，就好像有一支針刺穿了他。

一聲尖厲的喇叭通知聲刺穿了空氣。是公告！勝利了！在新聞前播放的喇叭通知聲總是意味著勝利。一種電流穿過了咖啡館。就連服務生都為之一驚，豎起耳朵來聽。

喇叭通知聲同時放出一陣巨大的噪音。一個興奮的聲音已經在電傳螢幕裡急促不清地說著話，但就算發言開始了，也幾乎被外面的一陣陣轟然歡呼聲給淹沒了。新聞就像魔法一般迅速地傳遍街道。從電傳螢幕傳出的內容裡，他能聽到的正好足以讓他理解，一切都如他預見一樣地發生了；一支海上大艦隊秘密集結起來，突襲了敵軍的後方，白色箭頭劃過黑箭頭的尾巴。耀武揚威的字句片段，穿過喧囂噪音：「大規模戰略調度——完美的協調——全然的潰敗——五十萬囚犯——完全失去士氣——控制全非洲——讓戰爭的結束指日可待——勝利——人類歷史上最偉大的勝利——勝利，勝利，勝利！」

在桌底下，溫斯頓的腳抽搐著。他坐在位子上沒有動彈，但在他心中，他在奔跑，輕快地奔跑著，他跟外面的群眾在一起，歡呼到讓他自己都震耳欲聾。他再度抬頭看著老大哥的肖像。支配世界的巨人！讓亞洲遊牧民族衝鋒陷陣卻徒勞無功的磐石！他想著十分鐘前——對，僅僅十分鐘前——他疑惑地想著來自前線的消息會是戰勝還是敗北時，他心中仍然模稜兩可。喔，被消滅的不只是一支歐亞國軍隊！從在博愛部度過的第一天起，他內在有許多改變，但最後的、不可或缺的、治癒人心的改變卻從未發生，直到這一刻才來臨。

來自電傳螢幕的聲音仍舊滔滔不絕地說著戰犯、戰利品與屠殺的故事，但外面的叫喊已經平息了一些。侍者回到他們的工作上。他們其中一人帶著琴酒瓶走近。溫斯頓，坐在至福的夢境中，完全沒注意他的酒杯被斟滿了。他不再奔跑或歡呼了。他回到了博愛部，一切都被饒恕了，他的靈魂潔白如雪。他在公審被告席上，坦白招認了一切，牽連了每一個人。他沿著鋪了白色瓷磚的走廊往前走，覺得自己走在陽光下，武裝警衛在他背後。早就期待著的子彈進入了他的大腦。

他抬頭凝望著那張巨大無比的臉。他花了四十年去學習藏在黑色鬍鬚之下的是哪一種笑容。喔，殘酷又毫無必要的誤解！喔，他頑固、任性地遠離那慈愛的胸膛！兩滴帶著琴酒味道的眼淚，從他鼻子兩側流淌下來。但這沒關係，一切都沒關係了，掙扎已經結束。他戰勝了自己。他愛老大哥。

附錄：新語的原則

新語是大洋國的官方語言，而且是為了符合英社主義，也就是英國社會主義的需求而設計的。在一九八四年，還沒有任何人把新語當成他唯一的溝通工具，無論在言談或書寫上皆然。《泰晤士報》的社論是用新語寫的，但這是一種只有專家才辦得到的絕技。一般預期新語將在大約二〇五〇年取代舊語（或稱標準英語，我們應該如此稱之）。現在新語逐漸穩定地贏得優勢，所有黨員在他們的日常對話中，都傾向於使用越來越多的新語字彙與文法結構。在一九八四年使用、並且收錄在第九版與第十版《新語字典》中的版本，是暫時性的，包含許多贅字與過分老舊的語法結構，注定會在稍後被廢止。我們在此關注的是最後盡善盡美的版本，收錄在字典第十一版中。

新語的目的，不只是提供英社主義虔誠信徒表達恰當世界觀與心理習慣的媒介，還在於讓所有其他思考模式都變得不可能。其意圖在於新語徹底全面被採用、舊語被遺忘的時候，一個異端的思想——也就是一個背離英社主義原則的思想——應該名副其實地無可想像，至少在思想必須仰賴文字的時候如此。它的字彙構成方式，正好讓一位黨員有很精確、通常非常細微的措辭，可以用在每一種他能夠適切期待表達的意義上，同時排除所有其他的意義、以及用間接方式表達這些意義的可能性。這有一部分是靠著發明新字做到的，但主要是靠著消滅不要的字、剔除這些字彙剩下的非正統意義，並且盡可能去掉任何次要意義。就舉一個例子。「自由」這個字在新語中仍然存在，但只能被用在像是這樣的句子上：「這隻狗自由了，免於虱子的騷擾」或者「這片田地自由了，免除了雜草的問題」。這個字彙不能再用於舊有的意義，「政治上的自由」或「知性上的自由」，因為政治上與知性上的自由，甚至在概念上也不存在了，所以必須沒有名字。與禁止特定異端字詞相當不同的是，刪減字彙本身就被視為一種目的，而且沒有一個可以省得的字容許被留下來。

新語被設計成不是延伸、而是縮小思想的範圍，把字詞選擇減少到最低程度，則間接地幫助實現這個目的。新語是奠基於我們現在所知的英語之上——雖然許多新語句子，甚至在不包含新創字詞的時候，對我們現在的英語使用者來說也幾乎難以理解。新語字詞被區分成三種不同類型，被稱為A字彙、B字彙（也稱為複合字）與C字彙。把三種類型分開討論會比較簡單，不過這種語言的文法特異性可以在專論A字彙的小節中處理，因為同樣的規則對三種領域都適用。

A字彙。

A字彙是由日常生活事務所需的字詞所組成——像是吃、喝、工作、穿衣服、上下樓梯、乘坐交通工具、園藝、烹飪之類的事情。這類字彙幾乎完全是由我們已經具備的字所組成，像是打、跑、狗、樹、糖、房屋、田野——但跟現在的英語字彙比較，這些字的數量極少，而且其意義界定嚴格得多。字義中所有的模稜兩可與模糊空間都被滌除了。只要能達到這個目標，這個種類的新語字彙就只是一個斷音，表示一個能被清楚理解的概念。把A字彙用於文學目的，或者用在政治或哲學討論上，會是相當不可能的。預期中這類字彙只是用來表示簡單、有目的的思想，通常內容是實際物體或實質行動。

新語的文法有兩種很顯著的特異之處。其中的第一個特異之處，在於不同詞類幾乎完全可以對調。這個語言裡的任何一個字（原則上這一點甚至適用於非常抽象的字彙，像是「如果」或者「當」）可以被用來當成動詞、名詞、形容詞或副詞。動詞跟名詞如果有相同字根，那麼它們的形式之間就絕對不會有任何變化，這個規則本身就意味著許多古老形式的毀滅。舉例來說，「思緒」（thought）這個字在新語中是不存在的。它的地位被「思想」（think）取代了，「思想」同時擔負著名詞與動詞的責任。這裡並沒有遵照任何字源學的原則：在某些例子裡被選中留用的是原本的名詞，在其他例子裡則是動詞。就算一個名詞跟意義同質的動詞並沒有字源學上的關聯，它們的其中之一經常會被禁止。例如像「切割」（cut）這個詞彙，名詞兼動詞「刀」（knife）充分地涵蓋了它的意義。形容詞就是在名詞兼動詞後面加上「……般的」這種字尾而形成的。所以舉例來說，「速度般的」（speedful）意思就是「迅速的」（rapid），「速度般地」（speedwise）意思就是「迅速地」。我們現在用的某些形容詞，像是「良好的」、「強壯的」、「大的」、「黑的」、「柔軟的」被保留下來，但總數非常少。形容詞的需求極少，因為幾乎所有形容詞的意義，都可以靠著把「-ful」字尾加到一個名詞兼動詞後面來解決。沒有一個現存的副詞被保留下來，只有極少數本來就已經用「-wise」結尾的字例外：「-wise」結尾是不變的。例如「良好地」（well）這個字，就被「良好地」（goodwise）取代。

此外，任何字詞——這個規則在原則上又是適用於這個語言中的每個字——可以透過加上字首「un-」來變成負面意思，或者藉著加上字首「plus-」來強調，如果還要更強調，就是「doubleplus-」。所以，像是「不冷的」（uncold）就意味著「溫暖的」，「加冷的」（pluscold）跟「雙倍加冷的」（doublepluscold）就分別表示「非常冷的」跟「冷到極點的」。在現代英語中，也有可能把幾乎每個字的意思，都用像是「ante-」、「post-」、「up-」、「down-」等前置字首來做修改。藉由這樣的方法，官方發現有可能大量減少字彙。比方說，既然有「良好的」（good）這個字，就不需要「壞的」這樣的字，因為必要的意義用「非良善的」（ungood）來表示也一樣好——說真的，是更好。在任何有兩個字自然構成意義相反的配對時，必須要做的事情就只有決定禁止哪一個。舉例來說，可以按照偏好把「黑暗的」用「非亮的」（unlight）來取代，或者用「非暗的」來取代「亮的」。

新語文法的第二個顯著特徵就是它的規律性。除了受制於下面提到的少數幾項例外，所有變化都遵循相同的規則。所以，在所有動詞中過去式與過去分詞都是一樣的，以「-ed」結尾。偷（steal）的過去式是stealed，想（think）的過去式是thinked，整個語言都是這樣，所有像是swam（游〔swim〕的過去式）、gave（給〔give〕的過去式）、brought（帶來〔bring〕的過去式）、spoke（講〔speak〕的過去式）、taken（拿〔take〕的過去分詞）等等都被廢除了。所有複數形式都是視狀況加上「-s」或者「-es」。Man（男人）、ox（公牛）、life（生命）的複數形是mans、oxes、lifes。形容詞的比較級總是加上「-er」、「-est」（good，gooder，goodest），不規則形式與more、most這樣的句構被禁止了。

唯一一批還被容許有不規則變化的字詞是代名詞、關係詞、指示形容詞與助動詞。所有這些詞彙都沿用其古老用法，除了whom被認為不必要而加以廢棄，shall、should時態也被棄置不用，它們的用途都由will跟would涵蓋了。也有某些字詞結構上的不規則用法，是出於口語上迅速容易的需求。很難發音的字，或者可能被聽錯的字，被認為明顯是個壞字：所以，偶爾為了悅耳的緣故，多餘的字母會被插入一個字裡，或者某個陳舊的結構會被保留下來。但主要是在跟B字彙有關的時候，才會感覺到這種需求。為什麼容易發音的重要性會這麼大，本文隨後會加以釐清。

B字彙。

B字彙是由為了政治目的刻意製造出來的字所組成：也就是說，字詞不但在每種狀況下都有個政治意涵，還打算把該有的心態加諸於使用這些字彙的人身上。對英社主義原則沒有全盤了解，就很難正確使用這些字。在某些狀況下，這些字詞可以被翻譯成舊語，甚至翻成出自A字彙的字詞，但這通常需要很長的意譯，而且總是會漏掉某些弦外之音。B字彙是一種縮寫動詞，通常把涵蓋極大範圍的諸多觀念擠進少數幾個音節裡，而且在同時比一般語言更精確而有強制力。

B字彙在所有狀況下都是複合字。這些字由兩個或更多的字組成，用容易發音的形式焊接在一起。結果造就出的混合物是一個名詞兼動詞，根據一般規則做變化。在此只舉一個例子：「好思」（goodthink）*這個字，非常粗略的意思是「正統」；或者，要是一個人選擇視之為動詞，意思就是「用正統方式思考」。這個字變化如下：名詞兼動詞，「好思」；形容詞，「好思的」（goodthinkful）；

副詞，「好思地」（goodthinkwise）；動名詞，「好思者」（goodthinker）。

B字彙並不是按照任何詞源學規劃而建構出來的。這些字彙的組成元件可能是由口語中的任何一部分，而且可以用任何順序放置、並且用任何方式肢解，以便發音，同時指出它們的來歷。舉例來說，在犯罪思想（crimethink）這個字裡，思想（think）是被接上的第二個字，然而在思想警察（thinkpol）這個字裡，think是先出現的字，而且在thinkpol這個字裡，警察（police）的第二音節被略掉了。因為確保語音和諧的困難極大，B字彙裡的不規則構詞方式比A字彙裡更多。例如說「真部」（Minitrue，真理部簡稱）、「和部」（Minipax，和平部簡稱）與「愛部」（Miniluv，博愛部簡稱）的形容詞形式分別是真部的（Minitruthful）、和部的（Minipeaceful）與愛部的（Minilovely），這就只是因為「-trueful」、「-paxful」跟「-loveful」唸起來有點拗口。然而原則上所有B字彙都可以用完全一樣的方式做變化，實際上也是如此。

某些B字彙有極端細微的意義，對於任何不是精通整個新語的人來說，幾乎是無可理解的。比方說，想想《泰晤士報》社論裡的一個典型句子：舊思者無腑覺英社主義（Oldthinkers unbellyfeel Ingsoc）。這句話用舊語能夠做的最簡短翻譯是：「那些觀念在革命前成形的人，對英國社會主義的原則不可能有情緒上的完整理解。」但這並不是個妥當的翻譯。首先，為了掌握上面引述那句新語句子的完整意義，一個人必須對英社主義是什麼意思有清楚的概念。除此之外，只有一個受過英社

＊作者註：像是「說寫器」（speakwrite）這樣的複合字，當然會出現在A字彙中，不過這些字只是方便的縮寫，沒有特殊的意識形態色彩。

主義徹底訓練的人，才能夠體會「腑覺」（bellyfeel，出自肺腑的感覺）這個字的全副力道，這意味著今日難以想像的一種盲目、熱情的接納；或者，拿舊思（oldthink）一詞來說，它跟邪惡與墮落的概念難以分離地混合在一起了。但某些新語詞彙——舊思（oldthink）即為其中之一——的特殊功能，與其說是表達意義，還不如說是摧毀它們。這些數量上必然極其稀少的字彙，字義擴張到自身就包含了一整批字詞，而既然用單獨一個無所不包的詞彙就足夠涵蓋一整批，這批現行字詞就可以作廢並加以遺忘。新語詞典編撰者面對的最大困難不是發明新字，而是發明新字以後確定其字義：也就是說，確定他們藉由新語詞彙的存在取消掉哪些範圍的字。

如同我們在「自由」一詞的例子裡已經看到的，一度含有某種異端意義的字詞有時候會為了方便而保留，但只有在不合用的意義被滌除以後才留下。無數其他的字詞，像是榮譽、正義、道德、國際主義、民主、科學與宗教就這樣不復存在了。幾個概括多義的字眼就涵蓋了這些字，而且在涵蓋這些字義的時候也廢除了它們。舉例來說，所有環繞著自由與平等概念而生的字詞，都包含在「犯罪思想」單獨一個詞彙之下，同時所有跟客觀性與理性主義相關的字詞，都包含在「舊思」這單一詞彙之下。更大的精確度會是危險的。一位黨員必須有的是類似古希伯來人那樣的觀點：別的事情他們知道得不多，但他們知道除了自己的國家以外，所有的國家都崇拜「假神」。他不必知道那些神祇被稱為巴力、歐西利斯、摩洛、亞斯他錄等等：對於他的正統性來說，他對這些神所知越少可能越好。他知道耶和華與耶和華的戒律：所以，他知道所有叫其他名字或有其他屬性的神都是假神。以大致上相同的方式，黨員也知道什麼構成正確的行為，而且透過某些極端含糊的廣義詞彙，他知道哪些種類的行為會悖離正確行為。舉例來說，他的性生活完全由兩個新語詞彙「性罪」（sexcrime）與「好性」（goodsex，意為「貞潔」）來規範。性罪涵蓋了任何一種性方面的不端行為。它涵蓋了非婚姻性行為、通姦、同性戀與其他變態行為，此外還有以性交本身為目的的正常性行為。沒有必要個別一一列舉，因為這些行為全都一樣有罪，而且原則上全都能處以死刑。在由科技字詞組成的C字彙中，可能有必要給某些特定性異端行為專有名詞，但一般公民不需要這些詞彙。他知道「好性」是什麼意思——也就是說，夫妻之間的正常性行為，只有生育子女這麼一個目的，而且在女性這方沒有身體上的愉悅：所有其他狀況都是性罪。在新語中，對於一個異端思想的領會程度，鮮少能夠超過這是異端的認知以外：越過這條線，必要的字就不存在了。

在B字彙中，沒有一個字是意識形態上中立的。有很多詞彙是委婉之詞。舉例來說，像是「歡樂營」（勞改營）或者「和部」（和平部，亦即戰爭部）指的幾乎是表面意義的徹底相反。另一方面，有些詞彙展現出對大洋國社會真實本質坦誠而充滿輕蔑的理解。其中一個例子是「普羅飼」（prolefeed），意思是黨塞給大眾的垃圾娛樂與假新聞。其他的詞彙意義也還是模稜兩可，用在形容黨時就有「好」的含義，用在黨的敵人身上就有「壞」的含義。但除此之外，有大量的字彙乍看似乎只是縮寫，而且它們的意識形態色彩並不是來自於字義，而是來自其結構。

只要能被設想到，一切具備或可能具備政治重要性的任何一種字彙都會被併入B字彙。每個機構、人民團體、信條、國家、機構或公共建築，總是會被削減成熟悉的形態：也就是說，容易發音的單一詞彙，有著保持原有衍生詞的最少量音節。舉例來說，「真理部的紀錄局」（Records

Department）——溫斯頓．史密斯工作的地方——被稱為 Recdep，「小說局」（Fiction Department）被稱為 Ficdep，「電傳節目局」（Teleprogrammes Department）被稱為 Teledep 等等。這樣做不只是為了達到省時的目標。就算在二十世紀的最初數十年，縮寫字句都曾經是政治語言中的典型特徵之一；而且大家也注意到使用這種縮寫的傾向在極權國家與機構中最顯著。這類字彙的例子就像「納粹」（Nazi）、「蓋世太保」（Gestapo）、「共產國際」（Comintern）、「煽動性宣傳」（Agitprop）。起初這種做法之所以被採用是出於直覺，但在新語中卻是故意採用的。官方理解到，這樣縮寫一個名字的時候，一個人可以藉著剪去常態下依附在字彙上的大多數聯想，窄化並細微地改變字的意義。比方說，「共產黨國際」（Communist International）這個詞，喚起一幅四海皆兄弟、紅旗、路障、卡爾．馬克思與巴黎公社的合成畫面。另一方面來說，「共產國際」一詞暗示的只有一個緊密的組織，以及一個定義明確的信條體系。它指的是某種幾乎像椅子或桌子那樣容易辨識、用途那樣有限的東西。「共產國際」是個唸出來時幾乎不用想的字，但「共產黨國際」卻是一個句子，一個人非得暫時花一小段時間在上面。照著同樣的方式，像是「真部」這種字喚起的聯想會比「真理部」來得少些，也比較容易控制。這不但解釋了一有機會就縮寫的習慣，也解釋了為何要幾乎過度誇張地小心讓每個字好唸。

在新語裡，悅耳比意義精準以外的每一種考量都來得重要。在看來必要的時候，文法的規律性總是會為了悅耳度而犧牲。而且這樣做是對的，因為必要的是把意義不可能弄錯的字詞截短，讓這些字可以迅速地唸出來，並且在發言者心中激起最少量的迴響——對於政治目的來說，尤其如此。B字彙中幾乎所有字詞都非常相近，這個事實甚至讓它更添優勢。這些字——「好思」、「和部」、「普羅飼」、「性罪」、「歡樂營」、「英社」、「腑覺」、「思警」，還有數不盡的其他詞彙——幾乎總是兩個或三個音節，重音則平均地分布於第一音節與最後一個音節。運用這些字助長了一種急促含混的說話風格，同時顯得斷斷續續又沒有抑揚頓挫。然而目的正是這個。這個意圖在於讓言談——特別是針對意識形態上並不中立的任何主題所發表的言論——盡可能獨立於意識之外。為了日常生活的目的，我們毫無疑問必須——或者在某些時候必須——在說話之前先思索，但一個黨員在情勢要求之下做出政治或道德判斷時，應該要能夠像機關槍噴出子彈一樣自動，洋洋灑灑地發表正確的見解。他的訓練讓他能夠辦到這件事，語言給他幾乎是萬無一失的工具，而且這些字詞的結構、它們生硬刺耳的聲音與某種刻意造成的醜陋——這些特質符合英社主義的精神——更進一步輔助這種過程。

可選字詞寥寥無幾的事實也是同一回事。相對於我們的字彙，新語字彙量極小，而且刪減字彙的方法一直都在推陳出新。的確，新語跟大多數其他語言的不同之處，在於新語字彙每年都在減少，而不是擴增。每次刪減都是一種改進，因為選擇範圍越小，思考的誘惑越小。最終的期望是讓人把話從喉頭脫口而出，卻完全不涉及較高階的大腦中樞。新語字彙「鴨語」（duckspeak）就坦白地承認了這個目標，這個字的意思是「像鴨子一樣呱呱叫」。就像B字彙裡的各種其他字詞一樣，鴨語一詞的意義有歧義性。假定呱呱叫出來的意見是符合正統的意見，這個字的含義除了讚美別無其他，在《泰晤士報》說某位黨內的演說家是一個「雙倍加好鴨語者」（doubleplusgood duckspeaker）的時候，是在對他表示由衷尊重的讚美。

C字彙。

C字彙是對其他字彙的補充，完全由科技術語組成。這些字就像現行的科學術語，也是由同樣的字根構成的，但這些字也經過平常那種小心翼翼的處理：嚴格地定義，並且把不合意的意義剝除。這些字遵循另外兩種字彙裡那些字詞的相同文法規則。很少有C字彙在日常言談或政治言論中流通。任何科技工作者或技師，都能在為他的專業設計的清單上找到他需要的所有字詞，但他對其他清單上的字詞只有一知半解。只有非常少數的字是所有清單上共有的，而且沒有一個字彙表達出科學的功能是一種心靈的習慣、或者一種思考方法，無論哪種特定分支皆然。的確，沒有用來表示「科學」的詞，它可能承載的任何意義都已經充分地被英社主義一詞涵蓋了。

從前述解釋裡，我們將會看出要在新語中表達非正統意見，在超過一個非常低的門檻以後，就是幾乎不可能了。當然有可能說出某種非常粗陋的異端言論，某種褻瀆之語。舉例來說，有可能說**老大哥是非良善的**。但這種陳述，對於一個符合正統的耳朵來說，只傳達出一種不證自明的荒謬，不可能得到經過理性思考的論證支持，因為沒有必要的字詞可用。對英社不利的觀念只能以一種含糊無語的方式保有，而且只能以非常籠統的詞彙來命名，這些詞彙是隨便堆在一起的，不做任何定義就譴責所有類型的異端看法。事實上，一個人若要把新語用在非正統目的上，就只能以不合規則的方式把某些新語翻譯回舊語。舉例來說，「所有人都是平等的」（all mans are equal），這是一句可能出現的新語語句，但它的意義就只像是舊語中可能出現的句子，「所有男人都是紅髮」（all men are redhaired）。這句話裡沒有文法錯誤，但表示的只是一種直白的假話——也就是說，所有男人都是同樣的身高、體重或力氣。政治平等的概念不復存在，而這種第二層的意義也跟著從「平等」一詞中滌除了。在一九八四年，當舊語仍然是正常溝通方式的時候，使用新語詞彙在理論上的危險是，一個人可能會記得那些字原來的意義。在實用層面上，任何有良好雙重思想基礎的人都不難避免這樣做，但在兩代之內，就連這樣的閃失都會消失。一個成長時只講新語的人，不會知道「平等」曾經有過「政治平等」的第二層意義、或者「自由」一度意味著「知性上的自由」，就好比一個從沒聽過西洋棋的人，不會察覺到「皇后」與「城堡」有第二層意義。會有許多罪行與錯誤是他沒有能力犯下的，這就只是因為那些罪惡錯誤沒有名字，所以也無法想像。而可以預見的是，隨著時間的流逝，新語有別於其他語言的特徵會變得越來越顯著——它的字彙變得越來越少，意義變得越來越嚴謹，把這些字用於不當用途的可能性會一直越縮越小。

在舊語被一次完全取代以後，跟過去的最後一道連結就會被切斷。歷史已經被重寫了，但舊日文學的殘餘片段會到處存在，沒有徹底被審查封鎖，所以只要一個人還保有對舊語的知識，就有可能閱讀這些文獻。在未來，這樣的斷篇殘簡即使恰巧殘存下來，也會變得無可理解、無法翻譯。不可能把任何舊語段落翻譯成新語，除非那個段落指的是某種技術流程或某種非常簡單的日常行為，或者已經有正統傾向（以新語的措辭來說，就會是「好思的」）。在實際應用上，這表示沒有一本在大約一九六〇年以前寫下的書能整本被翻譯出來。革命前的文學只能受制於意識形態翻譯——也就是說，在意義上跟語言上都受到篡改。就以《獨立宣言》中一個知名段落為例：

我們認為下面這些眞理是不言而喻的：人人生而平等，造物者賦予他們若干不可剝奪的權利，其中包括生命權、自由權和追求幸福的權利。為了保障這些權利，人類才在他們之間建立政府，而政府之正當權力，是經被治理者的同意而產生的。當任何形式的政府對這些目標具破壞作用時，人民便有權力改變或廢除它，以建立一個新的政府……

要用新語表達這段話，同時保有原來版本的意義，會是相當不可能的。最接近做到這一點的轉譯，會是用單單一個字「犯罪思想」包下整個段落。一篇完整的翻譯只能是賦予意識形態的翻譯，在其中傑佛遜的話會被改成對絕對權威政府的頌揚。

的確，有很多舊日文學已經用這種方式被改造過了。基於聲望上的考量，把某些歷史人物的記憶保留下來，並在同時讓他們的成就符合英社哲學，是很可取的做法。有許多作家，像是莎士比亞、密爾頓、史威夫特、拜倫、狄更斯跟某些其他人，因此正在被翻譯：在這個工作完成的時候，他們原來的作品，以及所有留存下來的舊日文學，都會被銷毀。這些翻譯作業是緩慢而辛苦的工作，預料中的完成時間不會早於二十一世紀的前十年或前二十年。也有大量只是符合實用主義目的的文學——不可少的技術手冊之類——必須以同樣的方式處理。主要就是為了留下足夠時間給翻譯的初步工作，新語的最終採用時間才會被定在二〇五〇年這麼晚的日期。

（寫於一九四九年）

廣　告　回　函
板橋郵政管理局登記證
板 橋 廣 字 第 143 號

郵資已付　免貼郵票

野人

231
新北市新店區民權路108-2號9樓
野人文化股份有限公司 收

請沿線撕下對折寄回

野人

書名：一九八四　書號：0NGA1019

好野人部落格
http://yeren.pixnet.net/blog

野人文化粉絲專頁
http://www.facebook.com/yerenpublish

野人

野人文化
讀者回函卡

姓　名　　　　　　　　　　　　　　□女　□男　生日

地　址

電　話 公　　　　　　　宅　　　　　　　手機

Email

學　歷　□國中(含以下)　□高中職　□大專　□研究所以上

職　業　□生產/製造　□金融/商業　□傳播/廣告　□軍警/公務員
□教育/文化　□旅遊/運輸　□醫療/保健　□仲介/服務
□學生　□自由/家管　□其他

◆你從何處知道此書？

□書店　□書訊　□書評　□報紙　□廣播　□電視　□網路
□廣告DM　□親友介紹　□其他

◆你通常以何種方式購書？

□逛書店　□網路　□郵購　□劃撥　□信用卡傳真　□其他

◆你的閱讀習慣：

□百科　□生態　□文學　□藝術　□社會科學　□地理地圖
□民俗采風　□休閒生活　□圖鑑　□歷史　□建築　□傳記
□自然科學　□戲劇舞蹈　□宗教哲學　□其他

◆你對本書的評價：（請填代號，1. 非常滿意　2. 滿意　3. 尚可　4. 待改進）

書名_____封面設計_____版面編排_____印刷_____內容_____
整體評價_____

◆你對本書的建議：